Marie Vareille ist eine erfolgreiche französische Autorin. Geboren 1985 in Montbard, einer kleinen Stadt im Burgund, hat sie in New York und Paris studiert und danach in verschiedenen Start-up-Unternehmen gearbeitet, bevor sie sich den Traum erfüllte, ein Buch zu schreiben. Nach *Manchmal ist es schön, dass du mich liebst* und *Vielleicht ist es ja Liebe* entführt sie ihre Leser:innen mit *Inselküsse unter Palmen* auf die Malediven.

Außerdem von Marie Vareille lieferbar:

Manchmal ist es schön, dass du mich liebst
Vielleicht ist es ja Liebe

MARIE VAREILLE

Inselküsse unter Palmen

ROMAN

Aus dem Französischen von
Gabriele Lefèvre

PENGUIN VERLAG

Die Originalausgabe erschien 2014
unter dem Titel *Ma vie, mon ex et autres calamités*
bei City Éditions, Bernay.

FSC www.fsc.org MIX Papier aus verantwortungsvollen Quellen FSC® C014496

Klimaneutral* Druckprodukt ClimatePartner.com/14044-1912-1001

Penguin Random House Verlagsgruppe FSC® N001967

1. Auflage 2022

Neumarkter Straße 28, 81673 München
Redaktion: Ingrid Ickler
Umschlaggestaltung: www.buerosued.de
Umschlagmotiv: www.buerosued.de
Satz: Uhl + Massopust, Aalen
Druck und Bindung: GGP Media GmbH, Pößneck
Printed in Germany
ISBN 978-3-328-10618-0
www.penguin-verlag.de

Für meine Eltern,
ihr unerschütterliches Vertrauen
und ihre Unterstützung bei all meinen Projekten,
selbst den verrücktesten

»Life begins at the end of your comfort zone.«

Neale Donald Walsch

1.

Sarah Lamour und Jackson Pollock

Von: anita-dolgis@wanadoo.fr
An: ju.charpentier@gmail.com
Datum: 13.10.2013 – 7:34:06
Betreff: Scheck

Liebe Juliette,
der Scheck ist letzte Woche rausgegangen, und ich bin überrascht, dass Sie ihn noch immer nicht erhalten haben. Bei dieser Gelegenheit teile ich Ihnen mit, dass mir Nicolas über Facebook die Fotos von Ihrem Wochenende in Saint-Malo geschickt hat. Wie ich sehe, haben Sie den bretonischen Strand ausgiebig genossen. Ich komme Sonntag zum Mittagessen bei Ihnen vorbei. Umarmen Sie meinen geliebten Sohn.
Anita

PS: Falls es Sie interessiert, eine Freundin hat mir einen sehr guten Sportklub im elften Arrondissement empfohlen.

Fast hätte Juliette den Milchkaffee auf die Tastatur ihres Computers gespuckt. Sie klickte auf »Antworten«:

Von: ju.charpentier@gmail.com
An: anita-dolgis@wanadoo.fr
Datum: 13.10.2013 – 8:01:47
Betreff: Re: Scheck

Liebste Anita,
besten Dank, mir geht es gut, und Ihnen?
Nicolas wird sich sehr über Ihren Besuch am Sonntag freuen (ich allerdings habe ebenso große Lust, Sie zu treffen, wie mich auf der Place de la Concorde in Brand zu stecken).
Was die Adresse Ihres Sportklubs angeht, so können Sie sich die irgendwo …

Sie unterbrach ihr Schreiben und kicherte vor sich hin. In dem Moment steckte Nicolas den Kopf durch die Tür.

»Gibt es noch Kaffee?«

Sie lächelte ihm zu – er sah wirklich gut aus mit seinen noch verschlafenen blauen Augen. Für ihn war sie bereit, alles zu ertragen, sogar die niederträchtigen E-Mails ihrer angehenden Schwiegermutter am frühen Morgen.

»Ich komme gleich, Liebling, ich antworte nur schnell deiner Mutter. Ich konnte ja nicht ahnen, dass du so früh aufstehen würdest.«

»Ich habe einen Termin mit Chloé.«

Juliette runzelte die Stirn.

»Schon wieder?«

Er schloss seufzend die Tür. Sie löschte die Antwort an ihre Schwiegermutter und schrieb stattdessen:

Liebe Anita,
vielen Dank für Ihre E-Mail. Den Scheck haben wir noch immer nicht erhalten. Vielleicht ist er verloren gegangen? Kein Problem, was Sonntag angeht. Ich wünsche Ihnen noch einen schönen Tag.
Juliette

Sie zögerte, zuckte mit den Achseln und klickte auf »Senden«. Es passte ihr gar nicht, dass Nicolas sich die Mühe machte, so früh aufzustehen, nur um Chloé zu treffen. Normalerweise lag er vor zehn noch im Bett. Sie warf einen Blick auf die Armbanduhr. Ihr Chef, Hervé – genannt Darth Vader, weil er so laut schnaufte, wenn er sich aufregte –, würde sie wieder einmal unterschwellig vorwurfsvoll fragen, ob sie sich den Vormittag freigenommen hatte. Es schien ein schlechter Tag für sie zu werden. Noch gestern hatte Hervé ihr angekündigt, dass sie in einer Woche befördert werden würde. Wörtlich hatte er gesagt: »Ich bin zu fünfundneunzig Prozent sicher.« Wenn man darüber nachdachte, war das doch albern. Wer sagt denn schon einer Angestellten, dass sie »eventuell« befördert werden würde?

Sie rannte in die Küche und setzte Kaffee auf, während Nicolas gähnend vor dem Toaster stand. Sie stellte Nutella, Milch und Toastbrot auf den Tisch und küsste Nicolas dabei kurz auf den Mund.

Im Bad versuchte sie, ihre braunen Locken mit Frisierschaum zu bändigen, hielt kurz inne und betrachtete aufmerksam ihr Spiegelbild. Hätte sie blondes glattes Haar, würde sie wie Sarah Lamour aussehen. Doch, doch, eine gewisse Ähnlichkeit bestand schon. Eine kleine. Zumindest bei den Augenbrauen. Es war schon sonderbar, denn Juliette war am gleichen Tag geboren wie Sarah Lamour. Natürlich kannte Sarah Lamour Juliette nicht, aber die ganze Welt kannte Sarah Lamour, die französische Schauspielerin, die es in Hollywood zu Weltruhm gebracht hatte, seit sie vor fünf Jahren in *Gott trägt Zara* mitgespielt hatte. Juliette war felsenfest davon überzeugt, dass die Sache mit dem Geburtsdatum und die gewisse Ähnlichkeit kein Zufall, sondern ein Zeichen waren. Ein Zeichen dafür, dass ihr, genau wie der Schauspielerin, eine verheißungsvolle Zukunft vorherbestimmt war.

Der Wecker auf der Ablage oberhalb des Waschbeckens zeigte 8.15 Uhr an. Entschlossen griff Juliette wieder zum Föhn. Sollte sie befördert werden, war es besser, wenn sie nicht wie mit dem Defibrillator frisiert im Büro erschien. Nicolas fand, dass ihr Haar beim Aufwachen »ein chaotisches Ganzes bildete und auf frappierende Weise einem Gemälde von Jackson Pollock ähnelte«. Als er diesen Witz zum ersten Mal gerissen hatte, war sie in Gelächter ausgebrochen, hatte aber sofort bei Google nach »Paul Lock« gesucht. Wie ermüdend es doch war, mit einem Intellektuellen zusammenzuleben!

Mit halbwegs gestylten Haaren suchte sie nun in ihrer Garderobe nach der passenden Kleidung für ihren neuen Posten, ein Outfit, das Ich-bin-ein-Profi-glaubwürdig-sympathisch-ein-wenig-Femme-fatale-aber-gut-erzogen-und-voller-Selbstvertrauen rief. Zwanzig Minuten fürs Aussuchen und Anprobieren mit dem Fazit, dass es die entsprechende Kleidung einfach nicht gab, zumindest nicht in ihrem Schrank. Zweimal hatte sie sich nun umgezogen und entschied sich für ein Kleid von Maje, das sie erst neulich erstanden hatte. Zu kurz? Etwas, aber das konnte noch durchgehen. Wieder rannte sie los und küsste nochmals Nicolas, der immer noch sinnend vor dem Toaster stand. Unten im Treppenhaus sah sie sich im riesigen Spiegel und kam zu dem Schluss: Das Kleid war definitiv zu kurz für die angehende Verantwortliche der Großkundenbetreuung im Departement Yvelines. Immer eine Stufe überspringend, eilte sie wieder nach oben und zwängte sich in ein zu enges Kostüm. Es stimmte leider, sie hatte ein wenig zu oft in die Keksdose gegriffen.

»Ich bin's noch mal, Liebling«, rief sie Nicolas zu.

Sie rannte nun zur Metrostation Louise Michel und wäre beinahe von einem Monoprix-Lieferwagen überrollt worden. Auf dem Bahnsteig warf sie noch einen Blick auf ihre Armbanduhr und stöhnte. Sie war wirklich spät dran, obwohl sie sonst eigentlich immer pünktlich war.

Fast immer.

Wer seine Arbeit gut machen will, schaut nicht auf die Uhr. Solchen Unsinn gab Hervé alias Darth Vader gern von sich, wenn man abends spät noch an einem Vertrag feilen musste. Egal wie man es drehte und wendete, der Tag hatte schlecht begonnen. Das bestätigte ihr auch das Horoskop auf der vorletzten Seite von *20 Minutes*, dem Gratisblättchen, das in der Metro auslag: »Bedeckter Astralhimmel, Ihre intellektuelle Fahrigkeit wird zu Fehlern führen. Heute ist nicht Ihr Glückstag.«

Darüber hinaus störte sie der Verlust des Schecks ungemein. Juliette hatte nichts dagegen, alles zu bezahlen, solange Nicolas noch an seiner Doktorarbeit schrieb, aber ohne die vierhundert Euro, die Anita ihrem Sohn monatlich zukommen ließ, war es nicht einfach, zu zweit von dem Gehalt einer kaufmännischen Angestellten zu leben.

Sie schlich in das Großraumbüro und ging einen langen Umweg, um Hervés Büro zu meiden, glitt hinter ihren Computer und atmete tief durch, als hätte sie soeben einen Marathon absolviert. Caroline Arembert am Schreibtisch gegenüber blickte auf, und in ihren Augen spiegelte sich Belustigung über Juliettes Panik wider. Lächelnd deutete sie auf den Versammlungsraum zu ihrer Linken und schüttelte den Kopf, als wollte sie sagen: »Keine Bange, er ist noch nicht aus der Besprechung zurück.« Juliette war beruhigt und tat so, als würde sie eine Kaffeetasse am Henkel halten, und Caroline nickte zustimmend.

Caroline Arembert kam nie zu spät. Sie war für ihr geradezu unglaubliches Organisationstalent und ihre freiwilligen Überstunden bekannt, die sie ohne Murren leistete. Trotz dieser offensichtlichen Makel war sie Juliettes Lieblingskollegin, zumindest diejenige, mit der sie vergnügt über alle anderen lästern konnte.

Vor der Kaffeemaschine studierte Caroline Juliettes rot angelaufenes Gesicht und grinste.

»Na, hat dein Wecker gestreikt? Ach, ich hab kein Kleingeld dabei, leihst du mir vierzig Cent?«

Trotz ihres großen Organisationstalents hatte Caroline nie Geld für Kaffee. Juliette reichte ihr die vierzig Cent, und die beiden begannen über Darth Vader herzuziehen, der anscheinend von der Direktion wegen der zu hohen Betriebskosten getadelt worden war.

»Stell dir das doch bitte mal vor!«, sagte Caroline. »Wenn er die Ausgaben noch mehr kürzen muss, wo er doch ohnehin schon so geizig ist, wie sieht es dann erst in den anderen Abteilungen aus?«

»Dann können wir nicht mal mehr mit den Kunden essen gehen«, antwortete Juliette und drückte voller Bedauern auf die Taste »Cappuccino ohne Zucker«.

Juliette arbeitete in der Abteilung Reinigungsprodukte einer der führenden französischen Firmen für Bürobedarf: CleanOffice. Einer der wenigen Vorteile ihres Postens bestand darin, dass sie ihre Kunden in Restaurants ausführen konnte, was wiederum den Vorteil hatte, dass sie, wenn sie »Ich habe ein Kundenessen« quer durch das Büro rief, zwischen Mittag und sechzehn Uhr ohne weitere Erklärungen verschwinden konnte. Dazu muss man sagen, dass es lebensnotwendig war, die Kunden großzügig zu bewirten, wollte man sie während der Verhandlungen über so spannende Themen wie Müllbeutel und Putzmittel, die jeden normalen Menschen zu Tode langweilten, wach halten.

»Nur Mut, wenn ich erst mal zur Verantwortlichen der Großkundenbetreuung im Departement Yvelines aufgestiegen bin, dann wird Darth Vader Ruhe geben«, meinte Caroline und rührte in ihrem Kaffee.

Juliette machte ihr ein Zeichen, still zu sein, denn gerade sah sie Christelle Crogue, die Schnüfflerin aus der Buchhaltung, auftauchen. Christelle Crogue trug das braune Kostüm ihrer ganz schlechten Tage. An schlechten Tagen trug sie Grau, und in den vier Jahren ihrer gemeinsamen Firmenzeit hatte Juliette noch nie die Farbe eines guten Tages an ihr gesehen.

»Darth Vader?«, fragte Christelle und hob ihre zu einem unecht wirkenden Bogen gezupften Augenbrauen. »Sprechen Sie so von Hervé?«

Juliette trank ihren kochend heißen Kaffee vor Schreck ex, während Caroline kühl und hochmütig antwortete:

»Natürlich nicht, und es geht Sie ohnehin nichts an.«

Christelle Crogue öffnete den Mund, als ob sie etwas erwidern wollte, änderte jedoch ihre Meinung, drehte sich um und schob Geldstücke in den Schlitz des Kaffeeautomaten.

Caroline wartete, bis sie gegangen war, und flüsterte: »Geh du nur petzen! Wenn ich erst mal meine Beförderung in der Tasche habe, dann spielst du dich nicht mehr so auf.«

»Du wolltest sagen *falls*«, berichtigte Juliette ein wenig peinlich berührt und warf ihren Plastikbecher in den Abfalleimer.

»Ich werde befördert. Ganz sicher. Wo wir gerade von Restaurants sprachen, bist du mit deiner Spesenabrechnung nicht zwei Monate in Verzug?«

Juliette verdrehte wortlos die Augen, und Caroline prustete: »Okay, ich sehe schon. Soll ich dir helfen?«

Juliette war die Situation unangenehm, denn Caroline ahnte offenbar nicht, dass sie nicht befördert werden würde, zumindest standen die Chancen dafür nicht besser als fünf Prozent. Hervé hatte zu Juliette gesagt, dass er lange überlegt habe, aber da sie ein Jahr mehr Erfahrung in der Firma hatte und sich um die kompliziertesten Kundenkonten kümmerte, habe er sie ausgewählt. Gern hätte sie darüber offen mit ihrer Freundin gesprochen. Sie wusste nur zu gut, dass Caroline jede Zusammensetzung der Putzmittel im Katalog von CleanOffice auswendig hersagen konnte und diese Beförderung verdiente. Das war es übrigens gewesen, was sie am Vortag Darth Vader zu erklären versucht hatte, worauf er sie genervt aus seinem Büro gewiesen und gesagt hatte, er entscheide hier schließlich, wer befördert würde und wer nicht.

Im Großraumbüro war es still, und die beiden setzten sich an ihre Plätze. Carolines Schreibtisch sah klar und aufgeräumt aus, im Gegensatz zu dem heillosen Durcheinander auf dem von Juliette. Die Kassenbons für ihre Spesenabrechnung quollen aus einer übervollen, unverschlossenen Schublade hervor. Ihr Spesenkonto würde wieder einmal auf zehn Monate hin überzogen sein. Neidisch betrachtete sie Carolines Ordner, in den sie systematisch alle neuen Abbuchungen von ihrer Kreditkarte am Tag der Ausgaben einordnete. Alle zwei Wochen erinnerte sie ein Handysignal daran, die Rückzahlungsformulare auszufüllen, was sie auch auf der Stelle tat, und dann trug sie alles in einer transparenten Hülle mit ihrem Namensschild in die Buchhaltung.

Juliette hatte versucht, es ihr gleichzutun. Doch schon nach drei Tagen ging sie wieder zu ihrem eigenen System über, das darin bestand, die zerknüllten Abbuchungszettel in die hierfür vorgesehene Schublade zu werfen, meist zusammen mit Papieren aus ihrer Handtasche, die eigentlich nichts damit zu tun hatten, bis hin zu gebrauchten Metrotickets. Alle zwei Monate legte sie die vielen Zettel vor sich hin und zermarterte sich das Hirn, um sich daran zu erinnern, worum es ging und welchem Kunden sie zugeordnet werden mussten.

Seufzend begann sie zu sortieren und die Belege auf die Abrechnungsformulare zu heften.

Sie müsste endlich mal im Lotto gewinnen.

2.

Hundertachtundneunzig Euro

»Juliette Charpentier, in mein Büro! Sofort!«

Juliette sprang von ihrem Stuhl auf, überrascht von Hervés Befehlston. Rief er sie wegen der Beförderung? Die Dezibel seines Darth-Vader-Schnaufens verhießen nichts Gutes, und sie versuchte das Horoskop für den heutigen Tag aus ihrem Gedächtnis zu verdrängen.

Heute ist nicht Ihr Glückstag.

Mit einem fröhlichen »Guten Tag« betrat sie Hervés Büro, doch sie sah nur das verschlossene Gesicht von Christelle aus der Buchhaltung. Was hatten Christelle Crogue und ihr braunes Kostüm mit ihrer Beförderung zu tun?

»Ich vermute, Sie wissen, warum ich Sie herbeordert habe, Juliette.«

Hervés Stimme klang so kalt, dass Juliette überrascht eine völlig unverständliche Antwort stotterte. Die Frage war rein rhetorisch gewesen, und er unterbrach Juliette mit einer Handbewegung.

»Sie brauchen sich nicht zu rechtfertigen, warten wir zunächst auf den Personalchef!«

Dann tippte er auf der Tastatur seines Computers

herum, als wären weder Juliette noch Christelle im Raum. Juliette begann an ihrem rechten Daumennagel zu nagen, um sich abzulenken. Weshalb sollte sie sich rechtfertigen?

Heute ist nicht Ihr Glückstag …

Nichts, was in dieser Woche geschehen war, erklärte Christelles Anwesenheit hier im Büro, auch nicht das eiskalte Verhalten von Hervé. Wegen ihres Zuspätkommens letzten Dienstag würde er sie wohl kaum zu sich bestellen, und erst recht nicht den Personalchef! Sie seufzte und begann am Daumennagel der linken Hand zu nagen. Hervé starrte mit gerunzelter Stirn und hoch konzentriert auf seinen Bildschirm.

Anitas Scheck war immer noch nicht eingetroffen. Sollte Nicolas das Geld beiseitegeschafft haben, um ihr einen Verlobungsring zu kaufen? Es würde nicht mehr lange dauern, das spürte sie. Selbstverständlich musste er zunächst mit seiner Doktorarbeit fertig werden. Er würde Philosophieprofessor werden, Schriften zu Heidegger und seiner Phänomenologie des Seins verfassen, und sie würden ein kleines Haus mit Garten in einem Vorort kaufen, wo sie mit ihren drei Kindern, Eric, Jean und Marie, leben würden und …

»Weshalb grinsen Sie so dümmlich, Mademoiselle Charpentier?«

Der Personalchef hatte Hervés Büro betreten und knallte die Tür zu. Er sah ebenso liebenswürdig aus wie die anderen. Alle Augen waren missbilligend auf Juliette gerichtet.

Sie erschrak, wurde rot und murmelte »Guten Tag«.

Ohne sie eines Blicks zu würdigen, bedeutete der Neuankömmling Christelle, ihm ein Blatt Papier zu reichen. Sofort erkannte Juliette, dass es sich um ein Abrechnungsformular mit einem angehefteten Kassenbon handelte.

»Macht man jetzt falsche Spesenabrechnungen?«

Juliette blickte auf das Formular, das er ihr reichte. Offenbar hatte sie das Formular unterzeichnet, an das ein Kassenbon geheftet war. Ein Kassenbon von Maje für den Kauf eines Kleides für einhundertachtundneunzig Euro. Dieses Kleid schuf ihr definitiv nur Probleme! Natürlich erkannte sie den Bon und wusste, worum es sich handelte. Was sie jedoch nicht verstand, war, durch welches Wunder er auf das Abrechnungsformular gelangt war.

»Das ist doch Ihr Kreditkartenbeleg, oder?«, fragte Christelle und tippte auf den Zettel.

»Ja, aber …«

»Aber was?«, unterbrach sie Hervé. »Sind Sie sich über die wirtschaftliche Situation nicht im Klaren? Man hat Sie gebeten, umsichtig mit den Spesen umzugehen, und Sie glauben, Sie können der Firma Ihr Schnäppchen aus dem Ausverkauf berechnen?«

»Technisch gesehen war es kein Ausverkauf, das Kleid hatte nur einen kleinen Fehler und …«

»Und Sie machen sich auch noch über uns lustig?« Hervés Gesicht hatte sich beängstigend lila verfärbt, und er schnaufte immer lauter.

Juliette verlor den Boden unter den Füßen, das Formular war sorgfältig ausgefüllt mit der Summe, dem Kundencode, dem Datum vom letzten Montag, und es war von ihr unterzeichnet worden. Sie erinnerte sich an die zerknüllten Belege, die sie in aller Eile bearbeitet hatte, und begann zu begreifen. Sie schluckte, sie musste sich beruhigen, alles würde sich aufklären, das Ganze war nur ein Irrtum.

»Ich habe mich vertan, der Beleg muss in den Stapel mit den anderen Kassenbons gerutscht sein, ich wollte mich beeilen …«

»Hundertachtundneunzig Euro!«, unterbrach sie Darth Vader und wedelte mit dem Papier vor ihrer Nase herum. »Und ich soll die Ausgaben unserer Abteilung einschränken! Und wegen eines solchen betrügerischen Verhaltens muss ich mir sagen lassen, dass wir hier zu viel Geld ausgeben!«

Christelle in ihrem kackbraunen Kostüm unterstützte seine Aussage mit heftigem Kopfnicken.

»Es tut mir leid, es war ein Irrtum, ich wollte nicht …«

Darth Vader nahm seine Brille ab und hauchte auf die Gläser. Mit zitternden Händen und einem Papiertaschentuch putzte er seine Brille und setzte sie wieder auf. Dann nickte er dem Personalchef zu, der ein Blatt Papier und einen Stift vor Juliette hinlegte und mit trüber Miene sagte: »Ich habe eine gute Nachricht.«

Juliette war den Tränen nahe und fragte sich für den Bruchteil einer Sekunde, ob ihre Beförderung noch im Bereich der Möglichkeiten lag. Er fuhr fort: »Wir nehmen ihre sofortige und fristlose Kündigung an und verfolgen die Angelegenheit nicht weiter.«

3.

Wo bleibt der Hamburger Royal?

Juliette warf einen panischen Blick auf die drei Wachhunde um sie herum. Das konnte nur ein Albtraum sein. Niemand wurde wegen eines Irrtums bei der Spesenabrechnung entlassen. Im Gegensatz zu vielen anderen Mitarbeitern hatte sie noch nie persönliche Ausgaben auf ihre Spesenabrechnung gesetzt. Das Gefühl, ungerecht behandelt zu werden, stieg in ihr auf. Sie atmete tief ein, legte den Stift beiseite und schob das Blatt weg.

»Nein, es handelt sich um ein Missverständnis. Es tut mir leid, und es soll nicht wieder vorkommen, aber deshalb kann ich doch nicht kündigen.«

»Die Firma kann Diebstahl auf keinen Fall dulden«, entgegnete Christelle und schob das Blatt wieder zu ihr hinüber.

»Wir haben strenge Anweisungen erhalten: Nulltoleranz für diese Art von Betrug.«

Die Worte »Diebstahl« und »Betrug« fühlten sich wie Ohrfeigen an, und Juliette brach in Tränen aus.

»Verstehen Sie denn nicht? Es war doch nur ein Irrtum, bitte! Ich …«

»Ersparen Sie uns diese Szene, das ist grotesk und

bringt Sie auch nicht weiter«, unterbrach sie Hervé kurz angebunden.

In Christelles Blick meinte sie ein Zögern und so etwas wie Mitleid zu lesen, doch dieser Kündigungsbrief lag wieder vor ihr und wartete auf ihre Unterschrift.

»Ich hoffe, Sie sind sich darüber im Klaren, welche Chancen Sie durch Ihre Unehrlichkeit verwirkt haben«, fuhr Darth Vader fort. »Hätte Christelle, eine wirklich professionelle Mitarbeiterin, mir heute Morgen nicht dieses beschämende Dokument vorgelegt, so wäre es in unserem heutigen Gespräch um Ihre Beförderung, nicht um Ihre Kündigung gegangen.«

Es brauchte fünfunddreißig Minuten, um Juliette davon zu überzeugen, dass sie keinen Kompromiss würde aushandeln können. Sie weigerte sich, weinte, bettelte, aber die anderen blieben hart. Hervé war schon dabei, nach dem Telefonhörer zu greifen, und drohte, den Sicherheitsdienst zu rufen. Bei der Vorstellung, wie eine Verbrecherin abgeführt zu werden, entschloss sie sich schließlich, das Schreiben zu unterzeichnen. Ihre Hände zitterten, und Tränen tropften auf das Papier.

Sie ließen sie nicht einmal ihre Sachen aus der oberen Etage holen. Es war der Personalchef, der ihre Habseligkeiten in einen Karton packte und mit ihrem Mantel nach unten brachte. Sie nickte nur und weinte, während er die Gegenstände im Karton aufzählte: drei Fotos von Nicolas und ihr, die neben dem Computer gethront hatten, ein angeschlagener Kaffeebecher mit einer Micky Maus darauf, ihre Handcreme mit Honig, Wimperntusche, ein Stadtplan von Paris, ein Paar Socken, zwei Haarbürsten, eine Tube Haargel, ein schwer identifizierbarer Gegenstand aus Plastik, der in einem anderen Leben vielleicht einmal ein Kamm gewesen war, ein Tampon, fünf Schachteln Milchschokocookies und drei Schachteln Bitterschokocookies. Man ließ sie noch jede Menge Papiere unterschreiben – sie las sie nicht einmal durch – und sprach von Ausgleichszahlung und anderem administrativem Zeug, aber sie hörte gar nicht mehr zu. Sie konnte sich von niemandem verabschieden, und das war im Grunde auch besser so. Sie hätte sowieso nicht gewusst, was sie hätte sagen sollen, und fühlte nichts als Scham.

Draußen, auf dem tristen Vorplatz von La Défense, setzte sie sich auf eine Bank und weinte bitterlich. Sie hätte gern jemanden angerufen, wusste aber, dass sie nicht einen einzigen verständlichen Satz hervorbringen konnte. Das Kinn auf die Hand gestützt, betrachtete sie die Passanten in ihren dunklen Anzügen und Kostümen. Sie unterhielten sich am Handy, kehrten irgendwo zum Mittagessen ein oder gingen zum Kaffeetrinken in einen Starbucks, um später wieder in ihre gläsernen Türme zurückzukehren, von ihrem Glück nichts ahnend. Gestern hatte sie die Menschen gar nicht wirklich wahrgenommen, denn sie gehörte zu der gleichen Kaste wie sie, doch heute hätte sie alles dafür gegeben, an ihrer Stelle zu sein. Sie öffnete eine der Schachteln mit Milchschokocookies.

»Hätte Christelle mir heute Morgen nicht dieses beschämende Dokument vorgelegt, so wäre es in unserem heutigen Gespräch um Ihre Beförderung, nicht um Ihre Kündigung gegangen.«

Miststück!

Schniefend biss Juliette in ihren Keks. Was sollte sie jetzt tun? Es war eine Katastrophe! Sie würde die Miete nicht mehr zahlen können und keinen neuen Job finden, denn man hielt sie für eine Diebin. Und Nicolas? Sie weinte noch bitterlicher. Armer Nicolas, sie würde ihn wieder einmal enttäuschen, nach all den gemeinsamen Jahren ließ sie ihn nun im Stich …

Nicolas und Juliette hatten sich an der Uni kennengelernt. Damals, nachdem sie es in vielen Sparten versucht und wieder aufgegeben hatte – von einer Ausbildung zur Köchin über Grafikdesign bis hin zur Lehrerausbildung –, hatte sie sich schließlich für die Buchhaltung entschieden. Also studierte sie Fächer, in denen so schreckliche Worte wie »Sachanlagen«, »Zahlungsstrom« oder »Feststellung der Finanzdaten« vorkamen. Bis zum heutigen Tag pflegte Nicolas nur zwei Leidenschaften in seinem Leben: Philosophie und Philosophie. Er studierte die Definition des Moralkonzepts beim kategorischen Imperativ von Kant sowie die Auseinandersetzung mit und die Analyse von Aristoteles' Nikomachischer Ethik. Natürlich war es damals unwahrscheinlich, dass sie sich je in einem Hörsaal über den Weg laufen würden, aber ein glücklicher Zufall hatte sie zusammengeführt. Beide sprachen nur schlecht Englisch, und so kam es, dass sie an einem schönen Mittwochnachmittag nebeneinander in einem Nachhilfekurs saßen und mit großem Ernst Albernheiten wie »The city where I live is called Paris and it is very beautiful« wiederholten. Brian war »in the kitchen« und Nicolas zu spät. Er hatte seinen Kuli vergessen, und außerdem fiel ihm beim Öffnen seines Rucksacks der gesamte Inhalt auf den Boden. Juliette blickte zu dem blassen Jungen mit den großen romantischen Augen hinüber, der eilig ein angebissenes Sandwich mit Thunfisch und Mayo in den Rucksack zurückstopfte, und war wie vom Blitz getroffen. Verliebt im wahrsten Sinne des Wortes, mit offenem Mund, als hätte ihr gerade jemand in den Bauch geboxt, bereit, in den folgenden zehn Jahren wie eine Märtyrerin zu leiden, Löwen, Gift und Kreuz weniger zu fürchten, als nur einen Augenblick dem Gegenstand ihrer Liebe fern zu sein. Leider war der Erwählte sich der Schönheit dieses Augenblicks nicht sogleich bewusst. Nachdem er Juliette, die ihm einen Stift reichte, dankbar zugelächelt hatte, was als Zeichen für eine potenziell leidenschaftliche Liebesgeschichte gewertet werden konnte, biss er lediglich in die zweite Hälfte des Sandwichs, das ihm seine Maman zubereitet hatte, und wiederholte mit vollem Mund: »This summer, I will travel to London and see the Queen of England.«

Es brauchte ein Jahr, bis auch Nicolas von diesem Blitz getroffen wurde oder zumindest einen leichten Elektroschock verspürte. Ein ganzes Jahr lang arbeitete sich Juliette an ihn heran mit gemeinsamem Kaffeetrinken in der Cafeteria, unverständlichen Diskussionen über Philosophie, für die sie Interesse heuchelte, Kino, wilden Ergüssen per Brief, Telefon, Fax, SMS und E-Mail… Alle Techniken und alle Mittel waren ihr recht, um den Mann ihres Lebens zu ködern. Sie wollte ihn haben, und sie hatte ihn bekommen. Und sechs Jahre nach ihrer ersten Begegnung waren sie ein Paar, wie es glücklicher nicht sein konnte.

Sie lebte nur für ihn und hatte ihn immer beschützt, und jetzt ließ sie ihn hängen. Ihretwegen würde er seine Doktorarbeit nicht zu Ende schreiben können. Er würde seine Leidenschaft aufgeben, für ihren Unterhalt sorgen und bei McDonald's arbeiten müssen. Er würde seine Tage schwitzend unter einer roten Plastikschirmmütze verbringen, Fritten in heißes Öl tauchen und tiefgefrorene Käsescheiben in genauer Reihenfolge auf Pattys von BSE-Rindern stapeln, während sein Boss hinter ihm brüllen würde: »Wo bleibt der Hamburger Royal?« Das Einzige, was sie noch zu essen hätten, wären die Reste von Big Macs und abgelaufene Caramel-Sundaes, die er abends mit nach Hause bringen würde, um seine Familie zu ernähren.

Um sich auf diese ölig-bedrohliche Zukunft vorzubereiten, griff Juliette zur zweiten Schachtel Schokocookies. Und da es nur wenig Leid auf der Welt gibt, das nicht mit Butter, Mehl, Zucker, achtundvierzig Prozent Milchschokolade, etwas Ammoniumcarbonat und Dinatriumdiphosphat zu heilen wäre, konnte sie sich einige Kekse und dreihundertfünfzigtausend Kalorien später wieder fangen.

4.

Die Chloé-Methode

Den Karton unter dem Arm und mit verquollenen Augen beschloss Juliette unter den desinteressierten Blicken der wenigen Mitreisenden den Bus anstelle der Metro zu nehmen. Nicolas war bestimmt zu Hause in seinen Büchern vergraben und würde sie trösten. Nichts wünschte sie sich sehnlicher, als von ihm in den Arm genommen zu werden.

Es begann kalt zu werden. Der Herbst und die Blätter der Bäume fielen auf die trüben Bürgersteige, Paris nahm nach und nach winterliche Farben an, ein schmutziges Grau, trist, braun gefleckt von dem Blattwerk, das auf dem Asphalt verrottete. Regenfreie Tage wurden so selten wie Taxis nach der letzten Metro, und der Himmel würde bald schmutzig weiß erscheinen, die Farbe der ständigen Luftverschmutzung.

Juliette liebte Paris. Sie war in der Luft von Bordeaux aufgewachsen, unglaublich sauber verglichen mit der von Paris, wie ihre Eltern beteuerten, wenn sie Juliette besuchen kamen. Ihre ganze Kindheit über hatte sie von Paris geträumt, aber ihre Eltern hatten sie nie dahin mitgenommen. Dazu muss gesagt werden, dass Monsieur und Madame Charpentier absolut nicht verstanden, weshalb man überhaupt reisen musste, wenn es doch zu Hause so gemütlich war. Mit achtzehn war Juliette aufgrund einer plötzlichen Anwandlung, was sonst so gar nicht ihre Art war, nach Paris aufgebrochen, um dort an der Uni zu studieren. Seitdem lebten ihre Eltern in der ständigen Angst vor einem Anruf der Polizei, die ihnen mitteilte, man habe eine weibliche Leiche gefunden, und sie sollten bitte nach Paris kommen, um ihre Tochter zu identifizieren, die ein Psychopath auf der Linie D der Express-Metro gefoltert und gehäutet hatte. Ein solches Szenario war jedoch wenig wahrscheinlich, denn Juliette, ganz die Tochter ihrer Mutter, fuhr nach 22.30 Uhr nie mit der Metro und sprach auch nicht mit Fremden.

Die Stirn an der Fensterscheibe gelehnt, betrachtete sie die vorbeiziehenden Häuser. Im Normalfall träumte sie während ihrer Fahrten von dem Tag, an dem Nicolas um ihre Hand anhalten würde, davon, ihre Agenda und Abendessen zu organisieren oder zu entscheiden, wann sie zu ihrem Zumbakurs gehen würde. Doch heute blickte sie auf die Fassaden, ohne sie wirklich zu sehen, und konnte an nichts anderes denken als an ihre Kündigung.

An der Haltestelle Louise Michel stieg sie aus und hatte es eilig, nach Hause zu kommen. Nicolas und sie wohnten in Levallois-Perret, dem idealen Viertel für ein junges Pärchen, das sicher bald Kinder bekommen würde, hatte die Immobilienmaklerin gesagt und Juliette zugezwinkert. Wie bei jedem Paar ihres Alters waren die winzigen Räume mit Billy, Vilshult und

Färgrik zu neunzehn Euro neunundneunzig eingerichtet, und jetzt hatten sie den Eindruck, in einer Hochglanzseite eines Ikea-Katalogs eingesperrt zu sein.

An der Ecke zu ihrer Straße sah sie plötzlich Nicolas aus dem Haus kommen. Sie wollte ihn schon rufen, ihm winken, doch noch bevor sein Name über ihre Lippen kam, ließ sie die Hand sinken. Gleich hinter ihm tauchte eine blonde junge Frau in einer zerrissenen Jeans auf, die lauthals lachte.

Eifersucht stieg in Juliette auf. Sie hatte schon immer ihre Mühe mit Chloé gehabt, und sie war wirklich die letzte Person, mit der sie über ihre Kündigung sprechen wollte. Nicolas hatte sie vor einem Jahr bei einer Konferenz über Philosophie kennengelernt, ihre Doktorarbeiten behandelten ein paar ähnliche Themen, sodass sie beschlossen hatten, gemeinsam zu arbeiten. Das hätte Juliette nicht weiter gestört, wenn Chloé bärtig, einen Meter dreiundachtzig groß gewesen wäre und hundertfünfzig Kilo auf die Waage gebracht hätte. Aber nein, Chloé hatte das Gesicht einer Porzellanpuppe und das beständig hübsche Lächeln eines Engels auf Prozac. Sie war fünfundzwanzig, wirkte aber wie achtzehn. Außerdem war sie schlank und witzig und konnte mit der gleichen Wärme über Plato, Epikur und Nicolas' andere Helden sprechen wie Juliette über die letzte Folge von *Game of Thrones*.

Nicolas und Chloé entfernten sich, ohne Juliette gesehen zu haben, und unterhielten sich angeregt. Juliette machte sich zwar Vorwürfe, doch es war stärker als sie,

sie mochte Chloé einfach nicht. Eine Zeit lang hatte sie gehofft, sich mit ihr anzufreunden, sie zumindest ertragen zu können. Genau das war ja auch mit Caroline geschehen, warum nicht mit Chloé?

Tatsächlich war es Nicolas gewesen, der Caroline Juliette vorgestellt hatte, und auch wenn es ihr heute absurd vorkam, so hatte sie Caroline auf Anhieb gehasst. Allein bei dem Gedanken, der »besten Freundin« zu begegnen, die Nicolas bereits seit der Vorschule kannte, geriet Juliette in Panik. Caroline wohnte damals im Nachbarhaus, und als sich ihre Eltern scheiden ließen, zog sie eine Weile in das Haus von Nicolas. Er las ihr unter der Decke mit einer Taschenlampe aus Jules Verne vor, damit sie zu weinen aufhörte. Und in der siebten Klasse, als jemand »Caroline Arembert = dicker fetter Camembert« auf die Toilettentür geschmiert hatte, hatte Nicolas den Matheunterricht geschwänzt und mit einem aus der Kantine geklauten Küchenmesser die Schmähschrift so lange abgekratzt, bis man sie nicht mehr lesen konnte. Juliette war zweiundzwanzig gewesen und seit kaum einem Monat mit Nicolas zusammen. Höflich lächelnd lauschte sie den Erinnerungen an diese Kinderfreundschaft, doch in ihrem tiefsten Innern trug sie sich mit Mordgedanken. So kam es, dass sie Nicolas begleiten wollte, wenn er sich mit seiner Freundin traf, um ihr Territorium abzustecken. Doch dann sah sie Carolines glattes, stumpfes Haar, ihre schiefe Brille, ihren unter riesigen XL-Sweatshirts mit Kapuze versteckten Körper und vergaß ihre Ängste. Caroline hatte Juliette angestrahlt und gesagt:

»Hallo, Juliette, ich freue mich aufrichtig, dich kennenzulernen.« Und sie fügte errötend nach einer Pause hinzu: »Und du bist viel hübscher, als er gesagt hat.«

Juliette hatte furchtbare Schuldgefühle gehabt und hätte sich am liebsten geohrfeigt.

Ihr nächstes Zusammentreffen musste Nicolas in letzter Minute absagen, weil seine Maman, Anita, für ihn einen Termin beim Dermatologen vereinbart hatte, der Nicolas' Leberflecke untersuchen sollte. Auf diese Weise waren Juliette und Caroline allein, tranken ihre Coca light und zogen dann, nach zehn Minuten der Unsicherheit, drei Stunden lang in Eintracht über Nicolas' Mutter her. Sie lachten so sehr, dass sie Bauchschmerzen bekamen. Sie wurden Freundinnen und bald auch Kolleginnen, als Juliette ein paar Jahre später Carolines Lebenslauf ihrem Chef übergab, um ihr einen Job zu beschaffen. Später bauten sie ihre Freundschaft bei gemeinsamen Kaffeepausen aus. Juliette wurde Carolines Beraterin, was Shopping und Schminken anbelangte, und Caroline übermittelte Nicolas heiße Tipps, wenn er ein Geschenk für Juliette suchte, und sie deckte Juliette, wenn sie bei CleanOffice mit Verspätung auftauchte. Caroline zögerte nicht, Darth Vader mit unschuldiger Miene die schlimmsten Lügen aufzutischen, wenn es sich als notwendig erwies.

Aber im Gegensatz dazu gab sich Chloé nicht die geringste Mühe, Juliette näher kennenzulernen. Sie schien Juliette für ein Haustier zu halten, das Nicolas gehörte, stellte ihr nie persönliche Fragen, verstummte, wenn Juliette etwas sagte, oder verließ den Raum, wenn sie eintrat. Juliette hatte manchmal den Eindruck, dass Chloé sie verachtete, besonders wenn sie Fragen dieser Art stellte:

»Was hältst du von Schopenhauer?«

Juliette fiel nichts Schlagfertiges ein und sie blieb stumm.

Jetzt stand Juliette auf dem Bürgersteig und schaute den beiden nach, wie sie an der nächsten Straßenecke verschwanden. Sie fürchtete sich, in die leere Wohnung zurückzukehren und im Wohnzimmer allein eimerweise Tränen zu vergießen. Ihre Freundinnen arbeiteten noch, bis zum Feierabend dauerte es noch Stunden. Ihre Mutter anzurufen, wäre keine gute Idee, die würde glatt einen Herzinfarkt bekommen. Juliette wusste, dass es jetzt nur noch eine Sache gab, die sie beruhigen konnte. Sie blieb vor der Eingangstür zu ihrem Haus stehen, zögerte, gab den Code ein, stieg die Treppen hinauf und überlegte es sich dann anders, rannte die Treppen wieder hinunter und weiter zum Supermarkt Monoprix.

5.

Lebkuchenkaninchen

Es war gerade mal fünfzehn Uhr und der Supermarkt menschenleer. Im Hintergrund dudelte anheimelnde Musik, die das sterile Ambiente auflockerte. Juliette schlenderte die Regalreihen entlang. Sie musste diesen scheußlichen Tag ein wenig würzen. Also blieb sie vor dem Gewürzstand stehen und strich mit dem Finger über die Glastöpfchen voller Körner, Trockenfrüchte und Pulver in warmen Farben. Für sie, die sich immer geweigert hatte, ein Flugzeug zu besteigen oder weiter als bis nach Amsterdam zu reisen, war der Gewürzstand vom Monoprix ein abenteuerlicher Trip durch die Welt. Sie füllte ihren roten Einkaufskorb aus Plastik mit Anissternen, Vanillepulver, Zimtstäbchen und grünen Kardamomkapseln. Konnte sie eine Tube öffnen, so schnüffelte sie skrupellos an ihrem Inhalt. Diejenigen, die mit Schutzdeckelchen aus Aluminium versehen waren, stellte sie voller Bedauern zurück. Sie nahm sich Zeit und wählte bedächtig ein Produkt nach dem anderen aus und legte es erst dann in den Korb, wenn sie sicher war, dass es sich mit den anderen Zutaten gut vertragen würde. Nach und nach füllte sich ihr Korb mit den Herrlichkeiten, aus denen sie ihre Rezepte zusammenstellen würde. Nachdem sie über eine Stunde durch den Supermarkt flaniert war, begab sie sich zur Kasse.

»Dreiundachtzig Euro fünfunddreißig«, sagte die Kassiererin. Das war für jemanden ohne Einkommen eine unvernünftige Ausgabe, doch mit einem scheuen Lächeln reichte Juliette der Kassiererin ihre Kreditkarte.

Zu Hause stellte sie ihre Einkäufe in der Küche ab. Hatte sie erwartet, auf dem Esstisch offene Bücher und beschriebene Zettel vorzufinden, wie es oft der Fall war, wenn Nicolas und Chloé zusammen arbeiteten, so fand sie diesmal den Tisch abgeräumt und ordentlich vor. Es gab nicht einmal Fingerspuren auf dem Holz, die ganze Wohnung wirkte sauber und aufgeräumt, und selbst die Waschmaschine rauschte. Überrascht stellte Juliette fest, dass sogar das Bett frisch bezogen war. Es kam nur selten vor, dass Nicolas ohne ihr Bitten diesbezüglich die Initiative ergriff. Ein zärtliches Lächeln umspielte ihre Lippen.

Sie wusch sich die Hände und ging an die Arbeit. Sie goss Wasser und Zucker in einen Topf. Noch nie war ihr Karamell angebrannt, und sie hatte auch keine Ahnung, wie das passieren konnte. Eigentlich brauchte man nur ein Thermometer und etwas Zitronensaft. Vor allem durfte man nicht gleichzeitig im Fernsehen *Die Küchenschlacht* anschauen und den Topf auf großer Flamme unbeaufsichtigt lassen.

Als der Zucker zu einem hübschen hellen Brei verlaufen war, stellte sie den Gasherd aus. Sie gab ein wenig Zimt in die Masse, etwas Vanille und die anderen Gewürze, die sie nicht kannte, aber jetzt ausprobierte, beugte sich über den Topf, sog das Aroma ein und lächelte zufrieden. Anschließend fügte sie eine geviertelte Ananas hinzu und ließ alles köcheln, während sie nun den nächsten Vorgang in Angriff nahm.

Jetzt kam das Kaninchen dran, mit Lebkuchen, Zwiebeln, einer Handvoll Backpflaumen, Speck, verschiedenen Kräutern und ein paar Karotten. Nichts Kompliziertes. Juliette folgte nicht gern fertigen Rezepten, sondern experimentierte lieber mit neuen Zusammenstellungen und Geschmacksrichtungen. Beim Essen registrierte sie die Aromen, die Gemeinsamkeiten dieser oder jener Zutat und speicherte im Gedächtnis Informationen wie »Schokolade passt gut zu Schweinekotelett«, und sie kam bei anderer Gelegenheit auf ihre Einfälle zurück. Kostete sie, wusste sie sofort, ob Zucker, Salz oder etwas zum Entschärfen fehlte, und streute oder goss das Nötige hinein. Das klappte in neun von zehn Fällen, und ihre Gäste lobten sie und ihre Kochkünste. Die Teller wurden bis zum letzten Tropfen Sauce leer gegessen. In einem von zehn Fällen konnte es jedoch vorkommen, dass ihr Essen verhunzt war und die Gäste, peinlich berührt, in ihren Tellern und einer unappetitlich verfärbten Mixtur herumstocherten. Sie nickten höflich und beteuerten die Originalität der Speise, aber leider sei gerade eine Diät angesagt.

Juliette konnte kochen, seit sie klein war, ihre Großmutter hatte es ihr beigebracht.

Ihr Vater, Jean Charpentier, hatte seinerzeit eine Makleragentur besessen, die Konkurs anmelden musste, als Juliette gerade acht Jahre alt war. Sie konnte sich noch gut an den Streit ihrer Eltern erinnern, an die Tränen ihrer Mutter, einer Krankenschwester, die mit ihrem Gehalt über Monate die ganze Familie ernähren musste, begraben unter Schulden und Verzweiflung. Wochenlang lebte Juliette in der Angst, sie müssten nun alle drei hungers sterben. Sie sah ihre Familie schon auf der Straße und weinte abends stundenlang in ihrem Bett. Ihre Eltern waren zu sehr mit ihren Geldsorgen beschäftigt und sahen nicht, wie sehr diese Lage ihre Tochter erschütterte. Die Spannungen wurden so unerträglich, dass sie es vorzogen, Juliette in den Sommerferien zu ihrer Großmutter zu schicken.

Juliettes Großmutter war ganz anders als ihre Mutter. Ihr Lachen war laut, sie plante nie etwas, kam immer zu spät und verschwand, wenn man es am wenigsten erwartete. Ihre Entscheidungen kamen spontan und waren zumeist unvernünftig. Ihr einziges Ziel schien es zu sein, ihre Kinder zu ärgern, und das war der Grund, weshalb man ihr bis dahin Juliette noch nie anvertraut hatte. Sie war achtundfünfzig Jahre alt gewesen, als ihr Mann an Krebs starb. Dann war sie auf Weltreise gegangen, um sich abzulenken, wie sie immer sagte, aber jedem, der es hören wollte, raunte sie verschwörerisch zu, sie habe ihren Mann umgebracht. Alle sechs Monate schrieb sie eine völlig unverständliche, überschwängliche Postkarte und listete sämtliche Erlebnisse – von Sehenswürdigkeiten über Begegnungen zu gekosteten Speisen – auf. Ein paar Jahre lang hatten ihre Kinder noch versucht, sie zur Räson zu bringen und davon zu überzeugen, dass sie zu gefährlich und nicht ihrem Alter entsprechend lebte. Allerdings folgten auf solche Versuche erst recht absurde und verantwortungslose Entscheidungen, sie verlegte sich auf Fallschirmspringen und Trecks durch den Sudan, oder sie fuhr mit einem Maserati auf einer Rennstrecke. Dann verkaufte sie ihre Wohnung in Paris, vermachte die Hälfte des Erlöses UNICEF und zog in das Departement Gers in Südfrankreich. Mit erstaunlicher Geschwindigkeit hatte die ehemalige Kosmetikerin die Ersparnisse ihres Mannes aus dem Fenster geworfen, doch dank des Internets, mit dem sie rasch umzugehen lernte, und nachdem sie das Couchsurfing für sich entdeckt hatte, war sie wieder auf Reisen gegangen, soweit es ihre Rente erlaubte, und schlief bei Hippies und Wohltätigen, die ihre Türen den Internetsurfern gerne öffneten.

Also hatten ihre Eltern Juliette für den Sommer in den Gers geschickt, damit sie Oma Jacqueline kennenlernte, als diese gerade von ihrer Weltreise zurückkehrte. Juliette fand sich in einem unordentlichen Haus mitten in der Pampa wieder. Als sie »Guten Tag, Oma« sagte, erhielt sie gleich einen Klaps auf den Kopf. »Nenn mich ja nie Oma, nur Jackie« (so wie Jackie Kennedy). Ein schlechter Anfang. Jackie rief täglich ihre Tochter an, um ihr mitzuteilen, wie tollpatschig, ängstlich und sonderbar erzogen Juliette doch sei, und Juliette war von morgens bis abends deprimiert. Eines schönen Tages, als Jackie nicht mehr wusste, was sie noch mit diesem deprimierten zehnjährigen Mädchen anstellen sollte, um ihm ein Lächeln zu entlocken, beschloss sie, ihr beizubringen, wie man eine *blanquette de veau* – ein Kalbsfrikassee – kocht. Sie begaben sich in die Küche, und nachdem sie einmal begonnen hatten, sollten sie den Herd kaum noch verlassen. In anderthalb Monaten probierten sie etwa hundert Rezepte aus. Sie luden zu jedem Essen Nachbarn ein, sie schmeckten ab, veränderten, gaben braunen Zucker in Pastagerichte und Pfefferminz in cremigen Schokoladenkuchen. Sie machten alles, was ihnen Spaß machte, probierten, verzogen das Gesicht, begannen von vorn, kosteten noch einmal, aßen mit Appetit, wenn es schmeckte, und warfen Ungenießbares weg. Es war der Himmel auf Erden. Zumindest dachte das Juliette. Ihre Mutter weniger, denn als Juliette nach Hause kam, war ihr Koffer voller alter Kochbücher, und Juliette wog vier Kilo mehr. Sie wurde auf Diät gesetzt. Mit den Schokocookies war es nun vorbei. Etwas später fand ihr Vater eine Anstellung, und Juliette hatte ihr altes Gewicht. Fast alles war wieder beim Alten, bis auf ein Detail: Juliette hatte eine neue Leidenschaft, eine nagelneue Liebe zu allem, was Essen und Kochen anging. Eine Leidenschaft, die sie nicht mehr verlieren sollte.

Je intensiver Juliette mit der Zubereitung des Abendessens beschäftigt war, umso weniger dachte sie an die grässliche Szene von heute Morgen. Sie konzentrierte sich auf den Geschmack und den Geruch, die Goldfärbung des Kaninchenfleischs, das sie angebraten hatte, bevor sie Lorbeer, bröckchenweise Lebkuchen und Speck hinzufügte. Sie schmeckte ab, überlegte kurz und schüttete den Rest einer Flasche Bier, die sie im Kühlschrank gefunden hatte, in den Topf. Wunderbare Düfte zogen durch die Küche, und Juliette entspannte sich. Anderthalb Stunden vergingen, in denen sie zum Schluss den Tisch deckte, noch schnell eine Flasche Wein einkaufte und ihr Gericht in Ruhe garen ließ. Als alles fertig war, begann sie, auf Nicolas zu warten. Sie hoffte, er würde nicht allzu spät heimkommen. Es war 19.07 Uhr. Um diese Zeit kamen die Leute aus den Büros, gingen zur Metro und fuhren leichten Herzens nach Hause. Angst stieg in ihr auf. Kurz bevor sie in Panik geriet, klingelte das Telefon.

»Juliette!«, schrie Caroline in den Hörer. »Das ist doch wohl nicht möglich. Soeben habe ich Sophie aus der Geschäftsführung getroffen, die es von Bernard aus der Buchhaltung gehört hat. Christelle hat rumerzählt, dass man dich entlassen hat. Was ist das für ein Unsinn? Ich habe dich den ganzen Tag gesucht.«

Caroline sprach laut, um den Krach in den Metrogängen zu übertönen. Juliette erzählte ihr im Detail den Vorfall von heute Morgen. Nach ihrem Bericht war es still in der Leitung, nur der schrille Signalton der Metro war zu hören, und die Türen schlossen sich hinter Caroline.

»Das ist doch wohl nicht möglich«, nahm Caroline das Gespräch wieder auf, »da muss noch was anderes sein … Man schmeißt die Leute nicht wegen einer etwas zu hohen Spesenrechnung raus!«

»Das waren immerhin hundertachtundneunzig Euro für ein Maje-Kleid, nicht zu vergleichen mit einem Taxi, das etwa fünfzehn Euro kostet, wenn man abends nach Hause fährt.«

»Wie kamst du nur darauf? Man kann ja schließlich Ausverkaufsware nicht auf eine Spesenrechnung setzen. Wie sollte das auch durchgehen?«

Juliette erklärte nochmals, dass es sich nicht um Ausverkaufsware gehandelt hatte und dass sie nie im Leben einen solchen Betrug auch nur versucht hätte. Der Kassenbon musste in ihren Stapel mit Belegen gerutscht sein, und mit Sicherheit konnte sie ihn nur versehentlich an das Formular geheftet haben.

Caroline wollte es einfach nicht glauben und zitierte verschiedene Personen, sie eingeschlossen, die manche persönlichen Ausgaben auf die Spesenrechnung setzten, aber was hier passiert war, sei ein Skandal, Juliette hätte sich an den Betriebsrat wenden sollen. Ein paar Minuten lang schimpften sie gemeinsam. Doch dann musste Caroline das Gespräch beenden, weil eine Dame hinter ihr sich beschwerte, man telefoniere nicht in der Metro, und man habe die Leute aus- und einsteigen zu lassen. Das war ein grundsätzlicher Konflikt in allen öffentlichen Pariser Transportmitteln, auf den sich Caroline nun konzentrieren musste.

Juliette fühlte sich durch diesen Anruf etwas getröstet. Sie war nicht mutterseelenallein. Caroline war immer für sie da, sobald Probleme in der Firma oder ihrer Familie auftauchten. Nur wenn es um die Beziehung zu Nicolas ging, verhielt sie sich sehr zurückhaltend. Sie hatte stets gesagt, dass sie sie beide mochte und nicht in ihren Beziehungskram verwickelt werden wollte.

In diesem Augenblick drehte sich der Schlüssel im Türschloss, und Nicolas erschien auf der Schwelle. Er sog den Duft in der Wohnung ein und küsste Juliette auf die Wange. Als sie seine hellen Augen, sein wirres Haar und seinen irgendwie um den Hals geknüllten Schal sah, fühlte sich Juliette plötzlich ganz schwach und brach in Tränen aus. Nicolas blieb überrascht im Flur stehen, als sie ihn mit zahlreichen Informationen bombardierte, auf die er sich noch keinen Reim machen konnte. Eigentlich erwartete er als Begleitung eines Diners bei Kerzenschein, das sich durch die wunderbaren Düfte aus der Küche ankündigte, gute Nachrichten. Stattdessen folgte eine unverständliche Geschichte, die ihm Juliette hektisch und in Tränen aufgelöst erzählte. Da ging es um ein Kleid, Christelle, Darth Vader und durcheinandergeratene Zettel, das Ganze gekrönt von einer unermesslichen Katastrophe. Er begriff gar nichts. Nach einem dreiminütigen Monolog schwieg Juliette endlich. Er zog gemächlich seinen Blouson aus, legte den Schal ab und fragte nur:

»Wann hast du denn ein Kleid für hundertachtundneunzig Euro gekauft?«

Juliette biss sich auf die Lippen. Jetzt erinnerte sie sich. Als sie an dem Tag mit Caro und ihrem Maje-Kleid nach einer Stunde statt nach fünf Minuten nach Hause gekommen war, die sie eigentlich gebraucht hätte, um schnell Salz aus dem Monoprix zu holen, hatte Nicolas sie gefragt, was sie denn eingekauft habe. Möglich war es schon, dass sie sein Unwissen über Preise, insbesondere den eines Maje-Kleides ausgenutzt und ein wenig geschwindelt oder eher ein Detail verschwiegen hatte, indem sie ihm eine Summe von achtzehn Euro genannt hatte. Sie hatte ja nur die hundertachtzig weggelassen. Und das war durch ihre Beichte bereits halb entschuldigt.

Um dieses Thema nicht weiter auszuschlachten, sagte sie schlicht: »Ich bin entlassen worden.«

Nicolas ging ins Wohnzimmer, setzte sich aufs Sofa und war von den Ereignissen offensichtlich überfordert.

»Ich dachte, du solltest befördert werden. Was ist das denn für eine Story?«

Nochmals erklärte sie ihm den Vorfall, diesmal ruhiger. Nicolas verstand nichts von Firmen, Spesenabrechnungen, abzubummelnden Stunden, Hierarchien, Beförderungen und Verwaltung. Das interessierte ihn nicht. Um solche Sachen kümmerte er sich nicht und hatte wohl auch nicht die Absicht, es eines Tages zu tun, denn er hatte Wichtigeres im Kopf. Über den wahren Sinn des Lebens, die Natur des Menschen oder seine Seele nachzudenken, erschien ihm für den Fortschritt der Welt erheblich bedeutungsvoller, als eine Rechnung der Elektrizitätswerke zu begleichen. Wenn er überhaupt wusste, wie eine solche Rechnung aussah.

»Du bekommst doch Arbeitslosenunterstützung und findest bald etwas anderes, nicht wahr?«

»Nein, sie haben mich gezwungen zu kündigen. Ich bekomme keinerlei Entschädigung, nichts!«

Er sah sie an wie ein Kind, dem man soeben erklärt hat, dass Weihnachten dieses Jahr von der Regierung gestrichen würde. Endlich registrierte er, wie zerknirscht Juliette war, und nahm sie in die Arme. Sie ließ sich an seine Brust sinken, atmete den Ledergeruch seines Blousons ein und drückte ihren Kopf an seinen Hals. Sie waren still. Doch dann erhielt Nicolas eine SMS, er schien plötzlich aufzuwachen und zog sein Handy aus der Tasche, um sie zu lesen. Juliette kam es vor, als drehte er das Gerät so, dass sie nicht mitlesen konnte.

»Von wem ist das?«

»Nichts Wichtiges. Was machen wir jetzt, Juliette?«

»Wir kommen schon irgendwie klar. Mach dir bloß keine Sorgen…«

Sie hatte wirklich das Gefühl, ihn fallen zu lassen. Solange sie arbeitete, wusste sie, dass sie es für alle beide tat, damit er in seiner Lieblingsbeschäftigung Erfüllung finden konnte. Eines Tages hätten sie eine Wohnung kaufen, hin und wieder ein Wochenende zu zweit organisieren und, wie sie hoffte, bald heiraten und Kinder bekommen können. Sie hatte alles verdorben.

Sie nahm ihn sanft bei der Hand und führte ihn zum Esstisch.

»Komm, lass uns essen.«

Alles schmeckte hervorragend, aber sie war nicht bei der Sache. Als das Telefon klingelte, fühlte sich Juliette geradezu erleichtert. Wie jeden Abend, just während der Mahlzeit, rief Anita ihren Lieblingssohn an. Sie wollte jedes Detail seines Lebens auskundschaften, selbst das unbedeutendste: Was hatte er zu Mittag gegessen, war er ausgegangen, wohin und warum? Sie fragte, ob es in Paris kalt sei, ob er sich warm genug anziehe, ob er den Kaschmirschal erhalten habe, den sie ihm geschickt hatte. Meistens kam ihr die Gelegenheit recht, hier und da Juliette mit einer kleinen Gemeinheit zu bedenken, da sie sich offensichtlich nicht genug um ihren Sohn kümmerte. Mehr als einmal hatte Juliette nicht übel Lust gehabt, ihr zu sagen, dass Anitas Sohn, ihr *chéri*, sich nicht einmal ein Paket Nudeln leisten könnte, wäre Juliette nicht für ihn da. Aber sie hatte sich stets zurückgehalten. Nicolas war Einzelkind, Mamans Schätzchen, und manchmal fühlte Juliette Mitleid mit ihr. Nicolas telefonierte seit mehr als zwanzig Minuten mit seiner Mutter, während Juliette den Nachtisch allein verspeiste und den Tisch abräumte. Gleichzeitig dachte sie, dass die beiden Rezepte ein voller Erfolg waren, und bedauerte, dass Nicolas nichts gesagt hatte. Sie hörte ihn mit weinerlicher Stimme sagen: »Ja … sie hat ihren Job verloren … Nein, ein Irrtum in der Buchhaltung … Ja, ja, sehr ungerecht. Ich weiß nicht, was wir jetzt machen sollen … Ja. Vielleicht. Das würde uns helfen … Wir geben dir alles wieder. Mach dir keine Sorgen … Es wird schon gehen. Meine Doktorarbeit kommt gut voran.«

Jetzt erklärte er ihr haarklein seine Fortschritte, und Juliette fragte sich, ob seine Mutter sich wirklich dafür interessierte oder nur so tat, wie sie selbst. Alles war nun aufgeräumt, und Juliette stellte, nachdem sie gewischt hatte, den Geschirrspüler an.

»Wirklich, alles läuft gut ... Ich habe keine seltsame Stimme, ich bin nur müde, das ist alles ... Gute Nacht, Küsschen, Maman ...«

Er tauchte wieder in der Küche auf, fuhr mit der Hand durch sein Haar und seufzte.

»Ich gehe jetzt schlafen, meine Ju-Ju. Zu viele Emotionen! Ich bin kaputt.«

Er küsste sie rasch auf die Wange und ging. Juliette blieb mit ihrem feuchten Wischlappen allein in der Küche zurück.

6.

Theorie über die Liebe von Chiara Castellini

Caroline kam – in jeder Hand einen Mojito – an den Tisch zurück. In ihrem gut geschnittenen engen schwarzen Kostüm, den halbhohen Absätzen und der neuen ultramodernen breitrandigen Brille sah sie wie eine *executive woman* aus der Wall Street aus. Für einen Freitagabend war im Pub Saint-Germain nicht viel los. Das Lokal war in Rottönen gehalten und lag im Dämmerlicht. Die Musik spielte noch leise genug, dass man sich gut verständigen konnte. In weniger als einer Stunde würde es hier richtig voll werden. Um dann die Geräusche von anstoßenden Gläsern, Gesprächen und Musik zu übertönen, würde man sich heiser schreien müssen.

»Was für eine Woche!«, rief Caroline und stellte die Cocktails auf den Tisch.

Juliette griff nach ihrer Handtasche, doch Caroline hielt sie zurück.

»Nein, nein, das geht auf mich, ich gebe dir gern einen aus.«

Diese Geste rührte Juliette. Seit ihrer Kündigung hatte sie den Eindruck, alles zehnmal so stark zu empfinden. Sie versuchte, sich zu entspannen, aber irgendeine dunkle Vorahnung quälte sie. Mit geschlossenen Augen atmete sie tief ein, lehnte sich in dem dunklen Ledersessel zurück und versuchte, zum ersten Mal in dieser Woche, den Moment zu leben und den Horror der letzten Tage zu vergessen. Ihr Optimismus musste gepflegt werden, wollte sie das Glück wieder einfangen. Sie hob ihr Glas, Caroline tat es ihr gleich.

»Auf deinen nächsten Job!«

»Auf meinen nächsten Job!«, echote Juliette und versuchte zu lächeln.

Sie trank einen Schluck von dem mit Rohrzucker und frischer Minze zubereiteten Getränk und seufzte leise vor Zufriedenheit.

»Was gibt es Neues seit meinem Ausstieg?«

Caroline setzte ihr Glas ab und zuckte die Achseln.

»Nicht viel. Alle sind über deine Kündigung entsetzt. Die Direktion hat uns mit einem Rundschreiben darüber informiert, dass ab jetzt Nulltoleranz herrscht, was die Spesenabrechnungen angeht. Es gibt kein Pardon mehr.«

»Dann war ich der Sündenbock, die dritte Person in unserer Etage, die erwischt wurde, aber die einzige, die man deshalb rausgeworfen hat. Wusstest du, dass Bertrand nicht befördert worden ist, weil es ein Problem mit seiner Spesenabrechnung gab?«

»Nein, davon habe ich nichts gehört.«

»Und wer wurde bei uns nun letztendlich befördert?«

Caroline wurde rot und beugte sich über ihr Glas.

»*Ich* … Tut mir leid, Juliette, ich wollte es dir schon

gesagt haben, aber nach allem, was passiert ist, habe ich mich nicht getraut …«

Die Bedienung kam und fragte, ob die beiden ihr Essen bestellen wollten.

»Nicht sofort, wir warten noch auf jemanden«, antwortete Caroline, erleichtert über diese Unterbrechung.

»Weißt du, trotz aller Probleme kann ich mich für dich freuen«, erwiderte Juliette.

Caroline lächelte mit Tränen in den Augen und nahm ihre Hand.

»Danke, Juliette, deine Reaktion rührt mich.«

Gerade als Juliette etwas entgegnen wollte, öffnete sich die Tür, und es wurde ganz still. Ein von Chanel N° 5 geschwängerter Windhauch breitete sich aus, und Juliette fühlte sich plötzlich besser.

Die Tür schloss sich hinter Chiara respektvoll langsam. Mit gesenktem Kopf, als bräche sie unter der Last ihrer braunen Lockenpracht schier zusammen, warf sie mit ihren leuchtend grünen Augen einen Blick in die Runde und wirkte dabei, als fragte sie sich, wie man sie um Himmels willen in eine solche Kaschemme hatte einladen können, wo doch das Ritz geöffnet hatte. Mit ihrer feingliedrigen Hand löste sie den Gürtel ihres Kaschmirmantels, steuerte auf Juliette und Caroline zu und schritt dabei mit der katzenhaften Eleganz eines Topmodels über einen imaginären Laufsteg. Sie lief auf ihren Louboutin-Schuhen mit den zwölf Zentimeter hohen Absätzen ebenso geschickt, als schlenderte sie barfuß über einen Sandstrand, ohne sich um die bewundernden Blicke der anderen zu scheren und als sei sie allein auf der Welt mit ihrer makellosen Haut einer Brünetten und ihrer eleganten Körperhaltung, die an eine russische Balletttänzerin erinnerte. Ihre Bewegungen waren voller Harmonie, als sie sich an den Tisch setzte, ihr Kleid mit der flachen Hand glättete und den Kopf schüttelte. Ihre auf wild gestylten Locken fielen sofort wieder in die Ausgangsposition zurück, und man musste bei ihrem Anblick unwillkürlich an die schönsten, wie zufällig wuchernden Gärten Englands denken.

»Nun, *cara mia*, wie es scheint, hast du dich endlich dazu aufgerafft, deinen dusseligen Job aufzugeben.«

Genau diesen Augenblick nutzte der junge freundliche Kellner, der Chiara mit Blicken verschlang, um sie zu fragen: »Soll ich Ihnen auch einen Mojito bringen, Madame?«

Chiara wandte sich zu ihm um und vermaß ihn von Kopf bis Fuß.

»Einen Mojito? Warum nicht gleich ein Guinness? Ein Glas Champagner rosé, den teuersten! Und wenn Sie mich noch einmal Madame nennen, gieße ich Ihnen den über den Kopf.«

Sie wandte sich wieder an Juliette und Caroline und fragte:

»Also, wirklich, sehe ich aus, als müsse man mich mit Madame anreden?«

Wenn Chiara sprach, spürte man die warme toskanische Sonne im Pariser Nieselregen. Obwohl sie bereits seit siebzehn Jahren in Frankreich lebte, hatte sie sich ihren leichten, melodischen Akzent immer noch gut genug bewahrt, um Frauen zu betören und in Männern eine unbändige Lust zu wecken, sie auf dem nächsten Küchentisch zu vernaschen.

»Wie läuft's, Chiara?«, fragte Caroline etwas verkniffen.

»Es geht.«

Chiara holte einen Lippenstift aus ihrer Handtasche und sagte, ohne dabei Caroline anzusehen: »Ich vermute mal, *du* hast dieses unglaublich spießige Lokal ausgewählt …«, und bedeckte ihre Lippen mit einer leichten Schicht satten Dunkelrots. Sie erinnerte an Claudia Cardinale.

»Wieso? Hier ist es doch sehr nett«, verteidigte sich Caroline, »und gerade super in und …«

»Das war nur so eine Feststellung, *chérie*«, unterbrach Chiara, verstaute den Lippenstift wieder in ihrer Tasche und wandte sich an Juliette: »Also erzähl! Was genau ist denn nun eigentlich passiert?«

Juliette gab zum x-ten Mal die Geschichte zum Besten, weinte aber nicht mehr dabei. Sie hatte sie so häufig wiederholt, dass sie jetzt mit mehr Abstand und geradezu mechanisch die Story herunterleiern konnte, als beträfe sie jemand anderen. Chiara lauschte, ohne zu unterbrechen, und fragte dann:

»Wie sieht das Kleid aus?«

Juliette erhob sich lächelnd und drehte sich um die eigene Achse, damit Chiara selbst urteilen konnte.

»Nicht übel, nicht übel«, flüsterte Chiara und nippte von dem Champagner, den man gerade vor sie hingestellt hatte. »Nach dem, was dich das alles gekostet hat, hättest du dir gleich ein Kleid von Chanel kaufen können.«

Caroline verdrehte die Augen, und Juliette prustete los.

»Und was machst du jetzt?«, wollte Chiara wissen. »Suchst du etwas anderes? Wie willst du denn ohne Einkommen deinen potenziell selbstmörderischen Philosophen unterhalten?«

»Ich suche«, antwortete Juliette und kaute auf ihrem Strohhalm herum.

»Solltest du dir bei dieser Gelegenheit nicht lieber eine neue Karriere einfallen lassen? Irgendetwas, das dir besser gefällt als dieser stinklangweilige Job?«

Caroline warf gereizt ein: »Das ist überhaupt kein stinklangweiliger Job, ganz im Gegenteil. Er ist hochinteressant, auf jeden Fall nützlicher, als den lieben langen Tag Reklame für Kosmetika zu machen.«

»Und du, Caroline?«, konterte Chiara mit einem honigsüßen Lächeln. »Bist du es nicht leid, den lieben langen Tag Putzmittel zu verkaufen?«

»Ich habe soeben gewechselt und bin zur Managerin einer Gruppe von drei Personen befördert worden.«

»Ach, wirklich?«, heuchelte Chiara Interesse. »Du bist also in der gleichen Woche befördert worden, in der Juliette die Firma verlassen musste. Was für ein tragischer Zufall!«

»Was soll das heißen?«

»Chiara …«, stöhnte Juliette.

»Gar nichts, ich unterstelle nichts, aber du kannst Juliette nicht gerade vehement verteidigt haben, das ist alles.«

Caroline schluckte.

»Wie bitte? Was sollte ich denn tun? Die Probleme so lösen wie du und mit allen Typen pennen?«

»Schluss jetzt!«, rief Juliette. »Ich habe Probleme, nicht ihr. Wenn ihr so weitermacht, dann gehe ich.«

Chiara und Caroline entschuldigten sich, und der Kellner kam, um sie zu fragen, ob sie nun ihr Essen bestellen wollten. Diesmal hielt er sich mit Ratschlägen zurück. Chiara bestellte Geflügel mit Pilzen, aber mit jeder anderen Beilage als Tagliatelle, denn sie aß nur hausgemachte Pasta und wagte kaum, sich den schrecklichen Geschmack der hiesigen Nudeln auszumalen, sicher industrielles Zeug. Der Kellner nickte zu allem, was sie sagte, und bedachte sie mit einem glückseligen Lächeln. Juliette bestellte das Gleiche, aber mit Tagliatelle, trotz Chiaras entsetztem Gesicht. Ja, auch wenn es industriell gefertigte Nudeln waren. Caroline orderte einen Frühlingssalat ohne Röstbrot und ohne Sauce, was Juliette einen bewundernden Blick entlockte, Chiara einen abfälligen.

Caroline hatte zehn Jahre ihres Lebens an zwanzig Kilo Übergewicht gelitten. Während ihrer gesamten Schulzeit musste sie – hinter von Nicolas geliehenen Büchern und unförmiger Kleidung versteckt – diesen Zustand ertragen, ebenso wie die ständigen Hänseleien ihrer Klassenkameraden. Als sie siebenundzwanzig Jahre alt wurde, verkündete sie plötzlich, dass sie nun ihr Leben in die Hand nehmen und eine Diät beginnen wolle. Sie hörte schlicht und einfach auf zu essen, verbrachte ihre Freizeit im Club Med Gym in La Défense und rannte so lange auf einem Laufband, bis sie fast ohnmächtig umfiel. Sie nahm achtzehn Kilo ab, kaufte sich eine neue Garderobe, ging intensiv ihr Umstyling an und lernte, sich richtig zu schminken. Ihr aschblondes Haar – bis dahin zu einem langweiligen Pferdeschwanz gebunden – ließ sie bis auf Schulterlänge schneiden und tiefschwarz einfärben, und sie umrahmte ihre schüchtern blickenden Augen mit Kajal. War sie bis jetzt immer »der gute Kumpel« gewesen, dem Männer ihren Kummer erzählten, ohne je mehr von ihr zu wollen, so war sie zu ihrer eigenen Überraschung zu einer begehrten jungen Frau geworden, wenn auch reichlich unterernährt.

Chiara mochte nicht viele Leute, und als sie Caroline zum ersten Mal begegnet war, hatte sie gesagt, dass ihr diese Person nicht geheuer sei. Nichts und niemand konnte sie jemals umstimmen. Dazu ist anzumerken, dass überhaupt nichts und niemand je die Meinung einer Castellini zu ändern vermochte, egal worum es sich handelte. Selbst drei so außergewöhnliche Persönlichkeiten wie der Papst, Al Capone und sogar Gott – von den Castellinis hoch verehrt – besaßen keinerlei Einfluss. Chiara ging so weit zu behaupten, Caroline sei in Nicolas verliebt. Diese Hypothese fußte auf dem Grundgedanken, dass es Freundschaft zwischen Männern und Frauen nicht gibt, denn ihrer (und Sigmund Freuds) Ansicht nach haben alle Lust, mit allen zu schlafen, bis auf impotente Männer, frigide Frauen und Leichen, die vielleicht auch gern mit allen schlafen würden, es aber nicht können. Sie selbst war der lebende Beweis für diese Theorie, und sie ließ keine Gelegenheit aus, nach einer der zahlreichen VIP-Feste voller Stars und Kunstschaffenden die Nacht mit einem schönen dunkeläugigen Macho zu verbringen, vorzugsweise entweder verheiratet, Ausländer oder an Gedächtnisschwund leidend, am besten alles zusammen, um sicherzugehen, dass er sie nie anrufen würde. Auf diese Weise war es ihr möglich, sich am frühen Morgen aus dem Bett eines Luxushotels zu schmuggeln, und hinterließ, unter dem Namen Simone de Beauregard, eine Telefonnummer in Kamerun oder eine postlagernde Anschrift in Ushuaia. So konnte sie sich schmachtende Verehrer vom Leib halten, die plötzlich der Ansicht waren, ohne sie nicht mehr leben zu können, obwohl sie bis dahin durchaus ohne sie ausgekommen waren, was dummerweise jedes Mal passiert war, wenn sie einem One-Night-Stand die Möglichkeit gegeben hatte, mit ihr auf die eine oder andere Art Kontakt zu halten.

Chiara erhielt ständig Liebesgeständnisse per E-Mail, SMS, Facebook, Fax, auf dem Anrufbeantworter, Liebestweets und – oh, wie rückständig – sogar Liebesbriefe. Man konnte ihr nicht vorwerfen, sie verhalte sich oder spreche wie in einem Film, denn ihr Leben war tatsächlich ein Film. Sie war Marketingchefin der Kosmetikprodukte von Dior für Europa. Ständig saß sie in der Businessclass von Fliegern, auf dem Weg nach New York, London, L. A. oder Mailand, und traf stets gut aussehende und stinkreiche Männer, die sie in die Oper ausführten, ihr Schmuck von Cartier schenkten und sie gar auf Bora Bora heiraten wollten. Wenn es so weit kam, erfand sie eine durch Geschlechtsverkehr übertragbare, seltene, unheilbare Krankheit und verschwand für immer.

Der Kellner brachte das Essen, und die drei diskutierten weiter über Juliettes Zukunft. Chiara riet ihr, sich Zeit zu lassen und eine Arbeit zu suchen, die ihr Freude machte, während Caroline sie überzeugen wollte, den nächstbesten Job anzunehmen, um die Miete bezahlen zu können. Fast hätten sie sich wieder gestritten. Später räumte man ihre Teller ab und überreichte ihnen die Dessertkarte.

»Und Nicolas? Könnte er sich nicht endlich mal bemühen?«

»Er sitzt an seiner Doktorarbeit«, entgegnete Juliette. »Angesichts der finanziellen und kalorientechnischen Lage könnten wir eigentlich auch noch einen Nachtisch bestellen, findet ihr nicht?«

»Ich kenne Leute – übrigens mich inklusive –, die studiert und gleichzeitig gearbeitet haben«, meinte Chiara achselzuckend. »Nein danke, kein Nachtisch für mich.«

»Ich nehme auch keinen«, sagte Caroline, ohne die Karte eines Blickes zu würdigen. »Eine Doktorarbeit ist schwer und langwierig, Chiara, da muss man schon einige Opfer bringen.«

»Richtig, er braucht seine ganze Konzentration, und ich will ihm deshalb den Rücken freihalten«, fügte Juliette hinzu und klappte die Menükarte zu.

Sie hätte gern einen Nachtisch bestellt, aber sie hatte schon genug gegessen. Außerdem hatte sie während der letzten Tage nur auf dem Sofa herumgelegen, in den Fernseher gestarrt und einen Schokocookie nach dem anderen verspeist, statt einen Job zu suchen, wie sie jedem erzählte.

»Wie geht es sonst mit dem Zusammenleben?«, fragte Caroline.

»Er ist den ganzen Tag mit Chloé in der Bibliothek«, antwortete Juliette verstimmt, »und damit ändert sich trotz meiner Arbeitslosigkeit nicht viel an unseren Gewohnheiten.«

»Schon wieder diese Chloé?«, erkundigte sich Chiara und hob neugierig eine Augenbraue.

»Ist ja gut, Chiara, du siehst überall nur das Schlechte.«

»Chiara hat recht, er dürfte nicht derartig oft mit ihr zusammen sein«, fand auch Caroline.

Juliette hob überrascht den Kopf. Caroline mochte Chloé nicht, aber noch nie hatte sie etwas Negatives über Nicolas gesagt.

»Du bist viel zu tolerant, Juliette«, sagte Chiara. »Du hast ihm alles gegeben und kümmerst dich seit Jahren um seinen Unterhalt. Wenn er jetzt mit einer anderen durchbrennt, stehst du dumm da. Manchmal muss man Männer ein wenig leiden lassen, das kann ihnen nur guttun.«

»So ist es bei uns nicht. Wir vertrauen uns. Wir werden heiraten und eine Familie gründen.«

Fast hätte sie noch hinzugefügt: »Das könnt ihr natürlich nicht verstehen«, denn Chiara sammelte kurze, heiße Abenteuer mit muskulösen Unbekannten, und Caroline lebte trotz ihrer neuen schlanken Silhouette in völliger Abstinenz und wartete weiterhin auf den Traumprinzen, obwohl sich so manch gar nicht übler

Typ für sie interessierte. Juliette schwieg. Nach einer Weile sagte Caroline zögernd:

»Solange er nicht um deine Hand angehalten hat, kannst du nicht sicher sein, dass jemand dich heiraten will. Manchmal ändern sich die Menschen, sie können jemand anderen kennenlernen. Das kommt vor, weißt du.«

Chiara warf ihr einen sonderbaren Blick zu, der zu sagen schien: »Schau an, endlich bringst du nach drei Stunden Unterhaltung mal was Vernünftiges vor.«

»So, Schluss mit dieser Diskussion«, verkündete Juliette knapp und hob die Hand, um die Rechnung zu verlangen.

Die beiden verstanden doch rein gar nichts von ihrer Beziehung! Sie drängte Chloé aus ihrem Bewusstsein, schließlich hatte Nicolas Blondinen noch nie gemocht. Sie würde heute Abend mit ihm sprechen, um diese unwahrscheinliche Geschichte ein für alle Mal aus der Welt zu schaffen.

Der Kellner brachte die Rechnung, diesen Augenblick nutzte Caroline, um auf der Toilette zu verschwinden.

»Wenn du Geld brauchst, leihe ich dir welches«, sagte Chiara. »Dir, nicht deinem verhinderten Aristoteles.«

»Danke, aber im Moment geht es noch ...«, erwiderte Juliette mit einem dankbaren Lächeln.

Chiara winkte mit ihrer goldenen Kreditkarte, damit der Kellner das Kartenlesegerät mitbrachte.

»Die Rechnung übernehme ich. Alles zusammen«, sagte sie und legte ihre Karte auf die Rechnung.

Es war ziemlich spät, als sie aus dem Restaurant traten. Chiara bot Juliette an, sie in ihrem Taxi mitzunehmen, auch wenn Levallois-Perret absolut nicht auf ihrem Weg zum dritten Bezirk lag. Juliette lehnte ab, obwohl sie Chiaras Angebot rührend fand. Chiara küsste sie auf die Wange und raunte ihr mit ihrer melodiösen Stimme zu: »Ciao, *bella*, und viel Glück!« Am liebsten hätte sich Juliette einen Augenblick lang an Chiaras weichen Mantel gelehnt, sich von ihrem Parfum einhüllen lassen und geweint.

Mit Caroline ging sie dann zur Metro, wo sie sich mit einem Küsschen trennten.

»Viel Glück«, sagte auch Caroline, und bevor sie weiterging, nahm sie Juliette kurz in die Arme und klopfte ihr zärtlich auf den Rücken.

»Danke für deine Unterstützung, Caro.«

»Juliette?«

»Ja?«

»Ich wollte dir nur sagen…« Sie zögerte erst und fuhr dann fort: »Ich bin froh, auch deine Freundin zu sein, und nicht nur die von Nicolas, weißt du.«

Nochmals drückte sie Juliette an sich.

Als Juliette in den zugigen Metroschacht stieg und dann die Gänge entlanghastete, standen ihr Tränen in den Augen. Auf dem Bahnsteig fiel ihr Blick auf eine Werbung für vitaminreiches Katzenfutter. Auf dem riesigen schwach beleuchteten Plakat war eine überdimensionale schwarze Katze zu sehen – die Pfote auf einer Konservenbüchse –, und sie starrte Juliette aus ihren großen grünen Augen an. Ihr Kopf war leicht zur Seite geneigt, und der Blick ihrer retuschierten Augen wirkte geradezu menschlich. Juliette schauderte und stellte ihren Mantelkragen auf.

Die Unterhaltung über Nicolas hatte sie in schlechte Stimmung versetzt. Chiara hatte ihn nie gemocht, aber Carolines Verhalten war ungewöhnlich, und sie hatte beinahe den Eindruck, als verheimlichte sie ihr etwas. Nein, Nicolas war nicht gerade perfekt. Es war sicher die Schuld seiner Mutter, die ihm von klein auf eingebläut hatte, nur sein Wohlergehen sei wichtig, weshalb er ein wenig egoistisch war. Achtzehn Jahre lang hatte sie ihm gesundes Essen gekocht, seine Wäsche gewaschen, sich um alles, sogar um seine Hausaufgaben gekümmert. Als Nicolas sein wohlbehütetes Elternhaus verlassen hatte und mit Juliette zusammengezogen war, hatte sie automatisch die Rolle seiner Mutter übernommen. Sie beklagte sich nicht darüber, denn er war unkompliziert, und Juliette traf gern Entscheidungen. Für ihn war es eine Strafe, eine Mahlzeit zuzubereiten, für Juliette eine helle Freude. Also war es ganz selbstverständlich, dass sie sich ums Essen kümmerte, wobei ihr Nicolas manchmal half. Als die Metro anfuhr, sah sie erleichtert, wie sich die Katze entfernte und schließlich ganz verschwand. Sie atmete tief durch, es war ja nur eine schlechte Phase, die zu überbrücken war, dann würde alles wieder gut.

Es war noch nicht einmal dreiundzwanzig Uhr, als sie zu Hause ankam. Von der Straße aus sah sie, dass im Wohnzimmer Licht brannte. Sie hatte gut daran getan, früher nach Hause zu fahren. Jetzt konnte sie mit Nicolas sprechen, ihm sagen, wie sehr sie ihn und seinen Beistand brauchte. Das würde er verstehen, sie in seine Arme nehmen und trösten. Sie stieg die Treppe hinauf und steckte gewohnheitsmäßig den Schlüssel ins Türschloss, wie sie es schon tausendmal ohne nachzudenken getan hatte. Hier war ihr Zuhause, gemütlich und einladend, hier gehörten sie beide her. Mit der Absicht, sich gleich in Nicolas' Arme zu stürzen, öffnete sie die Tür, und er stand vor ihr im Flur, bereit, sie zu empfangen, wie es schien. In ihrem Überschwang stieß sie mit dem Bein an einen Gegenstand, der mitten im Weg stand. Etwas ziemlich Sperriges. Ihr Schienbein schmerzte, sie würde einen ordentlichen blauen Fleck davontragen. Sie senkte den Blick. Was war hier los?

Vor ihr standen zwei Koffer. Zwei große geschlossene Koffer, nebeneinander an der Tür. Jetzt begriff sie, dass hier irgendetwas nicht stimmte, denn in den sechs Jahren ihres Zusammenlebens hatte sie Nicolas noch nie eine derart komplizierte, unangenehme und verantwortungsvolle Initiative ergreifen sehen, wie alleine Koffer zu packen.

7.

Beweis der Chaostheorie, von Nicolas Dolgis

Juliettes Elan hatte sich verflüchtigt, und sie fühlte nur diesen diffusen Schmerz in ihrem Schienbein. Reglos blieb sie, immer noch in Mantel und Schal gehüllt, im Flur stehen. Langsam schloss sie die Tür hinter sich.

»Du fährst weg?«

Mit zitternder Hand fuhr er sich durchs Haar.

»Ja.«

»Aber wohin denn? Und wann kommst du wieder?«

Ihre Stimme klang fast ruhig. Es war, als ob eine leichte Brise eine stille Wasseroberfläche vor dem großen Sturm kräuselte. Sie schwiegen und sahen sich verlegen an. Sie, weil sie nichts verstehen, er, weil er nichts erklären wollte. Er schluckte und flüsterte kaum hörbar:

»Es tut mir leid, Juliette, aber ich gehe und komme nicht wieder.«

»Wie bitte?«

Ihre Stimme war in die höchste Tonlage gerutscht, aber sie klang weder entsetzt noch verzweifelt. Hinter der Mauer des »Nicht-glauben-Könnens«, die sie jetzt noch beschützte, schwang eher ein Hauch Unruhe mit.

Wie ein Roboter nahm sie ihren Schal ab und hängte ihn an den Garderobenständer.

»Es ist vorbei, Juliette. Das ist alles. Tut mir leid …«

Als wollte er seine Worte durch Taten bekräftigen, ging er auf die Koffer zu und griff nach dem ersten mit einer aus seiner Sicht entschlossenen Geste und bewegte sich auf die Tür zu, doch sie verstellte ihm den Weg. Jetzt bebte ihre Stimme:

»Das ist doch lächerlich, Nicolas. Lass uns reden! Du kannst nicht einfach so gehen.«

»Ich will dir nicht wehtun«, murmelte er.

Er wollte sich aus dem Staub machen, dem Konflikt vor der Szene entgehen. Sie sah ihm an, dass er Angst hatte. Dieser feige Ausdruck in seinem fliehenden Blick ließ etwas in ihr zerbrechen, als würden die scharfen Splitter eines zerbrochenen Spiegels klirrend in ihren Magen sacken. Plötzlich war ihr Kopf so leer wie eine zum Verkauf stehende Wohnung, und sie hatte das Gefühl, sich gleich übergeben zu müssen.

»Nein!« Sie packte ihn am Arm. »Du kannst nicht gehen.«

Mit trauriger Miene machte er sich los.

»Mach nicht alles noch schlimmer, Juliette, es ist schon schwer genug.«

»Schwer? Ich komme nach Hause, du bist gerade dabei, dich ohne jede Entschuldigung wie ein Dieb aus dem Haus zu schleichen, und das soll für dich schwer sein? Und ich bin diejenige, die alles noch schlimmer macht?«

»Juliette, beruhige dich. Es tut mir wirklich unglaublich leid, aber unsere Geschichte ist zu Ende.«

Sie spürte, dass er sich diese neutralen und unumstößlichen Sätze vorher zurechtgelegt und selbst vorgebetet hatte, um einer zu nichts führenden Auseinandersetzung zu entgehen. Aber sie würde ihn nicht so einfach ziehen lassen.

»Du hast eine andere, nicht wahr?«

»Nein, da ist niemand.«

»Doch, ich kenne dich, allein hättest du nicht den Mumm, mich zu verlassen.«

»Nein, ich versichere dir …«

»Du hast mit dieser blöden Kuh geschlafen, ja? Chloé?«

»Chloé hat damit nichts zu tun, und du brauchst sie nicht zu beschimpfen, das ist völlig irrational. Juliette, du …«

»Du hast mit ihr geschlafen! Und du willst es mir nicht sagen!«

Er packte sie bei den Händen, sah ihr direkt in die Augen und sagte mit fester Stimme:

»Beruhige dich, Juliette, ob ich mit einer anderen geschlafen habe oder nicht, ändert nichts an meiner Entscheidung.«

Das zu hören, fühlte sich so an, als hätte er ihr einen Betonblock in die Magengrube gerammt.

Sie hob den Kopf, ihre Wut war verraucht. Sie fragte mit zitternder Stimme: »Nicolas, was ist passiert? Erklär es mir! Du kannst mich doch nicht einfach so verlassen.«

Ihr liefen die Tränen über das Gesicht, und Nicolas lenkte ein: »Seit ein paar Monaten hat sich unsere Beziehung verändert. Wärst du nicht derartig auf Heirat und Kinderkriegen aus, hättest du es auch bemerkt.«

Im Großen und Ganzen versuchte er sie davon zu überzeugen, dass die Schuld bei ihr lag. Er wollte sie verlassen, weil sie ihm mit Heirats- und Kinderwünschen auf die Pelle rückte, während er noch nicht so weit war. Schon vor Monaten hatten sich seine Gefühle für sie verändert. Er hatte ihr eine Chance geben wollen, aber die hatte sie von ihrer Wolke voller Mädchenträume aus nicht gesehen. Sie hatte nicht gemerkt, dass er sich von ihr entfernte, oder es nicht wahrhaben wollen. Er ging, weil sie dumm war, und es geschah ihr nur recht. Sie schlug die Hände vors Gesicht.

Er machte einen Schritt auf sie zu, als wollte er sie in den Arm nehmen und trösten, besann sich dann jedoch und ließ die Hände sinken.

»Es tut mir so leid!«

Wieder griff er nach seinen Koffern und ging zur Tür. Sie meinte plötzlich, Tränen in seinen Augen zu sehen. Versuchte, sich an seinen Arm zu hängen, bettelte, noch zu warten, sie habe so viele Fragen und verstehe immer noch nichts. Er machte sich vorsichtig los und ging. Sie folgte ihm ins Treppenhaus – unter dem Gewicht des Geschehens gebeugt wie eine alte Frau. Es war ihr einerlei, was die Nachbarn denken mochten. Er musste einfach bleiben. Über das Geländer gelehnt, schrie sie: »Warte, Nicolas!«

Ohne sich umzudrehen, ging er weiter. Sie dachte, er habe sie nicht gehört, und schrie noch lauter, doch er stieg die Treppe hinab, bis sie nur noch seinen Schopf sehen konnte. Sie erstickte schier vor Verzweiflung. Die Haustür fiel ins Schloss, und sie war allein. Sie saß vor der Wohnungstür und lauschte in die Stille des Treppenhauses, wartete auf seine Rückkehr, um wieder atmen zu können. Dann schleppte sie sich in die Wohnung zurück und setzte sich im Flur auf den Boden.

Wahrscheinlich hatte sie stundenlang so dagesessen. Schluchzend ließ sie immer wieder die Szene vor ihrem inneren Auge ablaufen und versuchte, endlich etwas zu begreifen, als es klingelte. Sie stürzte zur Tür und öffnete mit fliegenden Fingern das Sicherheitsschloss. Sicher war Nicolas zurückgekommen. Doch auf der Schwelle stand Chiara. Sie sah ebenso verstört aus wie Juliette und war gänzlich ungeschminkt. Unter ihrem Burberry-Mantel trug sie nur ein Nachthemd. Juliette warf sich ihr in die Arme und begann wieder zu weinen.

Chiara streichelte ihr sanft über den Kopf.

»*Cara mia*, weine nicht, alles wird wieder gut.«

»Woher weißt du es?«, fragte Juliette zwischen zwei Schluchzern.

»Er hat Caroline angerufen und ihr gesagt, dass es dir wohl nicht gut geht, und sie hat mich gebeten, bei dir vorbeizuschauen.«

Chiara reichte ihr ein Taschentuch. Nicolas hatte Caroline angerufen, also war sie ihm doch nicht gleichgültig, er machte sich Sorgen um sie.

»Das ist doch nicht möglich, Chiara. Er kommt bestimmt zurück … Meinst du nicht auch, dass er wiederkommt?«

Chiara seufzte, nahm sie bei der Hand und lotste sie zum Sofa.

»Da bin ich mir nicht so sicher, Liebes, weißt du, ich war ohnehin nie davon überzeugt, dass ihr zusammenpasst.«

Wieder begann Juliette mit gesenktem Kopf zu weinen, aber nicht mehr so heftig. Sie wirkte wie ein kleines Mädchen.

»Ich kann nicht ohne ihn leben, wir waren doch immer zusammen…«

Chiara zog sie an sich.

»Ich weiß, ich weiß, es ist hart, *bella*, aber das gehört zum Leben.«

Juliette weinte noch eine Weile, den Kopf an die Schulter ihrer Freundin gelehnt, während Chiara ihr das Haar streichelte und ihr italienische Worte zuflüsterte, die Juliette nicht verstand. Dann half ihr Chiara in den Schlafanzug, brachte sie ins Bett und deckte sie zu. Sie hielt ihre Hand, bis Juliette eingeschlafen war. Diesmal war sie weder sarkastisch, noch zeigte sie ihr überschwängliches Temperament, sie war einfach nur da, sanft und fast mütterlich.

Mit geschwollenen Augen und fürchterlichen Kopfschmerzen fand Juliette auf ihrem tränenfeuchten Kopfkissen endlich in den Schlaf, und hoffte insgeheim, nie wieder aufwachen zu müssen.

8.

Trennung Nummer 17 von Dan und Serena

Am nächsten Morgen glaubte Juliette, einen Albtraum durchlebt zu haben. Doch schon bald gewann die Wirklichkeit die Oberhand, allein durch den leeren Platz im Bett neben ihr. Die gestrige Szene kam wieder hoch, und als Zugabe hatte sie eine grässliche Migräne. Sie konnte weder einschlafen, noch war sie in der Lage aufzustehen. So blieb sie eine Weile wie gelähmt liegen. Das Federbett bis zum Kinn gezogen, starrte sie traurig an die Decke. Sie ließ noch einmal jeden Satz von Nicolas ablaufen, analysierte und drehte ihn in alle Richtungen, um eine andere Bedeutung zu finden. Sie suchte den Knackpunkt, einen versteckten Hinweis, dass doch noch nicht alles verloren war, dass es noch eine Chance gab. In einem klaren Moment gestand sie sich hin und wieder ein, dass sie so manche Vorzeichen hätte sehen müssen. Nicolas' Verhalten hatte sich in der letzten Zeit tatsächlich verändert. Er schien sich zu langweilen und reagierte bei jeder Kleinigkeit unwirsch. Was hatte sie ihm auch groß zu erzählen? Sie verstand nichts von Philosophie, und ihre Arbeit als Sachbearbeiterin konnte einen Intellektuellen wie ihn nun wirklich nicht interessieren. Ihr ganzer Groll war verflogen, nur die Verzweiflung war geblieben und drückte sie gegen die Matratze. Sie würde nie wieder aufstehen, für immer in ihrem Bett liegen bleiben und so lange weinen, bis sie an Dehydrierung starb.

Eine halbe Stunde später musste sie feststellen, dass sie trotz allem Hunger hatte. Sie schleppte sich in die Küche – Krisen verlangen nach entsprechenden Maßnahmen – und nahm das Glas Nutella aus dem Schrank, das sie nur für Nicolas kaufte. Sie vermied normalerweise, es auch nur anzurühren, aber da er jetzt weg war, hatte sie keinen Grund mehr, den Inhalt des Glases für ihn aufzuheben oder an ihre Linie zu denken. Und schon stopfte sie sechs Scheiben Brot mit je einer Schicht von drei Zentimetern Nutella in sich hinein, die sie zuvor in ihren Kaffee getunkt hatte.

Nach dem Frühstück setzte sie sich aufs Sofa im Wohnzimmer und wartete. Die Stille erfüllte sie mit Angst. Diese Wohnung, in der sie sich so wohlgefühlt hatte, konnte sie nun nicht mehr ertragen, außerdem hatte sie nicht mehr die Mittel, die Miete zu bezahlen. Niedergeschlagen und nach langer Überlegung rief sie den Eigentümer an, um ihn davon in Kenntnis zu setzen, dass sie zum Monatsende ausziehen müsse. Als Gründe führte sie an, dass sie erstens auf unerwartete und ungerechte Weise *ent*lassen worden, zweitens auf ebenso unerwartete und ungerechte Weise *ver*lassen worden und drittens wieder auf völlig unerwartete und ungerechte Weise allein und ruiniert sei. Dem Wohnungseigentümer war das, wie jedem anderen echten Pariser Wohnungseigentümer, völlig egal. Er wollte lediglich wissen, wann sie die nächste Miete zu zahlen gedachte, und verlangte, dass sie auch wirklich in einem Monat auszog.

Sie hätte jetzt gern mit Chiara telefoniert, aber die war gerade nach Berlin aufgebrochen. Also rief sie Caroline an, die in den Hörer flüsterte:

»Warte, ich gehe aus dem Büro. Geht es, Juliette?«

»Nein!«

Juliette hätte gern geweint, aber sie wusste, dass der Zeitpunkt nicht gut gewählt war. Caroline arbeitete und hatte sicher anderes zu tun, als dem Wimmern ihrer Freundin zu lauschen.

»Er hat mich gestern angerufen. Mir tut das alles so leid, Juliette.«

»Hat er dir schon vorher davon erzählt?«

Caroline zögerte.

»Sagen wir, ich hatte verstanden, dass es nicht mehr so gut zwischen euch lief.«

Schweigen. Juliette musste den Satz erst sacken lassen. Offenbar wussten alle Bescheid, nur sie nicht. Entweder war sie blöde, oder sie war blind, wahrscheinlich beides. Sie seufzte tief.

»Meinst du, ich sollte ihn anrufen? Ja, ich rufe ihn an. Was hat er denn genau gesagt? Es ist vielleicht nur eine Phase, nicht wahr?«

»Warte noch ein paar Tage, aber ehrlich gesagt glaube ich, dass er sich die Sache reiflich überlegt hat.«

»Ich kann ohne ihn nicht leben. Ich rufe ihn an, ich muss mit ihm sprechen, wenn nicht, dann …«

»Okay«, unterbrach sie Caroline, »es tut mir echt leid, aber ich muss noch eine wichtige Sache vor dem Mittagessen zu Ende bringen, sonst steigt mir Darth Vader aufs Dach. Vor allem wenn er sieht, dass ich hier telefoniere.«

»Aber was hat er dir gesagt? Er ist mit Chloé zusammen, stimmt's?«

»Juliette, ich muss jetzt wirklich ins Büro zurück. Ich glaube nicht, dass er mit Chloé zusammen ist. Jedenfalls hat er mir nichts davon erzählt, das kann ich dir versichern.«

»Okay, okay, bis dann!«

»Ich rufe dich später wieder an, Küsschen, meine Liebe, und nicht den Mut verlieren!«, sagte Caroline.

Juliette vergoss wieder eine gute Stunde lang Tränen und entschloss sich dann, ihr Leben in die Hand zu nehmen und Arbeit zu suchen. So leicht würde sie nicht aufgeben! Nach der unglaublichen Kraftanstrengung, diese rationale Entscheidung zu treffen, hatte sie sich eine kleine Ruhepause verdient. Sie holte ihr Federbett und die DVD der vierten Staffel von *Gossip Girl* und tauchte in die Welt von siebzehnjährigen Multimillionärinnen ab, die in einem Monat öfter Lover, Kleider und Schuhe wechselten, als es Juliette wahrscheinlich in ihrem ganzen Leben tun würde. Sechs Stunden und vier Schachteln Schokocookies später, in dem tragischen Augenblick, in welchem Serena und Dan begreifen, dass sie ständig wegen Geld in Konflikt geraten (ein Paar ihrer Schuhe kostet so viel wie zwei seiner Monatsmieten – man hat eben nicht die gleichen Werte), beschließen die beiden zum siebzehnten Mal, sich zu trennen. Und Juliette begann ob dieser Ungerechtigkeit wieder zu weinen.

Noch einmal wurde ihr Tränenfluss vom Klingeln des Telefons unterbrochen. Sie stürzte sich auf den Apparat in der Hoffnung, es könnte Nicolas sein.

»*Cara mia*, wie geht's?«

»Ach du bist es, Chiara«, murmelte Juliette finster.

»Welch ein warmes Willkommen, wie nett! Man sollte meinen, du befindest dich im letzten Stadium von Gehirnerweichung.«

»Nein, nein, keine Bange! Wirklich lieb, dass du anrufst.«

»Wie fühlst du dich?«

»Eher mies.«

»Was machst du gerade? Suchst du Arbeit?«

»Ja, ja«, flüsterte Juliette und drückte mit der Fernbedienung auf »Pause«.

»Hältst du mich für bescheuert? Glaubst du, ich hätte im Hintergrund den Fernseher nicht gehört? Du wirst kaum weiterkommen, wenn du dir diese magersüchtigen Jugendlichen in Armani-Klamotten reinziehst, die mit ganz New York herumhuren. Übrigens …«

»Du, Chiara?«, unterbrach Juliette.

»Was?«

»Kann ich nächsten Monat bei dir einziehen? Nur bis ich Arbeit gefunden habe. Ich bezahle selbstverständlich alle Nebenkosten.«

»Aber natürlich! Allerdings nur unter zwei Bedingungen …«

Chiara musste sich in einem Flughafen befinden, denn aus einem Lautsprecher irgendwo hinter ihr schallte eine Frauenstimme.

»Was für Bedingungen?«, fragte Juliette und schob sich einen Schokocookie in den Mund.

»Zunächst redest du keinen Unsinn mehr, was die Nebenkosten angeht, denn ich würde nie Geld von einer bankrotten Arbeitslosen annehmen.«

Juliette schniefte gerührt, und Chiara fuhr fort: »Und auf der Stelle hörst du auf, dir zehn Schokocookies pro Minute in den Mund zu stopfen! Das ist schlecht für mein Image. Aber jetzt muss ich los, ich will mein Flugzeug nicht verpassen. Du kannst ja bei Mamma vorbeigehen, wenn du magst. Sie gibt dir die Schlüssel. Ich umarme dich.«

Zwar etwas getröstet, zögerte Juliette dennoch, sich aufzuraffen und wirklich Arbeit zu suchen. Nicolas würde sich bestimmt bald melden, und wenn sie jetzt auf Jobsuche ging, würde sein Anruf sie dabei nur ablenken. Besser war es, noch ein wenig zu warten. Mit dieser Schlussfolgerung warf Juliette die DVD wieder an und öffnete eine neue Schachtel Schokocookies.

9.

Die Wurstwarentheorie von Vittoria Castellini

Ein Glöckchen bimmelte, als Juliette den Laden betrat. Während sie wartete, bis die Kunden vor ihr fertig bedient waren, betrachtete sie die eleganten Häuserfassaden der kleinen Straße auf der Île de Saint-Louis. Sie verstand einfach nicht, wie man von New York oder Tokio träumen konnte, wenn es doch nirgends auf der Welt etwas Schöneres gab, als durch das Glasdach des Grand Palais einen schimmernden Sonnenuntergang oder einen Sonnenaufgang über dem Musée d'Orsay zu beobachten, die Seineufer, die sich im Wasser des Flusses widerspiegelten, oder die zwei majestätischen Türme von Notre-Dame bei Regen zu betrachten, die über die nass glänzenden Dächer von Paris ragten.

Fünf Tage waren seit der Trennung vergangen. Juliette hatte Hunger, ihr Bestand an Schokocookies war aufgefuttert, aber sie hatte seither noch nicht den Mumm gehabt, das Haus zu verlassen und einkaufen zu gehen. Stattdessen badete sie angesichts ihres schweren Schicksals in Selbstmitleid und war auf dem besten Wege, die Fässer der Danaiden mit ihren Tränen zu füllen, hatte Nicolas vierzehnmal angerufen und durchschnittlich vier Stunden täglich damit verbracht, ihm mit allen Mitteln auf die Spur zu kommen, und fand es sehr verdächtig, dass es auf seiner Facebook-Seite nicht die geringsten Neuigkeiten gab. Sie hatte ihm Nachrichten hinterlassen, mal sehr liebevolle, mal flehentliche, mal Beleidigungen, Erpressungsversuche oder Drohungen. Schließlich reagierte er mit einer SMS, in der er sie bat, vorläufig den Kontakt zu ihm abzubrechen. Sie bombardierte ihn mit siebzehn weiteren SMS und teilte ihm mit, das verstehe sie völlig und wolle sich auch nicht aufdrängen, aber falls er mit ihr sprechen wolle, wäre sie für ihn da. Er hatte nicht mehr geantwortet.

Sie begann, die Realität ihrer Einsamkeit vollends zu erfassen, als der Wohnungseigentümer sie anrief und erklärte, er habe einen neuen Mieter gefunden, und Juliette möge bitte gleich nächste Woche ausziehen. Das war schnell gegangen und im Grunde gar nicht so übel, weil sie keinen müden Heller mehr hatte. Also machte sich Juliette an die Vorbereitung ihres Umzugs und stand jetzt in dem kleinen Laden von Chiaras Mutter, im Herzen der Insel Saint-Louis, um den Wohnungsschlüssel ihrer Tochter abzuholen. Das Geschäft war kaum zwanzig Quadratmeter groß, und der hintere Raum maß knapp zehn. In dem antiken, mit Holz hübsch gerahmten Schaufenster stapelten sich Schinken und Parmesankäse. Juliette verspürte plötzlich eine schmerzhafte Leere im Magen. Erleichtert dachte sie daran, dass Chiaras Mutter sie in ein paar Minuten füttern würde wie eine Stopfgans kurz vor dem Schlachten.

Chiara sprach laut und viel, aber nur wenig über

sich selbst, ihre Familie oder ihre Kindheit. Alles, was Juliette von deren Vergangenheit wusste, waren die Geschichten, die ihr Vittoria über ihre Tochter erzählt hatte, und das, was sie sich selbst aus den Andeutungen von Chiara zusammenreimen konnte. Sie war in Rom geboren, wo ihre Eltern ein Geschäft mit Elektrogeräten führten. Als Kind spielte sie Verstecken zwischen den Staubsaugern oder verkroch sich in den Ausstellungskühlschränken ihres Vaters. Alles ging gut bis zu dem Tag, an dem Chiaras Vater – müde seines Versteckspiels und des Verkaufs von Bügeleisen – mit der Kasse und bei dieser Gelegenheit auch mit der Kassiererin durchbrannte, einem offenbar ziemlich ordinären Mädchen, das jedoch mit den nicht zu unterschätzenden Vorzügen ausgestattet war, unter dreißig zu sein und über Brüste so groß wie Panettoni zu verfügen. Einen Monat lang hatte sich Vittoria nicht mehr aus ihrem Bett erhoben. Den ganzen Tag blieb sie, trübe vor sich hin starrend, im Schockzustand liegen. Chiara kümmerte sich notgedrungen um den Haushalt, brachte ihren kleinen Bruder zur Schule, kochte das Abendessen, passte auf, dass er sich auch richtig die Zähne putzte, und brachte ihn zu Bett, nachdem sie seine Hausaufgaben kontrolliert hatte. Jeden Abend vor dem Einschlafen betete sie: »Mach, dass er wiederkommt! Mach, dass er wiederkommt! Mach, dass er wiederkommt!«, und blickte an die nicht mehr ganz weiße Deckenverkleidung. Nur wollte die Zimmerdecke offenbar nichts von ihren Gebeten wissen, und ihr Vater kam nicht zurück. An dem Tag, an dem sie ein Schild mit der Aufschrift

»Wegen Todesfall geschlossen« an die Ladentür heftete, betrachtete sie ihren Vater und auch ihre Kindheit als gestorben und beerdigt. Danach hatte sie nie wieder zurückgeblickt.

Einen Monat später – als niemand mehr damit rechnete – erhob sich ihre Mutter plötzlich wieder, blass und müde wie eine Rekonvaleszentin nach langer Krankheit. Vittoria ersetzte das Schild »Geschlossen« durch eins mit breiten roten Bändern und der Aufschrift »Liquidazione«. Sie verkaufte alles: Staubsauger, Mixer, Rasierer, Kühlschränke und was sonst noch im Laden stand. Wie von einem unkontrollierbaren Fieber befallen, verkaufte sie auch ihren Hausrat, die Möbel, das Geschirr, Bettzeug, Servietten, das Geschäft und zu guter Letzt die Wohnung. Nach diesem Wirbelsturm blieben nur ein paar Koffer mit Kleidung übrig, und die Familie war nach Paris aufgebrochen, ohne eine Anschrift zu hinterlassen.

Mit dem Erlös der zwanghaften Verkäufe erstand Vittoria aus einer Laune heraus den Laden auf der Île de Saint-Louis und verkaufte nun Schinken, Parmesan, Bresaola, Coppa, Culatello di Zibello und Tonnen von Tiramisu. Sie importierte die Produkte direkt aus Italien und verkaufte sie schamlos für den vier- bis fünffachen Preis. An den Wänden des kleinen Ladens, zwischen den vielen Chiantiflaschen, hingen ein paar gerahmte nostalgische Fotos, Landschaften der Toskana, Ansichten von Florenz und Venedig sowie ein etwas unscharfes Schwarz-Weiß-Foto, eine Familienhochzeit. In Wirklichkeit handelte es sich um die Vergrößerung eines im Internet gefundenen Szenenbildes aus dem Film *Der Pate.*

Schön wie eine Madonna, freundlich und herzlich, und mit ihrem italienischen Akzent, den sie sorgfältig pflegte und der im Laufe jedes in Frankreich verbrachten Jahres eher stärker wurde, verkaufte Vittoria ihr biologisches Olivenöl zu vierundzwanzig Euro die Flasche und war bei den Pariser Schickimickis sehr beliebt.

Vittorias letzter Kunde verließ mit zwei Scheiben Schinken für elf Euro, fünf Paketen Grissini im Angebot (*una promozione*) und fünfhundert Gramm Bresaola (*delizioso*, köstlich mit den Grissini) sowie einem Kugelschreiber (Geschenk des Hauses, weil er so *seducente*, charmant, sei, dass sie ganz *commossa*, gerührt, war) überglücklich den Laden. Das Ganze für die lächerliche Summe von neununddreißig Euro und fünfundneunzig Cent (nicht einmal vierzig Euro, stellen Sie sich vor!). Sobald die Tür geschlossen war, breitete Vittoria die Arme aus: »Giulietta, *amore mio*, Chiara hat mir alles erzählt. Das ist *uno scandalo*, deine Arbeit und dein Freund weg, was für eine *tristezza.*«

Sie zog sie an sich, drückte sie an ihr Herz und sah so erschüttert aus, als hätte man ihr in der Mikrowelle aufgewärmte Spaghetti vorgesetzt.

»Danke, Vittoria«, murmelte Juliette ergriffen und erwiderte die Umarmung.

»Komm, komm, du bekommst *dolci*, etwas Süßes wird dir guttun, heute Morgen habe ich *Ricciarelli* gebacken, die sind ganz frisch, da hast du Glück!«

Sie nahm ein großes Glas voller Kekse aus dem Regal.

»Die schmecken *migliore*, viel besser als deine Schokocookies, du wirst sehen. Hörst du, die Männer haben heutzutage keine *coglioni* mehr. Ich weiß nicht einmal, ob sie überhaupt jemals Eier hatten. Sie sind schlicht zu gar nichts nutze, absolut nichts. Aber sieh mich an, ich bin ohne Mann sehr glücklich. Alles, was die können, ist mit *puttane* ins Bett zu steigen, mit Nutten.«

Sie hatte während ihres Redeflusses die Kekse auf einen Teller gestapelt und bot Juliette davon an, nachdem sie sich selbst bedient hatte. Mit vollem Mund fuhr sie fort:

»Ein Mädchen wie du, so *bella* und intelligent, was für ein *cretino*, so ein Blödmann!«

Juliette schloss eine Weile die Augen, gerade so lange, wie sich der Puderzucker auf dem Keks an ihren Gaumen heftete und ihren Mund betörte.

»Komm, komm setz dich, *bella*, dann geht es dir gleich besser.«

Vittoria hängte in dem Moment, als gerade ein Kunde den Laden betreten wollte, energisch das Schild »Geschlossen« an die Tür. Er wirkte empört, aber sie hob die Arme und schrie durchs Fenster: »Wir haben die Fünfunddreißig-Stunden-Woche, *maleducato*!« So ein Rüpel.

Sie zog Juliette ins Hinterzimmer, bot ihr Platz auf einem gemütlichen Sessel an und kochte Tee. Dabei sprach sie ununterbrochen weiter, schimpfte über die Feigheit der Männer und die Ungerechtigkeit der Situation. Juliette nickte höflich, konnte aber nicht einen Satz anbringen. Sie versank tief in den Kissen und versuchte sich zu entspannen. Vittorias melodische Stimme, ihr warmer und singender Tonfall hatten den Effekt eines Wiegenliedes. Juliette hatte keine Lust zu reden, sie wollte sich nur verwöhnen lassen. Während sie ihren Tee trank, erzählte Juliette dann doch noch einmal und zum x-ten Mal ihre Geschichte und beantwortete alle Fragen Vittorias im Detail. Nach anderthalb Stunden Unterhaltung reichte sie Juliette die Schlüssel zur Wohnung ihrer Tochter. Sie beteuerte, dass sie dort so lange bleiben könnte, wie sie wollte. Sie solle sich dort ganz wie zu Hause fühlen, denn wenigstens auf ihre Chiara war immer Verlass. Sie sei nicht wie diese *cafoni*, diese feigen Kerle, die einen betrogen, sobald man sich auch nur umdrehte. Sie riet Juliette, Urlaub zu machen, beispielsweise nach Italien zu fahren. Das würde ihr guttun, denn Italien sei bei Weitem das schönste Land der Welt. Juliette lehnte den Vorschlag höflich ab und erklärte, fliegen käme für sie nicht infrage, das sei zu gefährlich.

»Dann nimm mein Auto. Du hast doch Zeit, *bella mia*, du bist arbeitslos!«

Aber Juliette hatte keine Lust, auf Reisen zu gehen, sie hatte zu gar nichts Lust, nur auf eines, dass Nicolas wieder da wäre, sie ihren Job wiederhätte und alles genauso wäre wie zuvor. Doch für den Umzug nahm sie Vittorias Wagen gern. Sie verließ den Laden so mit Schinken und Mozzarella beladen, dass sie glatt eine Pizzeria hätte eröffnen können.

Chiara wohnte im Marais-Viertel, nicht weit von der Place des Vosges, im vierten Stock eines altehrwürdigen Hauses aus massiven Quadersteinen. Sie war noch nicht aus dem Büro zurück, und Juliette packte sogleich ihre Koffer aus, denn sie wollte die einwandfreie Wohnung nicht durcheinanderbringen. Sie hatte nur wenig Kleidung mitgebracht, dafür aber ein gerahmtes Foto von sich und Nicolas, von dem sie sich einfach nicht trennen konnte. Auf diesem Bild drückte Nicolas einen Kuss auf ihre Wange und schien erfolglos Juliettes verrückte Lockenpracht bändigen zu wollen, die der Mistral in alle Himmelsrichtungen wehte.

Ein frisch gemachtes Bett erwartete sie, und auf der Tagesdecke lag ein Handtuch so dick und flauschig wie im Hôtel de Crillon. Juliette stellte ihren Kulturbeutel ins Badezimmer, wo Cremes und Flakons bekannter Marken ordentlich aufgereiht in den Regalen standen. Schminkartikel, sortiert nach Verwendungszweck und Farben, lagen in einem Weidenkorb über dem Waschbecken.

Chiaras Marketingkarriere bei Chanel war vor fünf Jahren steil nach oben gegangen. Zwei Jahre später kündigte sie, weil sie sich mit ihrer Managerin wegen einer Beförderung gestritten hatte, die eigentlich Chiara zugestanden hätte. Unter dem Vorwand, Chiara sei zu jung, hatte die Dame sie für den Posten abgelehnt. Daraufhin wechselte Chiara zur Konkurrenz. In den folgenden drei Jahren bei Dior wurde sie dreimal befördert. Sie sprach nicht viel über ihren Job und gab vor allem nie damit an. Fragte man sie nach ihrer Verantwortung oder ihrem Gehalt, so gab sie dem Gespräch eine andere Richtung und erzählte beispielsweise vom letzten Werbeclip für Dior, bei dessen Dreharbeiten auch sie dabei gewesen war, und erzählte, dass Sarah (Lamour) sehr eingebildet und Marion (Cotillard) hingegen ein Engel sei. Juliette erfuhr von Beförderungen und Erfolgen im Allgemeinen nur durch Vittoria unter dem Siegel tiefster Verschwiegenheit.

Chiara war mit achtundzwanzig immer noch genauso von der Modewelt angezogen wie mit vierzehn. Nie ließ sie sich einen Cocktail, eine Show oder eine Veranstaltung entgehen, wo sie sich stets mit ihrem charmantesten Lächeln und einem Packen Visitenkarten zeigte. Mit H&M oder Zara gab sie sich nicht ab, sondern bezirzte nach allen Regeln der Kunst Max Mara, Gucci, Burberry und Hermès, und allein ihre Garderobe zeugte von ihrem Verhandlungstalent. In ihrer Prinzessinnen-Kleiderkammer hing die traumhafteste Markenkleidung. Eine ganze Wand war mehreren Dutzend Paar Schuhen vorbehalten, eine andere vollgehängt mit Mänteln. Chiara hatte einen unfehlbaren Geschmack. Lieber wäre sie gestorben, als mit Turnschuhen auf die Straße zu gehen, und nie wäre sie auf die dumme Idee gekommen, flache Schuhe zu tragen. Doch sie hatte eine Schwachstelle, die sie unter allen Umständen zu verbergen suchte, was jedoch selbst jemand mit einer Rechenschwäche allein herausfinden konnte: Sie maß einen Meter siebzig mit zwölf Zentimeter hohen Absätzen. Also wirkte sie groß. Man hätte meinen können, diese hohen Hacken wären ein natürlicher Bestandteil ihrer Beine. Ohne Stilettos bekam man sie ohnehin nie zu sehen. In Wirklichkeit war sie klein, und das war ihr Komplex. In Juliettes Gegenwart und wenn sie sonst niemand sehen konnte, zog sie ihre Schuhe aus und ging ohne Scheu barfuß. Das war sicher der schönste Freundschaftsbeweis. Juliette hatte diesen Wahn nie ganz verstanden. Jeder hätte Chiara trotzdem – selbst im Joggingoutfit – zauberhaft gefunden. Doch kein Kompliment der Welt konnte sie daran hindern, die ein Meter fünfundachtzig großen Models mit ebenso traurigen Augen zu betrachten wie ein armer kleiner Junge, der den Nachbarsohn mit seiner neuen Playstation spielen sieht.

Gegen zwanzig Uhr flog die Wohnungstür auf, und Chiara trat lächelnd herein. Juliette war einkaufen gegangen und hatte gekocht.

»Das riecht verdammt gut«, sagte Chiara, küsste Juliette auf die Wange und hob den Deckel des Kochtopfs.

»Curry-Huhn mit Kokosmilch und Cashewnüssen.«

»Warum ich dich bei mir unterbringe? Ich wusste doch gleich, dass du dich vor lauter schlechtem Gewissen sofort und stundenlang ans Kochen machen und mir ein Drei-Sterne-Menü hinzaubern würdest.«

Chiara wusch sich die Hände und wählte im Schrank eine Weinflasche aus.

»Da fällt mir gerade ein«, sie holte den Korkenzieher aus der Schublade, »eine Freundin von Mamma hat sie gebeten, für sie das Catering bei einem Essen zu übernehmen. Mamma hat abgelehnt. Sie ist zu müde, und es ist ja auch nicht ihr Metier, aber sie hat gesagt, dass sie vielleicht jemanden wüsste, der den Job übernehmen könnte, und hat mich gebeten, dir ihre Visitenkarte zu geben.«

Chiara stellte die entkorkte Weinflasche auf den Tisch und ging zurück in den Flur, um in ihrer Handtasche zu kramen.

»Hier ist sie.«

»Aber… Ich koche doch nur aus Spaß. Da käme es mir merkwürdig vor, dafür bezahlt zu werden.«

Chiara setzte sich an den Tisch und goss Wein in die Gläser.

»Wie du willst. Es war nur so eine Idee. Es geht um ein Abendessen für zehn Personen. Du kaufst ein, du kochst, und es gibt eine Serviererin.«

»Und sie findet niemanden?«

»Ich glaube, sie möchte jemanden, den man ihr empfohlen hat, nicht irgendeine x-beliebige Person.«

»Wie wird das bezahlt?«

»Die Dame hat Mamma vierhundert Euro angeboten. Die Einkäufe natürlich nicht eingerechnet.«

»Was? Vierhundert Euro? Für vier Stunden Arbeit? Das ist ja nicht einmal Arbeit, sondern das reinste Vergnügen!«

Juliette setzte sich hin und tat das Essen auf. Chiara nahm einen Schluck Wein und fuhr fort:

»Sag ich doch. Du solltest sie anrufen, bevor sie jemand anderen findet!«

»Dann könnte ich dir Miete zahlen.«

Chiaras Gabel schwebte zwischen Mund und Teller in der Luft.

»Geht's noch! Wenn du mir auch nur einen einzigen Cent gibst, schmeiße ich dich auf der Stelle raus. Dann kannst du als Clochard unter dem Pont de l'Amour schlafen. Wo wir gerade von Clochards sprechen: Wie geht es deiner Freundin Caroline?«

»Oh, der geht es gut. Seit letzter Woche habe ich allerdings nichts von ihr gehört.«

»Das wundert mich nicht. Ich habe immer schon gedacht, dass sie nicht zu den Leuten gehört, auf die man sich verlassen kann, wenn man in der Patsche sitzt.«

»Das stimmt nicht. Sie ist eben nur eng mit Nicolas befreundet. Sie wollte nie bei unseren Konflikten für einen von uns Partei ergreifen.«

Chiara lehnte sich zurück, die Augen halb geschlossen, das Glas Bordeaux in der Hand.

»Und Nicolas? Schon wieder von ihm gehört?«

»Nein, ich habe nur eine SMS von ihm bekommen.«

»Was stand drin?«

»Ich soll aufhören, ihm hinterherzurennen.«

Chiara lächelte ein wenig.

»Du gibst wohl nie auf, du Verrückte.«

»Du verstehst das nicht. Wir wollten heiraten …«, murmelte Juliette und hielt ihr Weinglas vors Gesicht.

»*Cara mia*, weißt du, wenn man jemanden liebt, wird man auf die eine oder andere Weise immer über den Tisch gezogen.«

»Bist du es denn nicht manchmal leid, alle diese netten Typen nie wiederzusehen? Wünschst du dir denn keine richtige Beziehung?«

»Seit ich meine Chance an der Uni verpasst habe,

amüsiere ich mich lieber noch ein wenig, bevor ich auf die erste Runde Scheidungen warte. Möchtest du einen Joghurt?«

Sie fuchtelte mit einem fettreduzierten Kirschjoghurt vor Juliettes Gesicht herum. Die verzog angeekelt das Gesicht.

»Nein, danke.«

»Außerdem, ehrlich, stell dir vor, ich treffe Ryan Gosling auf der Straße. Ich sähe doch alt aus, wenn ich nicht mit ihm schlafen könnte, nur weil ich verheiratet bin.«

»Das ist das weitaus vernünftigste Argument, das ich je für Ehelosigkeit gehört habe«, brummte Juliette.

10.

Whatever

Ein Monat war seit ihrer Trennung vergangen, zwei Wochen, seit sie Nicolas zum letzten Mal am Telefon gesprochen hatte, und entgegen ihren Erwartungen hatte sie überlebt. Nicolas meldete sich natürlich überhaupt nicht mehr.

Im Fernsehen kündigte man den kältesten Winter des Jahrzehnts an. Die Bäume auf den Straßen waren bereits kahl. Die Straßen selbst, die Passanten und Gebäude trugen Grau in Grau bis Braun. Man begann gerade, die Weihnachtsdekorationen auszupacken und die Schaufenster zu schmücken. Die Wirtschaftskrise hinterließ ihre Spuren, und die Lichterketten würden erst im letzten Moment aufleuchten. Nur die Champs-Élysées waren bereits in ihr blitzendes Galagewand gehüllt, und die Touristen freuten sich an der schönsten Avenue der Welt, während sich Diebe darüber freuten, wie leicht sie die Touristentaschen leeren konnten. Wie jedes Jahr versetzten die bevorstehenden Festtage die Menschen in gute Stimmung, bis auf die Meckerer, die vorgaben, Weihnachten zu hassen, um sich wichtigzumachen.

Juliette kuschelte sich unter ihr Federbett. In den

letzten zwei Wochen hatte auch sie nichts mehr von sich hören lassen, musste aber jeden Augenblick an Nicolas denken. Lange Zeit dachte sie morgens beim Erwachen, einen fürchterlichen Albtraum erlebt zu haben, doch kaum eine Sekunde nach diesem kurzen Gefühl der Erleichterung erinnerten sie die Wände in Chiaras Gästezimmer brutal an die Realität und ihre Einsamkeit. Sie hatte keine Arbeit gefunden, was angesichts der Tatsache, dass sie gar nicht gesucht hatte, durchaus logisch war. Trotzdem war das alles furchtbar deprimierend. Sie sprach so wenig wie möglich über Nicolas, mit Chiara ebenso wenig wie mit ihren Eltern, die sie mit schöner Regelmäßigkeit anriefen, um zu hören, ob es ihr besser gehe. Von Caroline kam kaum noch Neues, ihre Arbeit hatte sich seit der Beförderung offenbar verdreifacht.

Ein Monat war seit der Trennung vergangen, und Juliette ging es immer noch nicht besser, sondern eher schlechter. Es wurde immer schwieriger, die Hoffnung auf eine Versöhnung aufrechtzuerhalten. Zu Anfang hatte sie sich selbst davon überzeugen können, Nicolas käme zurück. Umzug und Geldsorgen lenkten sie ab, und sie konnte die Wirklichkeit vergessen. Zu Anfang hatte sie seine Abwesenheit ertragen können, weil sie sicher war, er käme zurück, aber nach und nach schwand diese Sicherheit dahin, und Zweifel bohrten sich in ihr Bewusstsein, die selbst ihre gemeinsamen Erinnerungen nicht mehr beruhigen konnten. Es blieb nur noch sehr wenig Hoffnung. Sie hatte versucht, stark zu sein, denn alle rieten ihr, zu anderen Dingen überzugehen. Chiara lud sie zu zahlreichen Festen ein, um sie abzulenken, und ihre Mutter wollte, dass sie nach Hause in die Gironde kam, aber sie hatte zu rein gar nichts Lust bis auf die Erfüllung ihres Traums, alles wieder beim Alten vorzufinden. Sie ging früh ins Bett und stand spät auf und hing tagsüber völlig energielos vor dem Fernseher. Manchmal war sie sogar in der Lage, sich einzubilden, dass Nicolas' Schweigen nichts zu bedeuten hatte und dass er vielleicht an sie dachte, aber sich nicht traute, sie anzurufen. Wenn sie Chiara von ihren Wiedereroberungsträumen erzählte, antwortete sie ihr: »Du musst damit aufhören, Giulietta, lass es gut sein. Er kommt nicht wieder.«

Juliette ärgerte sich deswegen und sagte sich, dass Chiara nichts von der Liebe verstand, und ging seufzend wieder in ihr Zimmer.

Auszugehen war für sie der reine Horror. Jahrelang hatte sie Nicolas täglich gesehen, mit ihm sprechen und ihn berühren können, ohne darüber nachdenken zu müssen, ganz natürlich und spontan wie das Atmen. Sie konnte sich nicht damit abfinden, dass ihre Beziehung auf einmal zu Ende sein sollte. Von heute auf morgen war Nicolas mit einer Brutalität aus ihrem täglichen Leben verschwunden, über die sie nicht hinwegkam.

Sie drehte sich im Kreis. Nach allem, was sie gemeinsam erlebt hatten, durfte sie ihn ja wohl mal anrufen. Das war doch alles lächerlich, und – wer weiß? – vielleicht würde er sogar sagen: »Juliette! Endlich! Ich habe nicht gewagt, dich anzurufen.«

Sie erhob sich, um es auf einen Versuch ankommen zu lassen. Lieber nicht mit dem Handy anrufen. Mit Chiaras Festnetznummer riskierte sie weniger. Er würde die Nummer nicht erkennen, und falls die Vorstellung, nicht ohne sie leben zu können, nur in seinem Unterbewusstsein vorhanden wäre, würde er das Gespräch trotzdem annehmen.

»Hallo?«

Als sie seine tiefe Stimme hörte, ging ihr das Herz auf.

»Nicolas, ich bin es, Juliette.«

Stille in der Leitung, sie sprach weiter:

»Wie geht's?«

»Danke, gut.«

Wieder Stille. Offenbar hatte er keine Lust, mit ihr zu sprechen, und das tat ihr weh. Sie atmete tief durch und sagte rasch:

»Ich rufe nur so an, um zu fragen, was es Neues gibt. Es tut mir leid, wenn ich dich zu Anfang so verfolgt habe, aber ich hatte etwas Mühe, mich an die Situation zu gewöhnen. Jetzt geht es.«

Nach einer Pause von ein paar Sekunden sagte er langsam, so, als würde er jedes Wort einzeln abwägen: »Okay, mir geht es sehr gut, sonst gibt es nichts Besonderes.«

Er war eiskalt und hatte offenbar nicht die geringste Lust, mit ihr zu plaudern. Aber er durfte jetzt nicht auflegen! Sie musste einen Weg finden, ein richtiges Gespräch zustande zu bringen, irgendwie den Kontakt herstellen.

»Wie geht es mit deiner Doktorarbeit voran?«

»Juliette, ich muss dir etwas sagen.«

Seine Stimme klang sonderbar, Juliette schloss die Augen und fühlte Hoffnung in sich aufkeimen. Ja, das war es! Jetzt würde er ihr endlich mitteilen, dass er ohne sie nicht leben konnte und zurückkommen wollte.

»Die Sache … muss endlich ein Ende haben. Hör auf, mich ständig anzurufen oder mir zu schreiben. Das hier ist keine vorübergehende Laune, weißt du … Ich … ich liebe dich nicht mehr.«

Einen Augenblick lang hatte sie tatsächlich geglaubt, er würde etwas anderes sagen, jetzt konnte sie kaum noch atmen und spürte ein Brennen im Bauch, eine Mischung aus Schmerz und Scham. Es war ja nur ein Telefongespräch, es war ja nicht so, dass sie ihm auflauerte. So brauchte er nun wirklich nicht mit ihr zu sprechen. Sie hörte sich selbst mit ruhiger und sicherer Stimme antworten:

»Nicolas, ich habe nicht angerufen, um dich zurückzubekommen, sondern um dir zu sagen, dass ich jetzt jemand anderen habe.«

Am anderen Ende der Leitung war es still. Dann sagte Nicolas mit vergnügter Stimme, die recht unecht klang:

»Stimmt das? Juliette … Ich bin ja so froh für dich. Ich dachte … ich hatte eher Angst, du rufst schon wieder an, um mir eine Szene zu machen. Du ahnst ja nicht, wie erleichtert ich bin.«

Ihm eine Szene machen? Sie erinnerte sich an die vergangenen Tage und daran, wie sie jede einzelne Minute gelitten hatte, und an sein Schweigen. Sie hatte wirklich Lust, in Tränen auszubrechen oder ihn zu beschimpfen. Aber sie fuhr mit einem gekünstelten Lachen fort: »Aber nein! Ich wollte es dir sagen, damit die Dinge zwischen uns klar sind und das Unbehagen endlich aufhört.«

Sie unterhielten sich ein paar Minuten lang mit ungeschickten Worten. Er war mit seiner Doktorarbeit kaum weitergekommen und hoffte, bald eine Wohnung zu finden. Momentan wohnte er bei seinem Freund Thibault, Metrostation Place de Clichy. Juliette erinnerte sich, vor ein paar Monaten bei ihm einen Aperitif getrunken zu haben. Die ganze Zeit ging es um »metaphysische Soziologie«, und sie hatte sich selten so gelangweilt.

Sie stellte Nicolas irgendwelche Fragen, und er antwortete mit gezwungenem Enthusiasmus. Er fragte sie, wo sie denn ihren neuen Freund getroffen habe. Sie erzählte irgendeinen Unsinn und sagte, sie habe ihn kürzlich kennengelernt, als Chiara sie zu einer Party mitgenommen hatte. Die Lüge kam ihr ganz natürlich über die Lippen. Wenn das der Preis war, um mit Nicolas sprechen zu können, so war sie gerne bereit, ein Doppelleben zu erfinden. Sie wagte nicht, ihn zu fragen, ob er noch Single war. Dass er bei einem Kumpel von der Uni wohnte, beruhigte sie, damit dürfte er wohl immer noch frei sein. Er müsse jetzt leider das Gespräch beenden, die Arbeit rufe. Nach all diesen Aufregungen sei seine Doktorarbeit ins Hintertreffen geraten. Nochmals brachte er seine Freude für Juliette zum Ausdruck, sagte ihr sehr liebenswürdig Auf Wiedersehen und hängte ein.

Ich liebe dich nicht mehr. Der Satz dröhnte noch immer in ihrem Gehirn und füllte die Stille der Wohnung. Während sie geglaubt hatte, er denke an sie, und sie wie eine Idiotin auf seinen Anruf gewartet hatte, ging es ihm offensichtlich sehr gut. Es war ihr völlig unverständlich, wie schnell er ein neues Leben beginnen konnte, während es ihr täglich schlechter ging.

Auch wenn Chiara die Heizung ständig höher stellte, auf den Pariser Winter schimpfte und sagte, man müsse bescheuert sein, um woanders als in Italien zu leben, fror Juliette immerzu. Sie lag mit tränenüberströmtem Gesicht auf dem Sofa. Niemals würde sie sich erholen, niemals würde sie über diese Trennung hinwegkommen. Seit Wochen versuchte sie es, aber es war einfach zu hart. Sie würde bis an ihr Lebensende deprimiert sein.

Als Chiara am Abend nach Hause kam, lag Juliette immer noch mit rot verquollenen Augen und glasigem Blick auf dem Sofa. Chiara legte ihre kühle Hand auf Juliettes brennende Stirn und fragte, was denn los sei. Am ängstlichen Blick ihrer Freundin erkannte Juliette, dass sie sich offenbar in einem erbärmlichen Zustand befand. Mit tonloser Stimme erzählte sie von dem Telefongespräch mit Nicolas, und Chiara nahm sie in die Arme.

»Das kommt vor, *cara mia*«, sagte sie. »Liebe währt nicht ewig.«

»Wir… Das war etwas anderes«, murmelte Juliette.

»Nichts ist da anders, Giulietta, die Liebe kommt

und geht. Eure Geschichte war wunderschön, aber jetzt ist sie zu Ende. Er hat es dir gesagt, und du musst es akzeptieren. Es wird sicher noch eine Weile dauern, aber irgendwann wird alles wieder gut.«

»Wie kann er mich in ein paar Wochen völlig vergessen, wo wir doch jahrelang zusammen waren?«, fragte Juliette in einem Anflug von Ärger.

Chiara schob sie sanft von sich und sah sie streng an, als ob Juliette urplötzlich verblödet wäre. Aber als sie Juliettes verzweifelten Blick sah, wurde ihr Gesichtsausdruck wieder milder.

»Vielleicht weil er schon lange über eure Trennung nachgedacht hat. Er hatte genügend Zeit, sich mit der Vorstellung abzufinden, oder aber ...«, sie zögerte, »er ist vielleicht jemandem begegnet, der ihn dazu gebracht hat, die Sache zu beschleunigen.«

»Das hätte er mir nie angetan.«

Chiara antwortete nicht und strich ihr übers Haar.

»Wasch dein Gesicht mit kaltem Wasser ab und dusche, Giulietta, ich mache derweil das Abendessen. Du musst dich ablenken.«

»Ich habe keinen Hunger und gehe schlafen.«

»Bist du sicher? Du solltest mein Angebot annehmen, ich koche nicht gerade oft.«

»Ja, das weiß ich, aber ich bin müde.«

Sie sah Chloé und Nicolas wieder vor sich, wie sie an ihrem Kündigungstag aus der Haustür gekommen waren, wie glücklich sie wirkten, und sie erinnerte sich an den Tisch, an dem sie normalerweise arbeiteten, diesmal ganz ohne Spuren von Büchern und Blättern, und schließlich dachte sie an das frisch bezogene Bett. Auch Carolines Verhalten fiel ihr wieder ein, die irgendwie versucht hatte, auf eine mögliche Trennung anzuspielen, als ob sie etwas wüsste. Juliette quälten Zweifel.

Als sie endlich einschlief, sah sie im Traum Nicolas und Chloé Hand in Hand durch einen Park spazieren. Sie lachten und machten sich ganz offensichtlich über Juliette lustig, und sie selbst war mutterseelenallein.

11.

Amokbeschattung in Fratelli-Rossetti-Schuhen

Juliette erwachte am nächsten Morgen mit geschwollenen Augen. Je mehr sie schlief, umso müder wurde sie. Irgendwie wäre es besser gewesen, sie hätte den Mut gehabt, zu etwas anderem überzugehen, zu kämpfen, um wieder einen aufsteigenden Ast zu erwischen, aber die Unterhaltung von gestern drehte sich in ihrem Kopf wie eine verkratzte CD, die an der Stelle »Ich liebe dich nicht mehr« hakte. Immerzu musste sie an Chloé denken. Ihre Zweifel verstärkten sich und füllten die Leere, die die unbeantworteten Fragen hinterlassen hatten. Sie nahmen immer mehr Raum ein, und Juliette glaubte, daran ersticken zu müssen. Sie brauchte jetzt einfach Gewissheit.

Die Straße zu finden, in der Thibault wohnte, der seinen Freund bei sich aufgenommen hatte, würde nicht schwer sein. Konnte Nicolas sich nicht entschließen, ihr die Wahrheit zu sagen, würde sie eben selbst auskundschaften, was Sache war.

Motiviert durch diesen konstruktiven Plan, stand Juliette auf, duschte, schminkte und kleidete sich mit Sorgfalt, und das zum ersten Mal seit Wochen. Sie hatte ein einfaches, aber elegantes schwarzes Kleid gewählt und trug dazu ein Paar Stilettos von Fratelli Rossetti aus rotem Wildleder aus Chiaras Beständen, ihre Augen verdeckte eine mächtige Sonnenbrille. Chiara verlieh gern ihre Kleidung. Sie hatte einfach zu viel davon und trug sie selten, bisweilen vergaß sie sie sogar ganz und freute sich, vernachlässigte Stücke wiederzuentdecken, besonders wenn sie an einer anderen Person eine hübsche neue und wohlverdiente Existenz fanden. Abgesehen davon war es eine Frage des gesunden Menschenverstands: Sollte Juliette auffliegen, so war ihre Rolle als durchs Viertel streifender Vamp immer noch besser als die einer depressiven, übernächtigten Heulsuse im Jogginganzug.

Es war gegen elf Uhr am Vormittag, und die Stoßzeit war vorüber. Das war einer der wenigen Vorteile der Arbeitslosigkeit: Man bekam in der Metro einen Sitzplatz und brauchte nicht mit anderen Arbeitnehmern als Sardine und mit an die Tür gequetschtem Gesicht auch noch froh zu sein, überhaupt einen Stehplatz in der Bahn nach La Défense ergattert zu haben. In den Gängen hingen bereits einen Monat vor dem Fest quietschbunte Werbeplakate für Weihnachten.

Juliette liebte Weihnachten, und normalerweise verbrachte sie den Monat Dezember damit, die Geschäfte und ihr Bankkonto leer zu räumen, um ihre Liebsten mit perfekten Gaben zu überraschen. Früher hatte sie sich mit anderen Kaufwütigen während der Mittagspause in das Gedränge des Einkaufszentrums Les Quatre Temps in La Défense gestürzt und immer originelle Geschenke gefunden, die allen echte Freude bereiteten. Doch in diesem Jahr war Weihnachten ohne Nicolas und ohne Geld eine eher trübe Angelegenheit, und sie versuchte, das Fest tunlichst zu vergessen.

An der Station Place de Clichy angekommen, setzte sie die Sonnenbrille auf und stieg aus der Metro. In der Mitte des Platzes schien Marschall Moncey von seinem Steinsockel aus mit herablassendem Blick KFC und den Starbucks gegenüber zu mustern, Etablissements, die rund um die Uhr rappelvoll waren. Der Platz wirkte überhaupt eher wie ein verstopfter Knotenpunkt zwischen dem achten, neunten, siebzehnten und achtzehnten Arrondissement als ein von einem Stadtplaner gestalteter Platz. Der Boulevard des Batignolles fiel schier über den Boulevard de Clichy her, und der Autostrom unterbrach die Achsen der Rue d'Amsterdam und der Rue de Saint-Pétersbourg, die vergeblich eine Schneise nach Norden zu öffnen versuchten. Die Fassaden bildeten keine Einheit, Architektur, Verkleidung und Dächer wiesen verschiedene Stilrichtungen auf und stammten aus unterschiedlichen Epochen, und doch passte alles irgendwie zusammen.

Juliette betrachtete die Häuser um sich herum und versuchte sich zu erinnern, welchen Weg Nicolas und sie genommen hatten, als sie zu Thibault wollten. Sie war überzeugt, ihn mit Leichtigkeit zu finden, denn ihr Orientierungssinn war fantastisch. Sie waren am Restaurant Léon de Bruxelles vorbeigekommen. Da war sie sicher, denn der Geruch nach frisch gekochten Muscheln hatte ihren Appetit angeregt. Sie ging die Rue de Clichy entlang und bog selbstsicher in die Rue du Cardinal Mercier ein, weil ihr der Name bekannt vorkam. Die erwies sich jedoch als Sackgasse, und sie lief zurück. So arbeitete sie sich durch ein paar Straßen des Viertels, an deren Namen sie sich zu erinnern meinte, und jedes Mal sagte sie zu sich selbst: »Ja, genau, hier bin ich richtig.« Doch dann ging sie in dem grauen Gewirr von ganz ähnlichen Gassen und kleinen Straßen gänzlich verloren. Sie hielt an und beschloss, zur Metro und ihrem Ausgangspunkt zurückzukehren und die Suche erneut zu beginnen. Schon fast verzweifelt hob sie den Blick und las auf einem Schild: »Gesellschaft für Autoren und Komponisten von Bühnenwerken«. Sie erkannte diese kleine und ruhige Gasse wieder, wo sich hinter einem schwarzen schmiedeeisernen Gitter ein hübscher gepflasterter Hof und ein mit großen Fenstern versehenes Stadtschlösschen aus Quadersteinen befanden. Sie war sicher, hier schon einmal gewesen zu sein, und erinnerte sich sogar an den langweiligen Vortrag, den ihr Nicolas über die Architektur des Gebäudes gehalten hatte.

Hinter ihr schlug eine Tür zu. Sie drehte sich um und konnte sich gerade noch hinter einem Auto verstecken. Ihr rechter Fuß in Chiaras rotem Wildlederschuh landete direkt im Schmutzwasser des Rinnsteins. Nicolas! Er war gerade aus dem Haus gegenüber gekommen. Völlig unnötig, sich zu fragen, ob er sie vielleicht gesehen hatte. Wie immer war er ganz in Gedanken versunken und blind für seine Umgebung. Einen Augenblick lang fand sie es selbst ziemlich albern, hier die Privatdetektivin zu spielen. Doch weil sie schon mal da war, die Sonnenbrille auf der Nase, wollte sie das Begonnene auch zu Ende bringen.

Sie notierte die Adresse des Hauses, das er soeben verlassen hatte, und folgte Nicolas unauffällig in einer gewissen Entfernung, immer bereit – falls notwendig –, wieder in einen Rinnstein zu hüpfen. Für einen Pariser November erstaunlich, aber es zeigte sich ein Sonnenstrahl, und trotz der Kälte spazierte Nicolas gemütlich durch die Straßen. Darüber hatten sich seinerzeit beide aufgeregt: Während er langsam dahinschlenderte, schritt sie kräftig aus und schimpfte über sein Schneckentempo.

Er hielt vor einer Makleragentur und studierte die Annoncen. Juliette dachte mit Wehmut an den Beginn ihrer Zeit in Paris, als sie gemeinsam Dutzende von Wohnungen anschauten und auf der Suche nach einem Schnäppchen Hand in Hand durch die Pariser Viertel streiften. Sie fragte sich, ob sie je eine vernünftige Wohnung für sich allein finden würde, ohne von deren Eigentümer übers Ohr gehauen zu werden.

Nicolas ging weiter und betrat ein paar Minuten später einen dunklen Laden. Juliette wartete auf der anderen Straßenseite. Das Schaufenster war angefüllt mit Reisemagazinen, die auf einer Art falscher Strandlandschaft mit Plastikmuscheln lagen. Ausgeblichene Poster zeigten Frauen in Badeanzügen an feinen Sandstränden. Das Ladenschild trug die Aufschrift »Reisebüro Pépin«, und darunter stand in kleineren Lettern: »Glücklich ist, der wie Odysseus auf Reisen geht.« Juliette wurde ungeduldig. Was hatte er so lange in diesem armseligen Reisebüro zu suchen? Sie war doppelt genervt, weil sie nie auf große Reisen gehen wollte, zumal Fliegen für sie ein einziger Albtraum war. Ihr missfiel die Vorstellung, dass durch die Welt zu jetten, ein weiterer Punkt war, über den sie mit Nicolas absolut nicht der gleichen Meinung war, doch dass er von fernen Zielen träumte, hatte sie nicht einmal geahnt. Sie war immer diejenige gewesen, die ihre Urlaube organisierte, und er hatte sich nie darüber ausgelassen, dass er eigentlich lieber weiter weg fahren wollte als bis zur Insel Oléron oder ins Massif central.

Als er nach einer Viertelstunde das Reisebüro noch immer nicht verlassen hatte, hielt sie es nicht länger aus. Sie überquerte ein paar Häuser weiter die Straße und wollte ihre Neugier stillen, indem sie wie zufällig an dem Geschäft vorbeilief. Das Schaufenster warf ihr Spiegelbild zurück, und sie erblickte eine elegante, aber reichlich schlecht frisierte Frau mit roten Fratelli-Rossetti-Schuhen, von denen einer sichtbar ruiniert war. Jetzt warf sie einen Blick ins Innere des Reisebüros. Sie riskierte nichts, denn Nicolas kehrte ihr den Rücken zu. Er saß vor einem Schreibtisch, nahm soeben seine Kreditkarte wieder entgegen und steckte sie in seine Brieftasche, legte diese auf den Tisch, reichte der jungen Frau die Hand und erhob sich, um das Reisebüro zu verlassen. Juliette versteckte sich in der Toreinfahrt des Nachbarhauses und hoffte, er würde nach rechts weiterlaufen, wenn er aus dem Laden trat, oder dass sich das Tor hinter ihr plötzlich wie von Zauberhand öffnete. Jetzt hörte sie die Türglöckchen des Reisebüros klingeln, dann schlug die Tür zu. Sie schloss einen Moment, der ihr wie eine Ewigkeit vorkam, die Augen. Nicolas kam nicht an ihr vorbei. Vorsichtig beugte sie sich ein wenig vor und stellte fest, dass Nicolas in die andere Richtung gelaufen war. Sie entspannte sich. Die Gefahr war vorüber.

Also ging er auf Reisen. Er musste ziemlich mitgenommen sein, um kaum einen Monat nach ihrer Trennung so plötzlich aufzubrechen. Ein gerührtes Lächeln erschien auf ihren Lippen, das passte so gut zu Nicolas. Konnte er nicht wie alle anderen übers Internet buchen? Lieber zahlte er das Doppelte in einem heruntergekommenen Reisebüro. Sie zögerte noch eine Weile und stieß dann die Ladentür auf. Die Glöckchen klingelten noch einmal.

12.

Wie trifft man eine vernünftige Entscheidung? Von Juliette Charpentier

Die Angestellte hob den Kopf, überrascht, eine neue Kundin eintreten zu sehen, wahrscheinlich die zweite in diesem Jahrzehnt.

»Was kann ich für Sie tun, Madame?«

Sie hoffte anscheinend, dass Juliette mit »Nichts« antworten würde, denn obwohl es noch nicht ganz Mittag war, wirkte sie bereits völlig erschöpft. Dabei hatte ihr der Ladenbesitzer doch zu verstehen gegeben, dass Kunden äußerst selten waren. Sie hatte den Job nur angenommen, um in aller Ruhe im Hinterzimmer ihre Joints rauchen zu können.

Früher mochte es Juliette gern, wenn man sie mit »Madame« anredete. Besonders, wenn sie mit Nicolas ausging: Sie fühlte sich als Ehefrau und selbstsicher. Doch jetzt lief es ihr bei dieser Anrede eiskalt über den Rücken. Doch brauchte sie Auskünfte und setzte sich mit breitem Grinsen an den Schreibtisch, der mit seinen Tintenflecken und gestapelten Heften eher an eine Schulbank erinnerte. Die Angestellte war jung, sehr schwarzhaarig, sehr hellhäutig und musste sich ohne das Kilo Kajal an jedem Auge wahrscheinlich nackt fühlen. Am Scheitel ihres langen Haars verlangte eine lila gefärbte Strähne nach Aufmerksamkeit.

»Ich möchte gern verreisen, aber ich weiß nicht, wohin.«

Frau Grufti musterte Juliette gelangweilt und fragte leicht gereizt:

»Welche Art Reise?«

»Ich weiß nicht. Schlagen Sie mir etwas vor!«

Juliette suchte nach Hinweisen auf dem unordentlichen Schreibtisch, ein Prospekt, ein Flugticket, irgendetwas, das sie auf die Spur führen konnte, was Nicolas hier gesucht hatte, aber sie fand nichts Interessantes. Sie fuhr fort:

»Ich möchte allein reisen, mich irgendwo erholen … Keine Ahnung … Was hat denn beispielsweise Ihr letzter Kunde ausgesucht?«

Die Angestellte lehnte sich zurück und seufzte.

»Malediven. Aber sie sind zu zweit.«

»Zu zweit?«, schrie Juliette auf.

»Na ja, Sie verstehen schon. Ein Pärchen. Er fährt mit seiner Freundin oder so …«

Jetzt machte sich Frau Grufti offen über sie lustig. Juliette schluckte und lächelte verkrampft.

»Sind die Malediven gut, jetzt zu dieser Jahreszeit? Wann fährt er denn?«

»Kurz vor Weihnachten«, antwortete sie unwillig.

»Für wie lange?«

»Zehn Tage … Aber warum wollen Sie denn unbedingt wissen, was dieser Typ vorhat?«

»Nein, ich will es gar nicht wissen, ich suche nur nach Ideen. Das ist alles.«

Die junge Frau wickelte sich perplex die lila Strähne um den Finger. Vielleicht bekam sie eine Prämie, wenn sie plötzlich Reisen verkaufte, auch wenn man sie im Grunde genau für diese Eventualität eingestellt hatte. Also beschloss sie, sich für die Unterhaltung mit der Kundin zu interessieren, und beugte sich zu Juliette.

»Wissen Sie, die Malediven sind wirklich nicht übel, wenn Sie sich erholen wollen. Außerdem haben wir hier gerade ein Superangebot.«

Sie schilderte die Reise, das Fünfsternehotel, das Frühstücksbüfett, die Freizeitbeschäftigungen, wie Tauchen und Wasserski, in schillernden Farben.

»Waren Sie schon mal dort?«, fragte Juliette höflich.

»Aber nein! Halten Sie mich für Krösus?«

Diese Antwort erstaunte Juliette ein wenig, aber sie stellte weitere Fragen in der Hoffnung, mehr zu erfahren. Der Angestellten war das nicht geheuer, aber sie sagte sich, es ist ja nicht weiter schlimm, wenn die Kundin seltsam ist, Hauptsache, sie bucht eine Reise. Vielleicht würde sie eine Woche Urlaub zu Weihnachten aushandeln können. Beide hörten die Türglöckchen nicht, Juliette, weil sie sich auf das Verhör konzentrierte, Frau Grufti, weil sie sich daran zu gewöhnen versuchte, dass hier plötzlich fast so viel Verkehr herrschte wie in einem Supermarkt.

»Der Preis ist wirklich interessant«, sagte sie, »und wenn Sie buchen, bekommen Sie noch einen Abschlag, weil Sie heute mein zweiter Kunde sind und…«

»Juliette? Was machst du denn hier?«

Sie brachen ihre Unterhaltung ab und blickten auf. Nicolas stand vor ihnen. Sein völlig überraschter Blick glitt von den roten Stilettos bis zu der Sonnenbrille auf Juliettes Haar.

Tiefes Schweigen. Juliette war wie gelähmt und sah, wie der Gesichtsausdruck der jungen Angestellten von Verblüffung über Zweifel zu Verständnis wechselte. Ein breites Lächeln erschien auf ihren Lippen.

»Das ist ja ein Zufall! Ich war gerade dabei, Mademoiselle eine Reise auf die Malediven zu empfehlen. Kennen Sie sich?«

Juliette fühlte Panik in sich aufsteigen und zog eine Flucht in Betracht: schnell ihre Tasche vom Schreibtisch nehmen und aus dem Laden stürmen. Später würde sie Nicolas immer noch unschuldig fragen können, ob er je ihre schizophrene Zwillingsschwester kennengelernt hätte, die im neunten Arrondissement wohnte. Aber Nicolas stand ihr mitten im Weg, und sie lief Gefahr, von ihm aufgehalten zu werden. Stattdessen hörte sie sich mit fester Stimme sagen:

»Hallo, Nicolas! Wie lustig. Ich wollte gerade eine Flugreise auf die Malediven buchen.«

Mit strahlendem Lächeln zog sie ihr Portemonnaie aus der Handtasche, wobei ihr Scheckbuch zu Boden fiel, das sie gar nicht erst aufhob, und reichte der jungen Frau ihre Kreditkarte. Die war ebenso erstaunt wie begeistert, als sie begriff, dass diese alberne Szene ein echter Glücksfall für sie war.

»Ich trage die Daten wie vorhin besprochen ein?«, fragte sie, als sei die Sache sonnenklar. Es fehlte nur noch, dass sie Juliette zuzwinkerte.

Dann tippte sie wie wild alle Daten in den Computer und kommentierte dabei die Reisepläne und alles, was in der Pauschale inbegriffen war.

»Also, ein Flugticket und ein Zimmer für eine Person…«

»Aber nein! Selbstverständlich für zwei!«

Das Mädchen hielt inne und ließ ihre Hand über der Tastatur schweben.

»Ich dachte, Sie wollten sich allein erholen?«

»Ja, schon, ich muss mich erholen, aber wir sind zu zweit«, antwortete Juliette und brach in Gelächter aus, als hätte sie den Witz des Jahrhunderts gerissen.

»Kein Problem. Also für zwei Personen.«

Die junge Frau wurde immer vergnügter.

Juliette drehte sich zu Nicolas um und verkündete in aller Ruhe:

»Wir nehmen Urlaub. Wir brauchen etwas Zeit und Ruhe für uns… Jean-Christophe und ich.«

Nicolas blickte in die Runde, als sei er gerade aus dem Koma erwacht und soeben von der großartigen Neuigkeit in Kenntnis gesetzt worden, dass man den siebten März zweitausendeinhundertsechs schrieb und er dreiundneunzig Jahre geschlafen hatte.

»Jean-Christophe?«, fragte er und blickte verwirrt von einer zur anderen auf der Suche nach einer logischen Erklärung.

»Ja, Jean-Christophe. Das ist mein neuer Freund,

weißt du doch!«, sagte Juliette und schüttelte den Kopf, als müsse sie ihm wegen seiner Begriffsstutzigkeit alles doppelt erklären.

»Ihr wollt auf die Malediven?«, fragte er weiter mit lahmer Stimme und suchte Bestätigung bei der Angestellten des Reisbüros, die gerade den Verlauf der Reise auf vierzig Seiten ausdruckte, ohne sich um Baumbestände oder Äquatorvegetation zu scheren.

»Ja! Praktisch die gleichen Daten und das gleiche Hotel wie Sie! Die Daten überschneiden sich um fünf Tage«, rief die junge Frau mit einem Enthusiasmus, der schon fast an Hysterie grenzte.

»Ach wirklich? Sind es die gleichen Daten? Das konnte ich ja nicht ahnen«, säuselte Juliette und schien aufrichtig erstaunt. Gleichzeitig warf sie einen kurzen Blick auf die Angestellte, der unmissverständlich sagte: Wag es, mir zu widersprechen, und du kannst dir die Reise sonst wohin stecken.

Nicolas antwortete nicht sofort.

Doch dann murmelte er: »Aber du fliegst doch nie.«

Frau Grufti hatte jetzt die Tragweite der Rolle begriffen, die sie spielen sollte, und lachte laut auf.

»Sie fliegt nie? Natürlich tut sie das, sie kommt gerade aus São Paulo zurück.«

Juliettes Gesichtsausdruck verhieß nichts Gutes, während Nicolas nicht weiter auf die Bemerkung einging, sondern seine ganze Aufmerksamkeit auf Juliette konzentrierte. Die Dinge waren schon zur Genüge kompliziert.

»Perfekt. Zehn Tage, das macht viertausendachthundertfünfundneunzig Euro und zweiunddreißig Cent. Mit Halbpension«, las die Angestellte des Reisebüros vor. Juliette schluckte schwer und verbot sich, »WIE VIEL?« zu kreischen. Sie riskierte ja nichts, ihre Kreditkarte würde eine solche Summe überhaupt nicht akzeptieren.

»Die zweiunddreißig Cent erlasse ich Ihnen«, sagte die junge Frau in einem feierlichen Ton, als würde sie einen Ferrari verschenken, und reichte ihr das Kartenlesegerät, damit sie ihre Codenummer eintippte.

Das tat Juliette und bestätigte doch etwas ängstlich den Betrag. Die Angestellte ihr gegenüber betrachtete das Gerät mit gerunzelter Stirn.

»Kartenzahlung abgelehnt!«, kommentierte sie.

»Oh, wie dumm«, entgegnete Juliette. Sie hatte kurz vor einem Herzinfarkt gestanden.

»Das macht nichts. Die obere Grenze dürfte bei neunhundert Euro liegen, wie bei Monsieur, nicht wahr? Also zahlen Sie neunhundert mit der Karte und den Rest per Scheck.«

»Das würde ich ja gern tun«, sagte Juliette, ohne in ihrer Handtasche nachzuschauen, »aber ich habe mein Scheckbuch vergessen. Ich komme später wieder vorbei.«

Sie wollte gerade ihre Karte wieder einstecken, aufstehen und gehen, als sich die Angestellte bückte und etwas vom Fußboden aufhob, sich aufrichtete und triumphierend Juliettes vorhin hinuntergefallenes Scheckbuch hin- und herschwenkte.

»Na, und das hier? Damit ist doch alles geritzt!«

Juliette erbleichte, und schon hatte Frau Grufti die

Karte wieder in die Maschine geschoben und gab sie ihr mit einem dämonischen Grinsen zurück. Nicolas stand immer noch neben ihr und schien definitiv Wurzeln zu schlagen.

Alle warteten.

Jetzt steckte Juliette definitiv in der Klemme. Sie konnte immer noch sagen, sie wolle sich alles überlegen und später wiederkommen, sie hätte sich unterwegs nur noch in die Seine stürzen müssen, und damit wäre die ganze groteske Geschichte vergessen. Doch durfte sie Nicolas nicht eine Sekunde am Grund ihrer Anwesenheit im Reisebüro zweifeln lassen.

Sie tippte ihren Geheimcode ein. Neunhundert Euro, auch die würden nicht akzeptiert werden. Nach zwei weiteren Versuchen wäre ihre Karte ohnehin blockiert, und sie konnte bedauernd aufgeben, ohne als Schwindlerin dazustehen. Wieder bestätigte sie den Betrag, und die Maschine blieb stumm, als würde sie nachdenken. Das würde nie im Leben durchgehen. Frau Grufti betrachtete das Kartenlesegerät mit gierigem Blick und träumte bereits von ihrer Prämie. Nicolas rührte sich nicht. Warum ging er nicht endlich?

Es herrschte Totenstille, doch dann piepste es, die kleine Maschine ratterte los, und der Beleg schoss unter den Blicken aller Anwesenden heraus. Juliette war einer Ohnmacht nahe.

»Das wäre geschafft«, rief die Büroangestellte mit einem strahlenden Lächeln, »jetzt können Sie mir den Scheck über dreitausendneunhundertfünfundneunzig Euro und zweiunddreißig Cent ausstellen.«

Offensichtlich hatte sie ihren großzügigen Rabatt schon wieder vergessen.

Juliette wandte sich zu Nicolas um und schenkte ihm ein hoffentlich aufrichtiges Lächeln, das jedoch eher einer Grimasse glich. Ihre Hände zitterten.

»Aber was machst du eigentlich hier, Nicolas?«

Er schien aus einem absurden Traum zu erwachen.

»Ich habe meine Brieftasche vergessen.«

»Da ist sie«, sagte die Angestellte, reichte sie ihm und freute sich, ihm einen Gefallen tun zu können. Es war kaum dreizehn Uhr, der Tag lief fantastisch.

Nicolas steckte die Brieftasche ein. Juliette starrte ihn an und hoffte, er würde endlich gehen.

»Tschüs«, sagte sie, um ihm auf die Sprünge zu helfen, »bis bald!«

Immer noch zögerte er und trat von einem Fuß auf den anderen.

»Ich warte auf dich«, brachte er dann hervor.

Juliette seufzte, das geschah ihr recht! Das hatte sie nun von dieser nichtsnutzigen Spionageaktion, mit der sie nur Zeit verloren hatte, statt sich auf ihre Jobsuche zu konzentrieren. Resigniert klappte sie das Scheckbuch auf und stellte mit fahriger Hand den Scheck aus, den sie besser nicht unterzeichnen sollte, aber Frau Grufti gegenüber wartete schon. Also versah sie ihn mit ihrer Unterschrift, reichte ihn der jungen Frau und erhob sich.

»Dann ist ja alles in Ordnung«, sagte sie. »Auf Wiedersehen und vielen Dank, Mademoiselle.«

»Ich danke Ihnen!«

Sie reichte Juliette alle Reiseunterlagen in einer gepolsterten blauen Mappe.

Als Juliette, von Nicolas gefolgt, aus der Ladentür trat, hörte sie gleichzeitig mit dem Klingeln der Glöckchen:

»Und gute Reise!«

13.

Jeder wird verlassen (sogar Sarah Lamour)

»Okay, wenn ich die Lage mal kurz zusammenfassen darf, dann hast du soeben für eine Reise mit deinem erfundenen Freund Jean-Christophe ans andere Ende der Welt fünftausend Euro auf den Kopf gehauen und wirst sie aber nicht antreten, weil du Angst vorm Fliegen hast.«

Chiara saß auf dem Sofa im Wohnzimmer. In der Hand hielt sie ihre roten Pumps oder was davon noch übrig war. Sie versuchte, dem zusammenhanglosen Bericht Juliettes zu folgen, der von einer Spionagegeschichte ohne Happy End und von einem dämonischen Komplott, ausgetüftelt von einer Frau Grufti in einem schäbigen Reisebüro, handelte.

»Ja, im Großen und Ganzen hat es sich so abgespielt«, sagte Juliette nach kurzem Zögern.

»Kannst du mir das bitte ein drittes Mal erklären? Ich gebe mir wirklich Mühe … aber ich verstehe das alles einfach nicht.«

Chiara hatte noch nicht einmal ihren Mantel ausgezogen. Mit zusammengezogenen Brauen lauschte sie der Geschichte ein weiteres Mal, stellte hin und wieder Fragen und nickte in regelmäßigen Abständen. Am Ende der Ausführungen blieb sie kurze Zeit stumm und starrte mit ihren hellen Augen in die von Juliette. Doch dann begannen ihre Mundwinkel zu zucken, und sie wurde – von sonderbaren Lauten aus der Kehle begleitet – von irgendetwas durchgeschüttelt, als habe sie sich verschluckt.

Schließlich konnte sie sich nicht länger beherrschen und brach in lautes Gelächter aus. Zusammengeknickt auf dem Sofa, lachte sie derart, dass ihr dicke Tränen über die Wangen rollten.

»Freut mich, dass wenigstens du über mein Unglück lachen kannst!«, brummte Juliette.

Es dauerte eine gute Minute, bis Chiara überhaupt in der Lage war zu antworten, doch dann riss sie sich zusammen und fragte:

»Ernsthaft, Giulietta, wo ist eigentlich dein Problem?«

»Ich wollte doch nur herausfinden, was er so macht und ob er eine neue Freundin hat.«

»Also wirklich, Juliette«, antwortete Chiara und versuchte ruhig zu bleiben. »Es ist doch egal, ob er eine neue Freundin hat, Chloé oder eine andere. Ihr seid nicht mehr zusammen, und du musst endlich ein neues Kapitel aufschlagen, was du offenbar – deine alberne Geschichte heute beweist es – nicht einmal versuchst!«

»Meinst du, sie ist es? Chloé?«

Chiara tupfte die Tränen ab und begann ihren Mantel aufzuknöpfen.

»Das scheint mir die logischste Erklärung zu sein, aber er trifft viele Leute an der Uni, also …«

Juliette hakte leise nach: »Meinst du, das ging schon vorher los?«

»Vor was?«

»Bevor wir uns getrennt haben?«

Chiara hängte ihren Trenchcoat auf und setzte sich wieder hin.

»Ich habe keine Ahnung, Juliette, aber ich wiederhole: Was ändert das?«

»Gar nichts, ich weiß.«

»Du musst endlich aktiv werden«, meinte Chiara freundlich, aber bestimmt. »Das Ganze ist jetzt einen Monat her. Er kommt nicht wieder. Du musst Arbeit finden.«

Sie sprach zu ihr wie eine Mama zu ihrem Kind, als täte es ihr unendlich leid, der Kleinen etwas abzuschlagen, aber hin und wieder musste sie eben auch mal durchgreifen.

Juliette versank noch tiefer im Sofa.

»Ich suche Arbeit.«

»Willst du mich auf den Arm nehmen? Hast du überhaupt die Freundin meiner Mutter angerufen, deren Nummer ich dir gegeben hatte?«

»Nein.«

»Das interessiert dich wohl nicht?«

»Doch, aber ich hatte keine Zeit.«

Chiara seufzte.

»Juliette, du hast mehr als genug Zeit. Du bist arbeitslos. Es ist doch nur ein Anruf, der höchstens drei Minuten dauert. Jetzt geh unter die Dusche, schlaf und stell dir den Wecker. Morgen früh rufst du das Reisebüro an und annullierst die Buchung. Und dann telefonierst du mit dieser Dame wegen des Abendessens. Den restlichen Tag verbringst du mit Bewerbungen. Es stört mich absolut nicht, dich hierzuhaben, aber so helfe ich dir nicht. Du gehst auf wie ein Hefekuchen, jammerst den ganzen Tag und bedauerst dich selbst, statt zu kämpfen und dich aus diesem Teufelskreis zu befreien. Alle werden irgendwann mal verlassen. Jeder! Sogar ich, und das will was heißen. Vielleicht sollte ich es so nicht sagen, aber Nicolas ist ein Weichei, bei dem du die Mutterstelle eingenommen hast. Der Knabe ist kein großer Verlust, und selbst wenn er den Körper von Ryan Gosling und den Charakter von Nelson Mandela hätte, würdest du früher oder später über ihn hinwegkommen. Abgesehen von ein paar blöden Hysterikern wie Romeo und deiner Namensvetterin will heutzutage niemand mehr aus Liebe sterben, das ist total aus der Mode.«

»Aber …«

»Kein Aber! Hör auf, dich zu bedauern. Anderen Leuten passiert Schlimmeres. Sieh mal, allein in dieser Zeitung stehen heute schon achtzehn, die verlassen worden sind.«

Chiara fuchtelte mit einer Ausgabe von *GossipNews* herum, schlug sie auf und las vor:

»Brian Tommy ist der Worldcup zu Kopf gestiegen. Er bricht Lea Stones Herz und ist jetzt mit seiner Tai-Chi-Lehrerin zusammen.«

Chiara blätterte drei Seiten weiter und las den nächstbesten Artikel vor:

»Hier, noch besser. Hör dir das an! ›Sarah Lamour allein! Mark Lenault, der junge Millionär und Gründer von kanopi.com hat die Verlobung gelöst, nachdem er von ihrer Liaison mit J. Caphem, dem Regisseur des Films *Kiss from Haiti* 4, erfahren hatte.‹«

»Wusstest du, dass Sarah Lamour mein Zwilling ist?«, erwiderte Juliette. »Wir sind am gleichen Tag geboren. Sie ist mit achtundzwanzig ein internationaler Star und Multimillionärin, und ich bin nur eine …«

Chiara winkte ab und fuhr fort, ohne Juliette aussprechen zu lassen:

»Sophie-Julie hat bei der Star Ac gewonnen, aber die große Liebe ihres Lebens verloren. Victor Tervent, ihr ständiger Begleiter, seit sie siebzehn Jahre alt ist, hat sie verlassen. Um ihren Kummer zu vergessen, arbeitet Sophie-Julie an einem neuen Album, auf dem auch ihr Song ›Victor, ich liebe dich noch immer‹ zu finden sein wird.«

»Ist ja schon gut, Chiara. Ich hab's kapiert …«

»Siehst du, es stimmt. Alle werden verlassen, sogar Sarah Lamour, selbst wenn sie das hübscheste Mädchen von ganz Frankreich ist.«

»Ich sehe da keinen Zusammenhang«, sagte Juliette, nachdem sie die Fotos im Magazin angeschaut hatte. »Ich will nur Nicolas.«

Chiara verdrehte die Augen.

»Genau da liegt das Problem, aber egal … Übrigens, was hat er denn überhaupt zu euren gemeinsamen Urlaubsplänen gesagt, er mit seiner Neuen und du mit deinem Jean-Christophe?«

Juliette musste trotz allem beim Gedanken an die Unterhaltung lächeln, bevor sie sich nach dem Besuch im Reisebüro von Nicolas getrennt hatte.

»Ich habe ihn gefragt, ob es nicht peinlich sei, nach allem, was wir erlebt haben, fünf Tage im gleichen Hotel zu verbringen.«

»Er hat sicher geantwortet, dass es ihm nichts ausmacht und er es eher natürlich und sympathisch findet, nehme ich mal an.«

»So in etwa«, antwortete Juliette, »aber ich fand sein Verhalten etwas eigenartig. Ich habe ihn gefragt, ob er allein fährt, denn im Prinzip durfte ich ja nicht wissen, dass er für zwei Personen gebucht hatte. Er hat gelogen und ziemlich verlegen Ja gesagt. Dann wechselte er schnell das Thema.«

Chiara hob neugierig eine Augenbraue.

»Und hast du ihm auf die Nase gebunden, was du weißt? Hast du noch andere Fragen gestellt?«

»Nein, es war schon schwer genug, diese Neuigkeit zu schlucken, und Lust auf Details hatte ich auch keine mehr.«

Chiara schlug einen Kräutertee vor, und die beiden verbrachten den Abend auf die Couch gelümmelt mit Kommentaren über die Regenbogenpresse.

14.

Viertausendachthundertfünfundneunzig Euro und zweiunddreißig Cent

Am nächsten Morgen hatte Juliette neununddreißig Grad Fieber. Alles tat ihr weh, besonders der Kopf.

»Grippe«, meinte Chiara mit einem Blick auf die Kranke.

Juliette blieb im Bett. Ihre Mutter rief sie dreimal pro Stunde an, um sie daran zu erinnern, sie müsse drei Liter Wasser pro Tag trinken, damit sie durch das Fieber nicht dehydriere. Chiara ließ ihr aus dem Hotel Bristol Biosuppen aus wiederentdeckten Gemüsesorten liefern, und Juliette schlief fast den lieben langen Tag glücklich und mit weit offenem Mund. Den Rest der Zeit jammerte sie. Sie meinte, sterben zu müssen, erhob sich aber nach vier Tagen wieder und war in blendender Form. Sie wollte sich nicht mehr runterziehen lassen, es reichte jetzt. Chiara hatte recht.

Ihre erste Amtshandlung war, das Reisebüro anzurufen. Sie erkannte sofort die trübe Stimme von Frau Grufti am Telefon. Sie erklärte ihr die Situation und erzählte, sie habe ihren Job und ihren Partner verloren, weshalb sie ihre Buchung stornieren müsse.

»Ich will sehen, was ich tun kann. In fünf Minuten rufe ich Sie zurück«, antwortete die Frau und gähnte.

Juliette machte sich gerade Kaffee, als das Telefon klingelte. Sie nahm das Gespräch an, ohne auf das Display zu schauen, und war verblüfft, Nicolas' Stimme zu hören. Vor Schreck ließ sie den Kaffee überschwappen und verbrannte sich die Hand.

»Ich wollte mit dir über die Malediven sprechen«, sagte er nach einem knappen Hallo.

Seine Stimme klang unsicher, als zwinge er sich zu einem unangenehmen Anruf. Juliette schüttelte mit schmerzverzerrtem Gesicht ihre verbrannte Hand und antwortete nur:

»Ich fahre nicht mehr. Ich habe storniert.«

»Oh.«

Schweigen.

»Was wolltest du mir sagen?«

»Och, nichts weiter... Keine Bange. Es war nur... Du hattest recht... Es wäre etwas sonderbar gewesen... Egal, ich muss jetzt weitermachen«, stammelte er und legte auf.

Sie war wie vom Donner gerührt, hatte das Telefon immer noch am Ohr und fragte sich, warum er wohl angerufen hatte, dann ließ sie kaltes Wasser über ihre Hand laufen, um eine dicke Brandblase zu vermeiden. Wieder klingelte das Telefon.

»Guten Tag, Mademoiselle Charpentier, hier Reisebüro Pépin.«

»Guten Tag«, sagte auch Juliette und trocknete sich die Hand ab.

»Es tut mir leid, aber man kann Ihre Reise nicht stornieren«, sagte die Stimme am anderen Ende der Leitung.

»Das darf doch nicht wahr sein!«, rief Juliette. »Die Bank wird meinen Scheck ohnehin nicht akzeptieren, ich bin arbeitslos und habe nicht einmal mehr eine Wohnung.«

»Das ist sehr bedauerlich«, sagte die Frau gleichgültig, »Machen Sie sich wegen des Schecks keine Sorgen, er ist bereits eingelöst.«

»Schon eingelöst?«

»Ja, ich habe ihn noch am gleichen Tag zur Bank gebracht. Haben Sie nicht gesehen, dass er schon abgebucht worden ist? Übrigens brauchen wir noch den Namen des Mitreisenden für das Flugticket und die Nummern Ihrer Reisepässe.«

Juliette schloss die Augen. Das war eine Katastrophe.

»Ich rufe Sie zurück«, sagte sie und legte auf.

Anschließend fuhr sie den Computer hoch, um ihr Bankkonto in Augenschein zu nehmen. Es war mit mehr als dreitausend Euro überzogen. Sofort rief sie ihre Eltern an und fragte sich dabei, wie sie die beiden um einen Vorschuss von mehr als dreitausend Euro bitten und ihnen erklären sollte, dass sie das Geld für eine Reise auf die Malediven brauchte, die sie im Grunde überhaupt nicht antreten wollte. Noch dazu mit einem gewissen Jean-Christophe, dessen besonderes Kennzeichen es war, gar nicht zu existieren. Sie geriet nur an den Anrufbeantworter, und in ihrer Not rief sie Chiara an, die sie – wie immer – beruhigte.

»Bloß nicht aufregen, *cara mia*, es ist ja nur Geld, kein Beinbruch. Ich überweise es dir sofort und rufe dich dann gleich wieder an. Schick mir per E-Mail deine Kontonummer.«

Juliette blieb zehn Minuten lang händeringend auf dem Sofa sitzen und dankte dem Himmel, ihr Chiara geschickt zu haben, deren Rolle auf Erden es wohl war, einfach die Beste und zusätzlich Juliettes Schutzengel zu sein.

Doch Chiara rief nicht sofort zurück, sondern erst eine gute halbe Stunde später.

»Ich habe zwei gute Neuigkeiten, Giulietta …«

Juliette stellte sich vor, wie ihre Freundin am anderen Ende der Leitung lächelte.

»Ja?«

Die erste: Ich habe dir das Geld überwiesen. Wenn du deine Bank gleich anrufst, kannst du vielleicht aushandeln, keine Überziehungszinsen bezahlen zu müssen.«

»Danke! Danke! Ich weiß wirklich nicht, was ich ohne dich machen würde.«

»Mit dir habe ich ja ganz schön viele Scherereien. Wie wäre das erst ohne mich? … Aber jetzt die zweite gute Neuigkeit.«

»Ja?«

»Ich habe über Weihnachten zehn Tage Urlaub genommen und fahre mit dir. Wir beide zusammen, wie ein verliebtes Paar, auf die Malediven!«

Juliette klappte der Unterkiefer runter.

»Ist das dein Ernst?«

»Absolut! Ich nehme nie Urlaub, und ich hatte schon immer Lust, dorthin zu fahren. Abgesehen davon sind die Malediven dabei, im Meer zu versinken. Also jetzt oder nie!«

»Bei meinem sprichwörtlichen Glück versinken sie genau dann, wenn ich einen Fuß daraufsetze. Wie dem auch immer sei, fliegen will ich auf keinen Fall!«

»Dir bleibt keine andere Wahl. Wir fahren hin, oder du verlierst fünftausend Euro. Ich spaße nicht, Juliette, und ich will diesen ganzen Unsinn über Flugzeuge, Insekten oder Krankheiten nicht mehr hören …«

»Aber …«

»Kein Aber! Bitte, könntest du wenigstens diese Françoise wegen des Abendessens anrufen? Ich werde dich nicht mein Leben lang unterhalten und dir sündhaft teure Ferien am Ende der Welt bezahlen.«

Mit fröhlichem Gelächter beendete Chiara das Gespräch, ohne Juliettes Antwort abzuwarten.

15.

Visitenkarten und Ossobuco nach Mailänder Art

Juliette hatte Françoise de Chasteignac, die Freundin von Chiaras Mutter, nicht nur angerufen, sondern sie schließlich auch getroffen. »Endlich melden Sie sich!«, hatte sie gesagt, als sie mit Juliette telefonierte. Juliette würde für etwa zehn Personen kochen. Sie brauchte das Essen nicht selbst zu servieren, dafür war ein junges Mädchen aus dem Bekanntenkreis von Françoise de Chasteignac zuständig. Als Juliette auflegte, war sie zufrieden, denn sich im Kreis zu drehen und zu grübeln, begann lästig zu werden.

Sie stürzte sich mit einem Feuereifer auf das neue Projekt, der sie selbst erstaunte. Sie hatte sogar eher ein schlechtes Gewissen, sich für eine Tätigkeit, die ihr weit mehr Freude als alles andere machte, bezahlen zu lassen. Alles sollte perfekt werden. Das Menü stand fest, die Einkaufsliste war fertig, und aufgeregt wartete sie auf den großen Tag. Sie probierte das Rezept gleich viermal aus und bat Chiara, die verschiedenen Versionen zu kosten und ihr zu sagen, welche sie am liebsten mochte. Chiara schmeckte zwar überhaupt keinen Unterschied, behauptete aber steif und fest, Menü Nummer drei sei weitaus am besten.

Juliettes Eltern riefen regelmäßig an und stellten fest, dass es ihrer Tochter besser zu gehen schien. Als Juliette ihnen von ihrer Reise auf die Malediven erzählte, regte sich ihre Mutter nicht sofort auf, weil das ja wohl Selbstmord sei, sondern reagierte erstaunlich gelassen. Ihr Vater fand den Plan sogar gut, Juliette habe wirklich Urlaub nötig. Außerdem hatten sie ihr sogar noch dreihundert Euro überwiesen, sozusagen als vorgezogenes Weihnachtsgeschenk und um sich an den Reisekosten zu beteiligen. Insgeheim hatte Juliette gehofft, sie würden vor Panik aus dem Häuschen sein, was sie als wunderbaren Vorwand hätte nutzen können, um die ganze Geschichte abzublasen, und war ein wenig enttäuscht. Erst als sie das Reisebüro wieder anrief, um das zweite Flugticket auf Chiaras Namen ausstellen zu lassen, stellte Juliette fest, dass sie gar keinen Reisepass besaß und auch nie besessen hatte, was sie umgehend behob.

Als die Angestellte der Präfektur ihr das kleine dunkelbraune Büchlein überreichte, fühlte sie eine Mischung aus Furcht und Aufregung, genau so, als würde sie ein neues Rezept ausprobieren.

Ganz auf die verschiedenen Vorbereitungen und auf ein paar Bewerbungen konzentriert, dachte sie tagsüber jetzt weniger an Nicolas. Sie hatte zwar überlegt, ob sie ihn informieren sollte, dass sie die Reise nicht hatte stornieren können, aber ohne zu wissen, warum, traute sie sich nicht, ihn anzurufen. Wenn sie abends zu Bett ging, träumte sie heimlich davon, im Pareo am Strand zu erscheinen, malte sich aus, was sie sonst noch tragen würde, genau wie seine Überraschung, sie braun gebrannt und im Bikini auf sich zukommen zu sehen. Sie stellte sich alle möglichen Situationen vor, immer mit dem gleichen Ausgang: Er rettete sie vor dem Ertrinken und küsste sie leidenschaftlich am Strand, oder aber seine neue Freundin wurde von einem Hai gefressen, und sie konnte ihn mit leidenschaftlichen Küssen im Rettungsboot über den Verlust hinwegtrösten. Anderes Szenario: Er hatte eine Lebensmittelvergiftung und lag im Krankenzimmer des Hotels, wo sie ihn auf der Tragbahre leidenschaftlich küsste. Im letzteren Fall wäre Juliette sehr sexy als Krankenschwester verkleidet, auch wenn es in dieser Geschichte ein kleines Problem gab. Wie konnte sie so plötzlich Krankenschwester in einem Hotel geworden sein? Sie behielt ihre Hirngespinste für sich. Würde sie ihrer Mutter, Caroline oder Chiara davon erzählen, würden sie nur aufseufzen und sagen, sie solle sich Nicolas endlich aus dem Kopf schlagen. So schlief sie mit einem seligen Lächeln auf den Lippen ein, wachte allerdings häufig ein paar Stunden später schreiend auf, denn sie träumte jede Nacht, in einem brennenden Flugzeug abzustürzen.

Am Tag des besagten Abendessens wachte Juliette bereits im Morgengrauen auf und war zappelig wie ein kleines Kind an seinem Geburtstag. Sie lief nervös in der Küche auf und ab und stellte Chiara ständig blöde Fragen, die sie sich eigentlich selbst beantworten konnte.

»Sonst koche ich etwas anderes, ist ja egal. Ich mache Rindfleisch in einer Teigtasche, dazu Tagliatelle. Nein? Was meinst du? Mache ich Rind, so bin ich sicher, dass das Fleisch ausgezeichnet ist, aber wenn …«

»*Cara mia*, im Endeffekt war mir deine depressive Phase dann doch lieber. Ich ertrage es nicht, wenn man mich vor meinem Morgenkaffee anspricht«, seufzte Chiara, bevor sie im Bad verschwand.

Françoise de Chasteignac wohnte in einer wundervollen Wohnung im sechzehnten Arrondissement, Ergebnis einer unglücklichen Ehe mit glücklichem Scheidungsausgang. Als Juliette die Küche zum ersten Mal sah, bekam sie fast einen Orgasmus. Sie war gut dreißig Quadratmeter groß. Der blitzsaubere Boden war hellgrau gefliest, die cremefarbenen Schränke und Schubladen bargen alle Utensilien, die man sich nur wünschen konnte. Ein zentraler Marmorblock diente als Bar und Arbeitsfläche. Die Espressomaschine und die multifunktionale Küchenmaschine glänzten silbern, der amerikanische Riesenkühlschrank stand neben dem großen Fenster, das auf einen kleinen Hof hinausging. Als Françoise mit einer ungeduldigen Geste erklärte, sie koche nie, verspürte Juliette einerseits Mordgelüste, andererseits hatte sie auch gute Lust, die Dame zu umarmen, weil sie in diesem Paradies kochen durfte.

Aus einem Karton holte sie kleine Becher mit Tiramisu, die sie am Vortag zubereitet hatte, und räumte sie in den Kühlschrank ein.

»Ich habe jetzt schon Hunger«, sagte Françoise hingerissen.

Juliette lächelte höflich, betrachtete das gelungene Dessert und schloss fast enttäuscht den Kühlschrank. Der Mascarpone kam, dank Vittoria, direkt aus der Lombardei, und Juliette hatte die Löffelbiskuits selbst gebacken und oben auf die Sahneschicht mit einer Schablone je eine Blume aus Kakao gezaubert.

Nach dem Händewaschen, mit zusammengebundenen Haaren und mit einer Schürze um die Hüfte, warf sie einen Blick auf ihr leicht verzerrtes Spiegelbild in der Kühlschranktür. Recht überzeugend für ihre heutige Rolle. Sie schnitt das Kalbfleisch klein, rollte die Stückchen in Mehl und briet sie in der Pfanne an. Als sie den angenehmen Duft des gebratenen Fleischs roch, schaute Françoise durch die Küchentür. Juliette bemerkte sie überhaupt nicht. Eine steile Falte zwischen den Augenbrauen, hackte sie Gemüse. Sie ließ es in Olivenöl garen und fügte Weißwein hinzu. Dann durfte alles eine Weile mit Kräutern und Gewürzen köcheln.

Mit dem Geschick einer Spitzenklöpplerin schnitt sie vorsichtig kleine Kreise in die Stopfleberscheiben und setzte winzige Toaststückchen hinein, die sie mit Feigenkonfitüre bedeckte. Zu guter Letzt streute sie etwas grobes Salz und ein wenig schwarzen Pfeffer auf ihre Komposition. Nun bestrich sie ein Dutzend Cocktailschnittchen und garnierte sie mit Lachs, Krebsfleisch, Feta und Gemüse und verteilte sie farblich und geschmacklich passend auf Servierteller. Sie trat einen Schritt zurück und bewunderte zufrieden ihr Werk.

Fast hätte sie das Ossobuco, die Kalbshaxe, vergessen, holte das Gericht aber gerade noch rechtzeitig aus dem Ofen. Mit zusammengebissenen Zähnen und starrem Blick arbeitete sie zwei Stunden ununterbrochen, ohne einmal den Kopf zu heben – ebenso konzentriert wie ein Priester, der eine Hostie weiht – und merkte gar nicht, wie die Zeit verging.

Gegen neunzehn Uhr erschien ein blondes Mädchen namens Marie Favin, die sich um den Service kümmern würde. Sie fragte, in welcher Reihenfolge sie die Gerichte auftragen sollte, welcher Wein dazu gereicht würde, und bat um die Namen der Speisen, die sie bei jedem Gang ankündigen sollte. Marie sprach laut und gestikulierte dabei viel. Sie probierte das gerade im Backofen wieder aufgewärmte Ossobuco und fand es super. Vor sich hin singend, ging sie den Tisch decken.

Während der letzten halben Stunde der Vorbereitungen war Françoise, die Gastgeberin, etwa alle siebzehn Sekunden in die Küche gestürmt, jedes Mal anders gekleidet, und fragte, ob man ihre Unterstützung bräuchte, ob alles in Ordnung sei und alle Speisen bald fertig seien.

Juliette antwortete ruhig und höflich Nein, Ja und Ja, auch wenn sie der Dame gern die Kalbshaxe über das frisch gestylte Haar gezogen hätte, damit ihr die Lust verging, Juliette ständig bei der Arbeit zu stören.

Das Abendessen begann, und Marie eilte zwischen Küche und Esszimmer hin und her. Sie stellte leere Platten ab und lief sofort mit einer vollen zurück, schleppte den Champagner und die Gläser zu den Gästen und konnte sich dabei Bemerkungen im Stil von »Oh, là, là! Eine Frau hat fast die ganze Stopfleber allein aufgegessen« nicht verkneifen. Juliette – die immerhin den ganzen Tag auf den Beinen verbracht hatte – war nun so müde, dass sie sich kaum noch aufrecht halten konnte, und ihr Rücken schmerzte. Sie setzte sich hin, wartete und fotografierte mit ihrem Handy die Platten, bevor Marie sie – immerfort schwatzend – ins Esszimmer trug. Juliette war zu gestresst, um zu essen, kaute nervös an ihren Nägeln und fragte sich, was die Gäste denken mochten und ob sie die Gerichte wohl schätzten… Nach jedem Gang fragte sie Marie ängstlich:

»Was haben sie gesagt? Mögen sie das Essen?«

»Natürlich! Ist doch klar! Wenn man sieht, was die alles in sich hineinstopfen, kann es ihnen ja nur schmecken.«

Und schon war Marie wieder verschwunden, mit Brot und Wein, und murmelte, dass es nett wäre, wenn die Vielfraße ihr etwas von diesem Festmahl übrig lassen würden, sie sei am Verhungern.

Erst als sich alle Platten und Schüsseln leer in der Küche stapelten, entspannte sich Juliette. Hätte es ein Problem gegeben, so wäre Françoise mit Sicherheit aufgetaucht, um sich zu beschweren…

Während die Gäste ihren Kaffee tranken, erschien Françoise tatsächlich. Juliette sprang sofort auf, ihr lagen ein Dutzend Fragen auf der Zunge, aber Françoise ließ sie nicht zu Wort kommen, sondern sagte kurz angebunden: »Geben Sie mir ein paar Visitenkarten! Meine Gäste möchten Sie gerne buchen. Ich kenne ja nicht einmal Ihren Nachnamen!«

Ohne auf eine Antwort zu warten, wandte sie sich an Marie und bat sie, Kräutertee und Digestifs zu bringen, aber keine Kekse, denn niemand habe mehr Hunger, und sie wolle vermeiden, dass ihre Gäste auf dem Perserteppich explodierten.

Juliette stand zunächst wie versteinert da, nahm dann einen Kuli, kritzelte mit etwas zittriger Hand ihren Namen, ihre Telefonnummer und ihre E-Mail-Adresse auf ein paar Servietten und reichte sie Françoise, die bereits wieder in Richtung Wohnzimmer rannte:

»Das sind ja originelle Visitenkarten, hoffentlich putzt sich niemand damit die Nase.«

Juliette wurde rot. Françoise wusste offensichtlich nicht, dass sie eigentlich keinen Partyservice organisierte, sondern ursprünglich nur eine arbeitslose Vertreterin für Firmenreinigungsprodukte war.

Als sie gerade gemeinsam mit Marie den Geschirrspüler fertig eingeräumt hatte, kamen zwei Gäste in die Küche, um ihr zu danken und sie zu dem köstlichen Abendessen zu beglückwünschen.

Juliette wischte die Arbeitsplatte sauber, wünschte dann der begeisterten Françoise, die sie nach den Weihnachtsferien für ein weiteres Essen anrufen wollte, einen guten Abend. Seit Wochen hatte Juliette das Gefühl, ihr gelänge überhaupt nichts, doch jetzt, zum ersten Mal seit Langem, stieg so etwas wie ein wenig Stolz in ihr auf. Glücklich fuhr sie nach Hause und ging fast beschwingt schlafen.

16.

Vittoria Castellinis Herzschmerzen

Die Eingangstür schlug zu, und Chiara klapperte mit ihren Stöckelschuhen über das Parkett. Es war nicht normal, dass sie schon so früh nach Hause kam.

Juliette listete die auf dem Bett gestapelten Kleidungsstücke auf. Ihr war, als hätte sie etwas vergessen, aber was? Alle Badeanzüge lagen beieinander: der neue leuchtend rote von *Eres* (ein vorzeitiges Weihnachtsgeschenk von Chiara, die Supermarken immer zu Schnäppchenpreisen ergatterte) und die dreizehn älteren, zu denen auch ihr rosafarbener, bereits ausgeleierter und fast durchscheinender Badeanzug gehörte, der dennoch unbedingt mitmusste. Hinzu kamen drei Pareos, fünf Paar Sandaletten, zwei davon mit hohen Hacken, Flipflops, Sonnencreme Schutzfaktor 100, Sonnencreme Schutzfaktor 60, Sonnencreme Schutzfaktor 50, ein Mückenschutzmittel, auch wenn ihr das Internet versichert hatte, dass auf den Malediven diesbezüglich nichts zu befürchten sei. Weiter ging es mit Sonnencreme Schutzfaktor 8, eine vollständige Erste-Hilfe-Ausrüstung mit Medikamenten gegen alles Mögliche, u. a. Imodium gegen Durchfall, Pflaster, die Brandsalbe Biafine und

Paracetamol (nach Meinung des Internets völlig unnötig, aber besser, man sorgte vor). Dann Unterwäsche, Pyjamas, ein paar Bücher, ihr Pass, Kulturbeutel, drei Sonnenbrillen und ein riesiger Strohhut, den sie im Flugzeug tragen wollte, damit er nicht im Koffer zerknüllte. Sie hatte panische Angst und überhaupt keine Lust, diese Reise anzutreten. Nur die Perspektive, Nicolas wiederzusehen, von dem sie seit drei Wochen nichts mehr gehört hatte, bewahrte sie davor, eine akute Blinddarmentzündung vorzutäuschen und alles abzublasen.

»Hallo, *bella*«, säuselte Chiara beim Öffnen der Tür und blieb wie angewurzelt stehen.

»Ich wusste nicht, dass du sechs Monate lang auf Trekkingtour in Indien gehst.«

Sie wies auf die drei Schachteln Imodium.

»Du bist dort in einem Fünfsternehotel, nicht in einer Jugendherberge in der mexikanischen Pampa.«

Juliette zuckte die Achseln. Chiara schob einen Stapel Shorts beiseite, um sich aufs Bett zu setzen.

»Ich habe leider eine schlechte Nachricht.«

Juliette, die gerade dabei war, einen Haufen T-Shirts vom Bett in den Koffer zu packen, erstarrte. Das Funkeln in Chiaras grünen Augen war verschwunden.

»Was ist los?«

»Mamma liegt im Krankenhaus. Sie hatte einen Herzanfall.«

Juliette schlug vor Schreck die Hand vor ihren Mund.

»Oh, Mist! Ist es sehr schlimm? Wie geht es ihr? Das tut mir aufrichtig leid, Chiara … Du hättest mich anrufen sollen.«

»Nein, es ist nicht allzu schlimm, die Gefahr ist gebannt. Sie muss ab jetzt nur mit dem Essen vorsichtig sein und darf sich nicht überarbeiten.«

»Du warst sicher sehr besorgt …!«, sagte Juliette und legte ihr den Arm um die Schultern.

»Ja. Ich war den ganzen Nachmittag bei ihr. Aber es ist nicht nur das. Sie hat einen Schock erlitten und muss ein paar Tage im Krankenhaus bleiben.«

Chiara schluckte, ihre Züge waren angespannt, als sie Juliette ansah.

»In drei Tagen ist Weihnachten, mein Bruder aus Turin kann nicht kommen, und ich kann Mamma in diesem Zustand nicht allein im Krankenhaus lassen …«

»Natürlich, das verstehe ich. Selbstredend kannst du nicht in den Urlaub fahren.«

Chiara seufzte erleichtert auf, und ihr Gesicht entspannte sich ein wenig.

»Du bist mir nicht böse?«

»Wie könnte ich? Natürlich nicht«, murmelte Juliette und betrachtete sinnend die Kleiderstapel und die Medikamente.

Sie schlug vor, ebenfalls zu Hause zu bleiben, um Vittoria zu pflegen, aber Chiara lehnte kategorisch ab.

»Hör zu, *bella*, das ist Schicksal. Ich weiß, dir macht es Angst, aber alle Welt träumt nur davon, zehn Tage Urlaub auf den Malediven zu machen. Also fahr hin, lass es dir richtig gut gehen, reiß die Tauchlehrer auf oder die Barkeeper im Hotel und komm in Bombenform zurück!«

Erst jetzt kroch in Juliette bei dem Gedanken, allein

fliegen zu müssen, Panik hoch, und Chiara fuhr leise fort: »Ich würde sonst was geben, um an deiner Stelle zu sein. Ich schwöre, das ist die Wahrheit. Im Flugzeug wirst du nur in den ersten fünf Minuten Angst haben, und nach dem Abheben vergisst du völlig, dass du den festen Boden verlassen hast, glaub mir! Im schlimmsten Fall nimmst du ein Schlafmittel. Das bekommst du von mir. Dann schläfst du eben die ganze Zeit und wachst erst auf, wenn du im Paradies landest.«

17.

Mein Leben lang habe ich davon geträumt, Stewardess zu sein

Am Flughafen herrscht ein reges Durcheinander. Juliette betrachtete überrascht die Menschenmengen. Die Reisenden schienen aufgeregt und glücklich zu sein und zogen beschwingten Schrittes ihre Koffer hinter sich her zum Einchecken. Sicher verbrachten sie die Weihnachtszeit mit ihren Familien. Juliette fühlte sich in dieser allgemeinen Jubelstimmung allein und stand traurig und verloren mit ihrem riesigen Strohhut auf dem Kopf da. Auch sie wäre gern in Begleitung gewesen. Wie festgewurzelt verharrte sie vor den Anzeigetafeln und suchte den Flug der Qatar Airways nach Doha in der stillen Hoffnung, er sei gestrichen worden.

Sie hatte jede Menge Horoskope aus verschiedenen Quellen studiert, um sicherzugehen, dass sie nicht in Lebensgefahr schwebte. Dreiundzwanzig Stunden Flug, rechnete sie, den Stopp in Doha mit inbegriffen. Sie, die von klein auf mit einer Todesangst vor dem Fliegen gelebt hatte, sollte nun eine derartig lange Flugreise – sogar mit Zwischenstopp – antreten. Nur selten sprach sie über diese Phobie, denn wenn sie darüber sprach, gab es immer irgendeinen Idioten, der sie hochmütig abkanzelte und ihr versicherte, sie mache sich lächerlich. Statistisch gebe es mehr tödliche Unfälle auf den Straßen als beim Fliegen. Und das verdarb ihr die Laune. Als ob ihre Angst rational wäre. Wenn sie die Flugzeuge auf dem Weg in ferne Länder, die sie ohnehin nicht besuchen wollte, in den Himmel steigen sah und die Panik sie wieder packte, dachte sie an Nicolas. Sie flog nur seinetwegen und um ihn zurückzuerobern. Und dennoch, trotz aller Liebe, die sie für ihn empfand, und weil sie auf keinen Fall aufgeben wollte, zitterten ihre Hände wie Espenlaub, und Tränen stiegen ihr in die Augen, als sie ihren Pass auf den Tresen der Airline legte.

»Guten Tag, Mademoiselle«, begrüßte sie die Dame vom Bodenpersonal mit einem freundlichen Lächeln.

Sie nahm Juliettes Reisepass und tippte konzentriert und mit gerunzelter Stirn verschiedene geheimnisvolle Informationen in den Computer.

»Und die zweite Person?«, fragte sie, ohne den Kopf zu heben.

»Kommt nicht mit«, erwiderte Juliette und hoffte, die Tickets seien nur gültig, wenn man paarweise erschien, und die Stewardess würde ihr nun klarmachen, dass sie unter diesen Umständen (un)glücklicherweise nicht aufbrechen könne.

»Wie schade«, sagte die Dame am Schalter und tippte noch schneller, als sei sie wegen Chiaras Abwesenheit gezwungen, alle bereits eingegebenen Informationen in aller Eile zu ändern. Erst dann hob sie den Kopf und sah Juliettes verzweifelte Miene. Sie hielt Juliettes Panik für Trauer.

»Was ist denn mit Ihrer Reisepartnerin geschehen?«, fragte sie.

Ausgerechnet jetzt brach Juliette in Tränen aus und stammelte mit Schluckauf der Stewardess etwas von ihrem Unglück vor.

»Arbeitslos ... verlassen worden ... unfreiwillig hier ... Reisebüro ... dummer Zufall ... ihre Mutter ... Krankenhaus ... ganz allein ... Malediven ...«

Die Stewardess verstand zwar kein einziges Wort, reichte Juliette jedoch mitleidig ein Taschentuch.

»Das ist ja fürchterlich! Sie sind wirklich zu bedauern. Wenn es Sie tröstet, ich habe gerade eben einen Mann eingecheckt, dessen Hochzeit in letzter Minute abgesagt worden ist. Er geht jetzt sozusagen allein auf Hochzeitsreise.«

»Das ist ja noch schlimmer«, schniefte Juliette, »ich bin noch nie geflogen, und bei dem Glück, das ich gerade habe, stürzen wir sicher über dem Meer ab.«

»Wissen Sie, statistisch haben Sie mehr Chancen, bei einem Haushaltsunfall zu sterben als bei einem Flugzeugunglück«, belehrte sie die Dame zuvorkommend.

»Das ist logisch, zumal ich nie ein Flugzeug betrete«, flüsterte Juliette.

Die Stewardess musterte die unruhige Warteschlange, sah sich um, zögerte einen Augenblick, beugte sich dann mit einem verschwörerischen Blick zu Juliette hinüber, der sie noch mehr ängstigte als alles andere.

»Mademoiselle, das Flugzeug ist voll. Überbucht.«

Sie zwinkerte Juliette vielsagend zu. Juliette fragte sich, was denn nun passieren würde, und als sei die Stewardess durch eine plötzliche Eingebung beflügelt, haute sie mit der Energie einer Hyperaktiven, die gerade einen Wodka-Red-Bull getrunken hat, triumphierend in die Tasten und reichte Juliette mit begeistertem Lächeln das Ticket.

»Trocknen Sie Ihre Tränen und lassen Sie es sich während des Flugs gut gehen. Sie haben von mir ein Upgrade in die Businessclass bekommen.«

Bis zum Abflug blieben Juliette noch zwei Stunden Zeit, die sie vor dem Abfluggate verbrachte. Durch die Sicherheitskontrolle war sie problemlos gekommen, der Beamte hatte nur mit größtem Erstaunen ihren Kulturbeutel untersucht, der mit Medikamenten gegen Stress und Beruhigungs- und Schlafmitteln vollgestopft war, aber er sagte nichts, sondern wünschte ihr mit einem leicht beunruhigten Blick schöne Ferien. Juliette atmete tief durch, um sich zu entspannen.

Es würde schon alles gut gehen!

Sie spielte mit dem Reißverschluss ihrer Tasche und zögerte, jetzt schon eine Beruhigungstablette einzunehmen, um sicherzugehen, dass sie auch wirklich vor dem Abheben einschlafen konnte. Aber das Risiko, glatt das Boarding zu verpennen, hielt sie zurück. Immerhin bestand die Möglichkeit, Nicolas hier zu treffen, denn sie wusste nicht, welche fünf Tage sie gleichzeitig auf den Malediven verbringen würden, und sie wollte auf keinen Fall, dass er sie zusammengesunken auf einem Sessel, mit offenem Mund schnarchend und mit Sabberfäden, vorfand.

Sie rutschte auf ihrem Sitz hin und her und wagte nicht, zur Toilette zu gehen, aus Angst, jemand könne ihr ein Kilo Kokain oder gestohlene Diamanten in die Tasche schieben, wofür sie höchstwahrscheinlich in Doha ins Gefängnis geworfen werden würde. Gegen ihre Nervosität versuchte sie, eine Zeitschrift zu lesen, schlug sie wieder zu, kaute ein Kaugummi, begann ein Kreuzworträtsel, gab auf und kaufte sich schließlich ein Sandwich. Sie hatte den Eindruck, seit acht Stunden hier zu sitzen, dabei waren kaum vierzig Minuten vergangen. Besser, sie nahm jetzt eine Beruhigungstablette, das konnte sicher nicht schaden.

Sie schloss die Augen und dachte nach. Chiara hatte einen sehr klaren Plan ausgearbeitet, was die Ziele ihres Urlaubs betraf:

»Am ersten Abend gehst du an die Bar, trinkst etwas und machst dich an den nächstbesten annehmbaren Mann heran. Dann spazierst du an dessen Arm an Nicolas vorbei. So machst du es den ganzen Aufenthalt über! Das wird deinem Blödmann Beine machen.«

Juliette hatte gefragt, wie man das eigentlich macht, einen Mann in einem Klub aufzureißen und gleich am ersten Abend mit ihm zu schlafen, denn das war für sie Neuland. Chiaras Antwort:

»Ganz einfach. Drei Etappen: trinken, selbstsicher wirken, wieder trinken! Aber nicht unbedingt in dieser Reihenfolge.«

Juliette hatte diese wertvollen Ratschläge zwar im

Gedächtnis behalten, fühlte sich aber absolut nicht in der Lage, sie auszuführen. Sie war ganz in Gedanken versunken, als die Pille zu wirken begann und sie sich entspannte. Eine Lautsprecherstimme scheuchte sie auf, und ihr war, als schleuderte man ihr einen Eimer mit Eiswürfeln entgegen. Die Reisenden nach Doha wurden höflichst gebeten, Gate 12 A zum sofortigen Boarding aufzusuchen.

Ein gut aussehender Steward begrüßte sie mit ausgesuchter Höflichkeit.

»Guten Tag, Mademoiselle, willkommen an Bord, darf ich Ihnen Ihren Mantel abnehmen?«

Juliette willigte ein, und der Steward begleitete sie zu ihrem Platz, räumte ihr Gepäck in die Ablage über dem Sitz und versicherte ihr, sie könne ihn jederzeit rufen, sollte sie etwas brauchen. Die Sitze waren breit und gemütlich. Sie drückte auf einen Knopf, und der Sessel begann, sich in ein Bett zu verwandeln. Errötend stellte sie ihn sogleich wieder in die Ausgangsposition zurück. Auf einem kleinen Tablett zwischen ihrem und dem Nachbarsitz fand sie eine Wasserflasche und im Ablagenetz am Sitz vor ihr eine Kulturtasche in den Farben der Fluggesellschaft. Sie inspizierte den Inhalt. Alles war vorhanden: eine Zahnbürste, eine Miniaturtube Zahnpasta, Kamm, Feuchtigkeitscreme, dicke Socken, Schlafmaske und Ohropax. Am liebsten hätte sie vorgegeben, kein solches Täschchen an ihrem Platz vorgefunden zu haben, und um ein neues gebeten. Sie konnte eventuell auch das ihres Nachbarn klauen. Leise Entspannungsmusik rieselte aus dem Lautsprecher, und ein frischer Geruch nach Minze breitete sich aus. Weitere Passagiere trafen ein. Die Wirkung der ersten Tablette hatte nicht lange angehalten, und auch wenn auf dem Beipackzettel stand, zwischen zwei Einnahmen mindestens vier Stunden verstreichen zu lassen, nahm sie jetzt doch eine zweite. Auf diesen Waschzetteln übertrieben sie ohnehin immer.

18.

Die Theorie der Antiromantik – nach einem Unbekannten auf dem Qatar-Airways-Flug QR016 (nach Doha)

Juliette legte ihren Sicherheitsgurt an, prüfte, ob er richtig festgezurrt und in gutem Zustand war, dann begann sie mit den Atemübungen, die ihr ihre Mutter für die Reise ans Herz gelegt hatte.

»Mademoiselle?«

Mit geschlossenen Augen und an die Seitenlehnen gekrallt, atmete sie geräuschvoll aus, dann wieder tief ein und nochmals mit aufgeblasenen Backen und gewölbtem Brustkorb ebenso laut wieder aus.

»Mademoiselle!«, meldete sich nochmals die Stimme, die von weit her zu kommen schien.

Sie öffnete die Augen. Ein etwa ein Meter neunzig großer, dunkelhaariger Mann um die dreißig stand vor ihr und betrachtete sie amüsiert. Sein Gesicht kam ihr irgendwie bekannt vor.

»Kennen wir uns?«, fragte sie.

»Nein, aber wenn Sie mit Ihren Yogaübungen fertig

sind, könnten Sie bitte Ihre Tasche von meinem Sitz nehmen? Ich fürchte, ich bin Ihr Nachbar, und habe nicht die Absicht, den Flug stehend zu verbringen.«

Juliette musterte ihn gute vier Sekunden lang und wusste nicht, ob Yoga oder eine Überdosis an Beruhigungsmitteln schuld war, aber sie fühlte sich wie in dichtem Nebel gefangen. Endlich begriff sie sein Anliegen und legte ihre Tasche etwas ungehalten neben sich auf ihren eigenen Sitz.

»Wollen Sie vielleicht den ganzen Flug über Yoga machen?«, fragte er und räumte sein Handgepäck und die Lederjacke in die Ablage. »Das ist reichlich laut, und die meisten Leute wollen hier eigentlich schlafen.«

Trotz der Beruhigungsmittel ärgerte Juliette dieser Angriff.

»Das ist kein Yoga, das sind Entspannungsübungen.« Mit hoheitsvoller Miene fügte sie hinzu: »Ich habe Angst vorm Fliegen.«

Der Mann setzte sich und stopfte seine Zeitungen mit der routinierten Geste des Vielfliegers in das Ablagenetz vor ihm, als fühle er sich in der Businessclass der Qatar Airways wohler als in seinem eigenen Badezimmer. Ironisch sagte er:

»Im einundzwanzigsten Jahrhundert gibt es immer noch Leute mit Flugangst? Wissen Sie, statistisch gesehen haben Sie weniger Chancen …«

»Ich kenne das Lied«, unterbrach ihn Juliette. Die Wirkung der zweiten Beruhigungstablette war wie weggeblasen. »Ich habe nicht gesagt, dass es rationale Gründe dafür gibt, aber so ist es nun einmal. Ich habe

Angst. Ich fliege mit achtundzwanzig Jahren zum ersten Mal in meinem Leben.«

Er sah sie an, als vertrete sie die These, Curryhuhn sei das schwedische Nationalgericht, und als wäre ihm noch nie ein derartiger Unsinn zu Ohren gekommen.

»Sie sitzen zum ersten Mal in einem Flugzeug? Ist das wahr?«

»Ja«, erwiderte Juliette und verschränkte herausfordernd die Arme.

Er grinste, und seine braunen Augen funkelten. Er mochte sehr ungehobelt sein, sah aber gar nicht übel aus. Genau der Typ, der Chiara gefallen würde. Hochgewachsen, der geheimnisvolle dunkle Typ mit einem sympathischen Lächeln, nicht wirklich gut aussehend, aber voller Charme und männlicher Gelassenheit. Ihm war ein gewisses Charisma nicht abzusprechen. Juliette mochte lieber den blonden und romantischen Typus – sie dachte kurz an Nicolas und seine blauen träumerischen Augen. Sie seufzte traurig. Ihr Nachbar nahm die *Financial Times* aus dem Netz und sah sie dabei an. Sein bohrender Blick ging ihr auf die Nerven.

»Sind Sie upgegradet worden?«

Sie wurde rot. Was sollte das heißen? Wirkte sie wie eine Minderbemittelte, die im Lotto gewonnen hatte? Sie suchte nach einer schlagfertigen Antwort, entgegnete jedoch nur ärgerlich Ja. Er lächelte geduldig, schlug sein Blatt auf und begann schweigend zu lesen. Um sich nichts anmerken zu lassen, nahm Juliette die Sicherheitsregeln an Bord vor und begann, sich über eine Notlandung auf dem Wasser schlauzumachen.

»Wissen Sie, dass eine solche Notlandung noch nie geklappt hat? Doch, einmal, glaube ich, in New York ... Historisch gesehen haben Notlandungen auf hoher See immer mit einem Crash geendet.«

Ihr Nachbar hatte bei diesen Worten kaum den Kopf gehoben, blätterte seelenruhig die Seite der Zeitung um und ... las einfach weiter.

»Sie sind so feinfühlig wie ein Mähdrescher«, erwiderte Juliette und sah sich suchend nach der Stewardess um, weil sie sie fragen wollte, ob sie vielleicht den Platz wechseln könne.

In diesem Augenblick erklang eine Männerstimme aus dem Lautsprecher:

»Meine Damen und Herren, mein Name ist Jérôme Guichard, und ich bin Ihr Kabinenchef. Ich freue mich, Sie an Bord der ...«

Jetzt brach Juliette in Panik aus. Sie hörte kaum noch die Stimme, nur noch ein Kauderwelsch, als würde eine Schallplatte langsam leiern. Sie begriff die Worte nicht mehr, nur dass das Flugzeug gleich starten würde. Die gigantische Maschine mit all diesen leichtsinnigen und selbstmörderischen Passagieren an Bord würde nun abheben – den sicheren Boden verlassen. Den Leuten schien ihr Schicksal egal zu sein.

» ... Wir bitten Sie nun, sich anzuschnallen und den Sicherheitsgurt festzuziehen ...« Juliette fühlte sich elend, und ihr war, als müsse sie sich übergeben und als würden sie alle Leute anstarren. Sie hatte das Gefühl, die Kabinenwände verengten sich und müssten sie jeden Augenblick zerquetschen. Vielleicht konnte sie noch schnell aussteigen, es war ihre letzte Chance, sie musste auf der Stelle hier raus, sie wusste es ganz sicher, sie war in Gefahr. Sie hätte nie die zweite Beruhigungstablette nehmen dürfen, sie wollte aufstehen, war aber wie gelähmt und konnte nicht einmal mehr den kleinen Finger rühren. Ihre Glieder waren wie aus Watte und gehorchten nicht mehr. Sie schloss die Augen und atmete sachte durch den Mund aus. Das Flugpersonal demonstrierte die Sicherheitsmaßnahmen. Sie verfolgte verzweifelt die Erklärungen und Gesten der Stewardessen auf dem Bildschirm und fand, dass deren Lächeln, statt sie zu beruhigen, ihr noch größere Ängste einjagten, als sie zeigten, wie man eine Sauerstoffmaske anlegte. Das Flugzeug rollte nun zur Startbahn. Nach einer Weile stellte Juliette fest, dass ihr Nachbar die Zeitung auf seinen Knien abgelegt hatte und sie sorgenvoll betrachtete.

»Sie sind kreidebleich«, stellte er fest. »Wissen Sie, Sie riskieren nichts. Hunderte von Flugzeugen starten täglich auf allen Flughäfen der Welt, und wenn Sie überlegen, wie selten in den Nachrichten von Unfällen die Rede ist, müssen Sie zugeben, dass sie nicht häufig vorkommen.«

»Ich will hier raus«, hauchte Juliette.

Er löste seinen Gurt und erhob sich.

»Eine Sekunde«, sagte er, »ich bin gleich wieder da.«

Sie bedauerte fast, dass er plötzlich verschwand, seine Gegenwart hatte etwas Beruhigendes. Wieder schloss sie die Augen und klammerte sich an die Seitenlehnen.

»Hier!«

Sie schlug die Augen auf. Er stand vor ihr, als sei das ganz normal, obwohl er eigentlich angeschnallt neben ihr sitzen müsste. Er scherte sich nicht um die Stewardess, die ihm befahl, sich sofort zu setzen, und reichte Juliette ein Glas mit einer golden schimmernden Flüssigkeit, die mit dem Flugzeug vibrierte.

»Whisky. Der wird Ihnen guttun.«

Juliette riss ihm das Glas aus der Hand und leerte es in einem Zug. Er lächelte wieder und setzte sich wortlos.

Das Flugzeug raste nun mit solcher Geschwindigkeit über die Rollbahn, dass Juliette gegen die Rückenlehne gedrückt wurde, und instinktiv griff sie nach der nächstbesten Hand, der ihres Nachbarn, und drückte sie mit aller Kraft. Das Flugzeug hob ab, und das Gefühl der abrupten Beschleunigung ließ nach. Sie hoffte, den Whisky nicht erbrechen zu müssen, und dachte an Nicolas, seine hellen Augen und seine tiefe beruhigende Stimme, um zu vergessen, wo sie sich eigentlich befand. Nach einer Weile, von der sie nicht wusste, ob sie eine Minute oder anderthalb Stunden gedauert hatte, stabilisierte sich das Flugzeug. Sie öffnete erst ein Auge, dann das andere.

»Alles okay? Darf ich jetzt meine Hand wiederhaben, bevor sie völlig zerquetscht ist?«

»Entschuldigen Sie!«, stammelte Juliette.

Sie fühlte sich ebenso unverstanden wie lächerlich. Die Passagiere um sie herum lasen oder hatten ihre Bildschirme eingeschaltet. Manche falteten ihre Decke auseinander, um zu schlafen, als säßen sie in ihrem Wohnzimmer. Es schien ihnen nichts auszumachen, dass sie kilometerhoch flogen. Der Mann neben Juliette war wieder in seine Zeitung vertieft, während die Stewardess durch den Gang lief und fragte, welches Menü die einzelnen Passagiere ausgewählt hatten. Juliette suchte gerade einen Film aus, doch das Bild schien sich auf bedenkliche Weise zu verdoppeln. Ihr war schwindlig, und Wogen der Übelkeit wanderten durch ihren Körper. Schuld daran waren sicher der Alkohol, die Beruhigungsmittel oder die Flughöhe, vielleicht auch alles drei. Auf jeden Fall schlingerte alles fröhlich um sie herum, und sie begann plötzlich, euphorisch zu werden.

Die Stewardess bot Getränke an, und Juliette bat um ein Glas Wein. Schließlich machte sie Ferien, warum sich nicht richtig entspannen? Chiara hatte ihr geraten, etwas zu trinken, also führte sie nur kluge Ratschläge aus.

»Nach dem Scotch sollten Sie das lieber bleiben lassen!«, sagte ihr Nachbar, ohne aufzublicken. »Alkohol in dieser Höhe, da sind Sie schnell betrunken.«

Juliette trank einen Schluck.

»Hat Ihre Mama Ihnen nicht beigebracht, sich um Ihre eigenen Angelegenheiten zu kümmern?«

»Selbstverständlich ist das hier auch meine Angelegenheit. Glauben Sie denn, ich habe Lust, mich während des Flugs von Ihnen vollreihern zu lassen? Oder dass Sie plötzlich schwermütig werden? Aber Sie haben recht, meine Mama verantwortlich zu machen. Sie hat gleich gesehen, dass sie mit mir zu viel Arbeit haben würde, und sich beizeiten abgesetzt.«

»Ich kann sie gut verstehen, hätte ich auch gemacht.«

Kaum hatte sie diese Worte ausgesprochen, biss sie sich auf die Lippen. Das war eine ebenso unnötige wie boshafte Bemerkung gewesen, und sie verdammte die Mischung aus Beruhigungsmitteln und Alkohol, die sie so hemmungslos und gedankenlos werden ließ.

Er hob eine Augenbraue, erstaunt über diesen ungerechten Angriff. Juliette versuchte vergeblich, ihre dumme Bemerkung auszubügeln.

»Entschuldigen Sie, das hätte ich nicht sagen dürfen, das war völlig deplatziert und …«

Er unterbrach sie: »Wie heißen Sie?«

»Juliette.«

»Passt großartig zu Ihnen.«

Sie wusste nicht genau, ob das ein Kompliment oder eine Beleidigung war.

»Und Sie?«

»Wozu brauchen Sie meinen Namen? Wollen Sie mich aufreißen? Ich habe überhaupt keinen Bock, im Flugzeug verführt zu werden.«

Wieder funkelten seine dunklen Augen.

»Aber … Aber Sie haben mich zuerst gefragt … das ist doch lächerlich«, versuchte Juliette sich herauszuwinden und spürte, wie ihre Wangen zu glühen begannen. »Ich würde lieber als alte Jungfer mit fünfzehn Katzen enden, als Sie verführen zu wollen, in einem Flugzeug oder sonst wo.«

Er brach in fröhliches Gelächter aus, dann wandte er sich zu der Stewardess um, die das Essen brachte, und klappte sein Tablett auf, damit sie es daraufstellen konnte.

In Juliettes Kopf drehte sich alles immer schneller. Ihre Laune schlug in Sekundenschnelle und ohne Ankündigung von einem Extrem zum anderen um.

»Wohin fliegen Sie?«, fragte sie, als er seine Zeitung zusammenfaltete, um zu Abend zu essen. Es beruhigte sie, mit ihm zu sprechen, und half zu vergessen, dass sie in Lebensgefahr schwebte. Er zögerte ein wenig, bevor er antwortete:

»Auf die Malediven.«

»Ich auch. Was wollen Sie dort machen?«

»Tauchen«, sagte er, »und Sie?«

»Ich fahre in die Ferien. Ich habe Frankreich noch nie verlassen«, fügte sie hinzu und schämte sich ihrer Worte ein wenig. So schlimm war diese Reise doch gar nicht.

»Und Sie fahren ganz allein in Urlaub?« Er musterte sie neugierig.

Die Mischung aus Wein, Beruhigungstabletten und Flughöhe half, und sie seufzte tief, legte ihre Gabel weg und erzählte ihre Geschichte. Von Nicolas, der Trennung, dem Job, der Szene im Reisebüro und dem aus Dummheit unterzeichneten Scheck. Sie erzählte von ihrem Plan, Nicolas wieder einzufangen, und von Chiaras Ratschlägen. Verrückt, wie umgänglich und redefreudig sie im Alkohol-Drogen-Rausch wurde.

»Ich sehe schon, Sie folgen den Ratschlägen Ihrer italienischen Freundin mit akribischer Genauigkeit – zumindest was Ihren Alkoholpegel angeht –, um Männer zu verführen«, bemerkte er am Ende ihres Berichts. Er hatte gut zugehört und sogar hin und wieder Fragen gestellt.

»Meinen Sie, dass es klappen wird?«, fragte Juliette und starrte ihn an. »Ist es richtig, jemanden eifersüchtig zu machen, um ihn zurückzuerobern?«

Er schaute sie mit gespieltem Entsetzen an.

»Mit mir brauchen Sie nicht zu rechnen, wenn Sie Ihren Ex eifersüchtig machen wollen! Ich habe Ihnen ja schon gesagt, dass ich nicht interessiert bin.«

Sie verdrehte die Augen.

»Ehrlich, Sie als Mann, was halten Sie von dieser Strategie?«

Er dachte nach und aß weiter.

»Ich kann mir vorstellen, dass sie unter gewissen Umständen funktioniert. Sie sind schon lange mit einer Person zusammen, dann kann das ein Weg sein, Ihrem Partner zu verstehen zu geben, dass Sie auch anderen gefallen könnten und damit auch wieder ihm. Aber meiner Meinung nach hat diese Art von List in einer Partnerschaft nichts zu suchen. Besser wäre es, aufrichtig sein zu können und Strategien gar nicht erst entwickeln zu müssen.«

»Das stimmt«, fand Juliette. »So habe ich es mit Nicolas immer gemacht, aber das hat offenbar nichts genützt.«

»Vielleicht hat es mit Ihrer Beziehung nicht geklappt, weil er Sie gar nicht verdient.«

Juliette lachte laut auf.

»Nicolas? Er verdient mich nicht? Es ist eher das Gegenteil. Ich denke, es hat nicht funktioniert, weil ich nicht gut genug für ihn bin.«

»Das glaube ich nicht. Lassen Sie mich zusammenfassen. Sie fliegen ans andere Ende der Welt. Sie überwinden aus Liebe zu ihm Ihre größte Angst. Er hat Sie betrogen. Er hat Sie kurz nach Ihrer Kündigung verlassen … Glauben Sie immer noch, dass er zu gut für Sie ist?«

»Vielleicht hat er mich gar nicht betrogen«, entgegnete Juliette beleidigt. »Er ist brillant, kultiviert und …«

»Sokrates auswendig zu kennen, hat damit nichts zu tun. Und glauben Sie denn wirklich, er macht einen so langen Urlaub in einem so fernen Land mit einer Person, die er erst vor einem Monat kennengelernt hat?«, unterbrach er sie, und auf seinen Zügen zeigte sich die Hoffnungslosigkeit eines Lehrers, den sein Schüler gerade gefragt hat, in welchem Jahr Baudelaire die Mona Lisa gemalt hat.

Juliette runzelte die Stirn.

»Er ist romantisch und bringt es fertig, einfach so loszufahren.«

»Nach dem Porträt, das Sie von ihm gemalt haben, scheint er eher jemand zu sein, der keine Initiative ergreift, romantisch oder nicht. Abgesehen natürlich von der …«, er schob sich ein riesiges Stück Brot in den Mund, »… Initiative, Ihnen im schlimmsten Augenblick Ihres Lebens den Laufpass zu geben, was bedeutet, dass er ein ungehobelter Klotz ist, auf den man sich nicht verlassen kann, was wiederum beweist, dass er Sie nicht verdient.«

Juliette stocherte in ihrem Kalbsfrikassee herum – es war besser als erwartet –, aber sie hatte keinen Hunger.

»Jedenfalls suche ich keinen romantischen Typen«,

sagte sie traurig. »Das ist nicht der Grund, weshalb ich ihn liebe.«

Er stöhnte und verdrehte die Augen.

»Sie sind so romantisch, dass es schon albern ist. Ehrlich, Ihr Freund ist ein Dreckskerl und feige obendrein. Er hat sie auf beschämende Weise behandelt, und jetzt sollten Sie sich über Tinder einen neuen Typen suchen. Stattdessen plündern Sie Ihr Bankkonto und verfolgen diesen Nicolas bis auf die Malediven und hoffen, sich den erstbesten Trottel zu angeln, mit dem egoistischen Ziel, Ihren Ex eifersüchtig zu machen.«

»Den Plan will ich eigentlich gar nicht ausführen … Das war Chiaras Idee, nicht meine.«

»Sie werden Ihre Illusionen bald aufgeben, denn auf den Malediven – das werden Sie schnell begreifen – tummeln sich ausschließlich verliebte Hochzeitsreisende und keine Singles.«

»Komisch, ich habe schon wieder Lust, Sie zu schlagen«, antwortete Juliette und goss Wasser in ihren Becher. »Ich frage mich, wie Sie das schaffen. Ich kenne Sie erst seit einer Stunde, aber eines kann ich Ihnen schon jetzt versichern: Ich habe noch nie jemanden getroffen, der mir dermaßen auf die Nerven gegangen ist wie Sie.«

»Ich sage Ihnen die Wahrheit. Nur zu Ihrem Besten. Verlassen Sie endlich diese romantische Schiene. Denken Sie logisch. Dann werden Sie nie wieder völlig ruiniert in einem Flieger sitzen, auf dem Weg zu einem Strand, an dem Sie zehn Tage lang deprimiert Ihren Ex dabei beobachten, wie er mit seiner neuen Flamme rumknutscht. Währenddessen lesen Sie mutterseelenallein Ihre *Elle* und träumen von der wundervollen Wiedervereinigung mit Nicolas, zu der es natürlich nicht kommen wird, weil er mit Ihrer Freundin Chloé herumturtelt, die er vor Ihrer Nase ein Jahr lang angemacht hat.«

»Sie ist nicht meine Freundin, und ich bin nicht romantisch. Aber Sie sind zynisch!«, ärgerte sich Juliette.

»Na gut. Sie sind nicht romantisch. Wie stellen Sie sich dann einen idealen Abend vor?«

Juliette zuckte die Achseln.

»Ich verlange nicht viel. Von Zeit zu Zeit käme ich gern nach Hause und würde mich freuen, wenn er irgendetwas vorbereitet hätte, egal was, sogar eine tiefgekühlte Lasagne von Findus, weil er sich sagt, dass ich vielleicht müde bin.«

»Tiefgekühlte Lasagne? Das ist doch wohl nicht Ihr Ernst!«

»Die gute Absicht zählt doch, oder? Natürlich, wenn dann noch Rosenblätter auf dem ganzen Weg bis zur Küche liegen und Louis Armstrong im Hintergrund singen würde, dann wäre das noch besser, aber so viel muss es gar nicht sein. Einfach die Lasagne, das würde reichen. Und selbst das ist zu viel verlangt. Ach, die Männer sind doch alle gleich! Sie können nicht …«

»Kommen Sie mir jetzt bloß nicht mit Anti-Männer-Floskeln«, unterbrach er sie mit vollem Mund. »Das interessiert mich nicht. Lasagne von Findus? Wirklich? Okay, Sie haben gewonnen. Sie sind nicht romantisch, Sie stapeln nur tief, sogar sehr tief. Als Nicht-Romantikerin müssen Sie doch begreifen, dass Ihr Typ gegangen ist, weil er sich verliebt hat. Das ist Schicksal. Mit Ihnen hat das nichts zu tun. Schlagen Sie sich aus dem Kopf, dass dieser Idiot zu gut für Sie ist! Sie müssen endlich zu anderen Dingen übergehen, sonst enden Sie wirklich noch als alte Jungfer mit fünfzehn Katzen und verfluchen sämtliche Männer der Welt. Das Gute daran ist, Ihnen bleibt immer noch die Möglichkeit, Ihre Tiefkühllasagne selbst zu machen.«

»Nennen Sie ihn nicht Idiot …«, seufzte Juliette. »Ich ende vielleicht als alte Jungfer mit Katzen, aber Sie werden dick und fett enden, bei all dem, was Sie so in sich hineinstopfen.«

Sie hatte einen Kloß im Hals. Der Mann hatte ja so recht! Nicolas hatte sie sehr wahrscheinlich betrogen, sie vielleicht monatelang belogen. Er hatte sie nie angerufen, um zu erfahren, wie es ihr ging, sie nicht einmal gefragt, ob sie wieder Arbeit gefunden hatte. Er hatte sie einfach von heute auf morgen ohne schlechtes Gewissen hängen lassen. Ihr Gesprächspartner sah, wie sich ihre Augen mit Tränen füllten, und sein Ton wurde sanfter:

»Ich wollte Ihnen nicht wehtun, nur witzig sein. Man kann nie wissen, vielleicht erobern Sie Ihren Romeo zurück, das Leben ist in der Beziehung ziemlich unvorhersehbar.«

Juliette nickte und schluckte ihre Tränen hinunter, sie fühlte sich dumm, und sie war müde. Die Stewardess räumte die Tabletts ab und servierte den Nachtisch. Juliette lehnte ab, sie hatte keinen Hunger. Er fragte, ob er ihren Schokoladenkuchen nehmen könne, und sie überließ ihn ihm gern. Sie verstellte ihren Sitz in die Liegeposition, setzte die Schlafmaske auf, stopfte sich Ohropax in die Ohren und zog die Decke bis zum Kinn. Das Schaukeln des Flugzeugs wiegte sie in den Schlaf.

Juliette erwachte, als das Frühstück serviert wurde. Die Sonne schien. Bald würden sie in Doha landen. Auf dem Klapptablett vor ihr standen frischer Orangensaft, Tee, Gebäck und Früchte.

»Ich habe Tee für Sie bestellt«, tönte ihr Nachbar und biss ein mit Konfitüre überladenes Riesenstück von seinem Croissant ab, »Ich dachte mir, dass Sie gestern Abend aufgeregt genug waren und heute keinen Kaffee brauchen würden.«

»Danke«, gähnte Juliette, und ihre Migräne erinnerte sie schmerzlich an die verhängnisvolle Mischung aus Alkohol und Beruhigungsmitteln vom Vorabend. Sie stellte ihren Sitz auf und entfernte die Schlafmaske. Ihre Frisur und ihr Atem durften im allerschlimmsten Zustand sein, aber das kümmerte sie in diesem Augenblick wenig. Da sie kaum etwas zu Abend gegessen hatte, verdrückte sie schweigend alles, was sie auf dem Tablett vorfand.

»Sie haben ja einen prächtigen Appetit heute Morgen, und ich hatte schon auf Ihren Muffin gehofft. Aber wie ich sehe, lassen Sie keinen Krümel für mich übrig. Um wie viel Uhr haben Sie Anschluss nach Malé?«

»Ich habe acht Stunden Aufenthalt«, antwortete Juliette.

»Acht Stunden?« Er lachte. »Dann ist ja wohl klar, dass Sie keinen vernünftigen Flug buchen können.«

»Das Reisebüro hat gebucht, nicht ich«, erwiderte Juliette, noch nicht wach genug, um beleidigt zu sein.

»Ich habe nicht mal eine Stunde«, sagte er stolz wie ein kleiner Junge, der seine Hausaufgaben richtig gemacht hat.

»Wie schön für Sie«, antwortete Juliette und hoffte, er würde seinen Anschlussflug verpassen.

Sie landeten ohne Verspätung in Doha. Juliette betrachtete durch das Fenster das türkisfarbene Meer und die Wolkenkratzer, die sich in der Wüste erhoben. Doha war eine gläserne Stadt in der Mitte von Nirgendwo.

Als das Flugzeug zum Landen ansetzte, geriet es in ein paar Turbulenzen, und wieder krallte sich Juliette an der Hand ihres Nachbarn fest.

»Kein Problem, ich erlaube Ihnen, nochmals meine Hand mit Ihren Schwitzfingern zu zerquetschen, das ist mein Abschiedsgeschenk«, brummte der Besitzer der gemarterten Hand.

Die Landung verlief unproblematisch. Das Flugzeug setzte relativ sanft auf, und sie wurden nur ein kleines bisschen durchgeschüttelt.

Beim Aussteigen verabschiedete Juliette sich von ihrem Begleiter.

»Sie sind extrem gut frisiert«, sagte er grinsend zum Abschied und reichte ihr die Hand.

»Und Sie sind extrem unangenehm«, erwiderte Juliette im gleichen Ton und konnte sich ein Lächeln nicht verkneifen.

Er lachte und fügte ernsthaft hinzu:

»Ich wünsche Ihnen gelungene Ferien und dass Sie

Ihre Flugangst loswerden. Und rennen Sie Ihrem Blödmann nicht allzu sehr hinterher!«

»Nicolas ist kein Blödmann«, meinte sie mit gekränkter Miene.

»Nicolas, ein ordinärer Name für einen ordinären Typen.«

»Na dann, Ihnen auch schöne Ferien, und foltern Sie Ihre Tischnachbarn nicht zu sehr, sonst wird noch Ihr Hotel geschlossen.«

»Auf Wiedersehen, Juliette!« Er zwinkerte ihr zu. »Ich darf meinen Flieger nicht verpassen. Sonst riskiere ich, dass meine linke Hand zu nichts mehr nütze ist, wenn ich nochmals mit Ihnen fliegen muss.«

»Auf Wiedersehen! Warten Sie! Wie heißen Sie?«

»Mark«, rief er und preschte vorwärts, ohne sich umzudrehen. Zum Abschied hob er nur kurz die Hand.

Sie sah ihn – die Lederjacke auf dem Arm – in der Menge verschwinden. Er trug eine gut geschnittene, verwaschene Jeans und ein eher klassisches blaues Hemd. Sie fragte sich, wo sie ihm schon mal begegnet war. Ganz sicher hatte sie ihn schon mal irgendwo gesehen.

19.

Unheimliche Begegnung der dritten Art mit dem Gepäckservice des internationalen Flughafens Malé, Republik Malediven

Stundenlang streifte Juliette durch die Duty-free-Shops in Doha und fand es schrecklich, auf alle Schnäppchen verzichten zu müssen, weil sie kein Geld mehr verdiente. Sie nahm die *Essence Crystalline Dermo Caviar* von *La Prairie* aus einem Regal, die ihrem Teint eine besonders frische Note verliehen hätte, für nur sage und schreibe zweihundertsechsunddreißig Euro. Bedauernd stellte sie den Flakon wieder an seinen Platz. Danach suchte sie nach einem Internetanschluss. Sie hatte zwei E-Mails von Unbekannten erhalten, die ihr schrieben, ihr Partyservice sei ihnen wärmstens empfohlen worden, und sie baten um den Link zu ihrer Website, um sich die Menüs anzusehen. Sie überlegte und rechnete sich aus, dass sie mit einem Essen bei einem Preis von vierhundertfünfzig Euro pro Abend mindestens ebenso viel, wenn nicht sogar noch mehr verdienen würde als in ihrem alten Job als kaufmännische Angestellte. Manchmal hatte sie die verrückte Idee, vorläufig keinen neuen Job, sondern stattdessen neue Kunden zu suchen. Sie könnte ihre eigene Firma gründen und von morgens bis abends kochen. Dieser Gedanke ging ihr ständig durch den Kopf. Und wenn sie gerade mal nicht daran dachte, kam er hartnäckig zurück wie eine Mücke, die in einer Sommernacht den Schlafenden umschwirrt. Sie verscheuchte den Gedanken und las die anderen E-Mails. Caroline hatte nicht auf ihre vor dem Aufbruch geschriebenen Weihnachtsgrüße geantwortet. Sicher verbrachte sie das Fest bei ihrer Familie. Eine Nachricht ihrer Mutter beinhaltete die besten Wünsche für ihren Urlaub und den guten Rat, wegen der Sonne ständig ein T-Shirt zu tragen, sogar beim Schwimmen, wie damals als Sechsjährige. Die letzte E-Mail war erheblich mysteriöser. Sie stammte von Christelle Crogue, der Buchhalterin von CleanOffice. Sie schrieb erstaunlich freundlich und bat um schnellstmöglichen Rückruf. Juliette löschte die E-Mail. Sie war schließlich im Urlaub.

Die Warterei dauerte ewig, und als sie endlich das Flugzeug bestieg, bedauerte sie fast Marks Abwesenheit. Die Frau auf dem Sitz neben ihr sah nicht gerade so aus, als sei sie bereit, mit Juliette Händchen zu halten. Die Energie der Hoffnungslosigkeit zwang Juliette, sich mit den Seitenlehnen zu behelfen, an die sie sich so fest wie möglich klammerte, und sie schloss die Augen. Das Flugzeug war recht klein, und jede Turbulenz schüttelte die Passagiere ordentlich durch. Juliette atmete geräuschvoll durch die Nase ein und aus, während ihre Nachbarin sie erschüttert ansah und eine Pistazie nach der anderen einwarf. Juliette hielt eine ganze Weile die Augen fest geschlossen, bevor sie wagte, aus dem Fenster zu schauen. Sie wusste sehr wohl, dass der Indische Ozean türkis ist. Alle wissen das, aber wenn man sagt, der Indische Ozean sei türkis, ist es, als würde man einen Stopflebertoast mit einem Leberwurstbrot vergleichen. Was Juliette sah, war nicht einfach türkis, eher eine glatte, fast wie eine Tischdecke ausgebreitete aquamarinfarbene Fläche mit zwischen Grün und Blau changierenden Flecken, heller bei Sandbänken, dunkler bei Meerestiefen. Hunderte kleine weiße Inseln, von denen manche nicht mehr als ein paar Quadratmeter messen durften, lagen wie Tupfer auf dem schillernden Meer. Die Sonnenstrahlen spielten mit den Farben des Wassers. Inmitten des Ozeans schaukelten winzig kleine Fischerboote im Sonnenschein.

In den Minuten vor der Landung wurde Juliette heftig durchgeschüttelt, was sie von ihren Betrachtungen ablenkte. Wieder schloss sie die Augen, krallte sich an die Lehnen und stand eine weitere Turbulenz durch, während ihre Nachbarin ungerührt ihre Pistazien verschlang und Juliette dabei so fasziniert beobachtete wie Touristen die Affen im Zoo von Paris.

Als Juliette endlich im winzigen Flughafen von Malé heil aus dem Flieger steigen konnte, fühlte sie sich, als habe man sie in einen Dampfkochtopf geworfen. Die feuchte Hitze verschlug ihr den Atem. Die Passagiere überquerten die kleine Landebahn zu Fuß bis zu dem mit Wellblech gedeckten weißen Gebäude im Plattenbaustil, auf welchem pompös »Malé International Airport« geschrieben stand. Eine Klimaanlage gab es im Innern nicht. Alle Reisenden drängten sich am einzigen Gepäckausgabeband, das sich quietschend in Bewegung setzte. Juliette lief das Wasser aus allen Poren. Mantel, Pullover und Schal wogen schwer auf ihrem Arm, und sie fühlte, wie ihre Füße in den Winterstiefeln in einer Art Sauna vor sich hin schwitzten. Manche Touristen tauschten ihre Straßenschuhe gegen Flipflops aus, die sie vorsorglich in ihrem Handgepäck verstaut hatten, und musterten hochmütig die weniger organisierten Mitreisenden. Die Koffer begannen zu kreisen, und die Glücklichen, die ihr Gepäck gleich fanden, begaben sich zum Ausgang. Nach vierzig Minuten und nachdem ein herrenloser rosa Hello-Kitty-Rucksack achtmal seine Runden gedreht hatte, verließen die letzten Passagiere mit ihren Koffern das Gebäude. Knirschend stoppte das Gepäckband, und außer dem rosa Rucksack war kein Gepäckstück mehr da. Resigniert ging Juliette auf den einzigen Schalter zu, an dem ein Angestellter in die Luft starrte. Sie meldete ihm, dass ihr Koffer nicht angekommen sei. Mit breitem Grinsen antwortete er, dass er das wisse, ihr Koffer stehe immer noch am Flughafen Doha – aber in Sicherheit. Man habe sie davon noch vor ihrer Landung telefonisch in Kenntnis gesetzt. Juliette fragte sich, warum man ihr das nicht schon vor vierzig Minuten mitgeteilt hatte, aber angesichts dieses freundlichen Lächelns fragte sie nur seufzend, wann sie mit ihrem Koffer rechnen könne. »Vielleicht morgen«, entgegnete der Angestellte. Man würde ihn ihr bringen, und er bat sie um ihre Hotelanschrift.

Ein Malediver wartete mit einem Schild vor dem Ausgang auf sie. Selten hatte sie sich so gefreut, einen anderen Menschen zu sehen, und begrüßte ihn überschwänglich. Endlich würde sie sich entspannen können. Er wunderte sich, wie wenig Gepäck sie dabeihatte, aber sie nickte nur schweigend. Besser, man lächelte dümmlich, statt sich in komplizierten Erklärungen zu verstricken. In einem Boot fuhren sie zum Hotel. Juliette schaute aufs Meer, auf die blauen Lichtreflexe und die unbewohnten Inseln, Sandbänke und auf den unendlich weiten blauen Himmel. Sie stellte fest, dass es sich nach der Kündigung und der Trennung gelohnt hatte, gleich zweimal geflogen zu sein und ihr Bankkonto geleert zu haben. Schon allein, um diesen prächtigen Anblick genießen zu können. Einen Augenblick lang vergaß sie ihren Koffer, Antimückenmittel und Sonnencreme. Zum ersten Mal seit Wochen fühlte sie sich fast wohl – auch ohne Nicolas!

Auf der Insel angekommen, entledigte sie sich vor dem Aussteigen ihrer Schuhe und lief barfuß durch den warmen Sand. Unter einem Strohdach, an der Rezeption des Hotels, bot man ihr an, sich auf ein weiches Sofa mit weißen Kissen zu setzen, und brachte ihr einen Cocktail aus frischen Früchten, den sie genüsslich in kleinen Schlucken trank, während sie das Informationsblatt ausfüllte. In der Gluthitze schwappten transparente Wellen sanft an den Strand und vermischten sich leise plätschernd mit dem Sand. Das Wasser hinterließ eine glänzende Fläche, auf die sie gern ihre nackten Füßen gestellt hätte. Am Ufer standen strohgedeckte Hütten direkt am Wasser – eine von der anderen durch dichte Grünanlagen getrennt. In einem kühlen Hain aus Affenbrot- und Banyanbäumen sowie Dattel- und Kokospalmen voller Vogelgezwitscher konnten sich Sonnenanbeter und Badefreunde entspannen, wenn sie vom Strand zurückkamen. Eine Malediverin in typischer Tracht und mit einem Lächeln so mild wie Kokosmilch zeigte Juliette das Hotel, den Wellnessbereich mit den neuesten Behandlungen zur Entspannung unter freiem Himmel, das Strandrestaurant, und dann stellte sie ihr die verschiedenen Freizeitaktivitäten vor. Bootsfahrten, Besichtigung der umliegenden Inseln, Tauchsport und so weiter. Juliette hörte nur mit halbem Ohr zu, stattdessen lächelte sie ohne Unterlass. Sie liefen die mit blühenden Büschen gesäumten Wege entlang, und nur das leise Schlurfen ihrer Schritte im Sand war zu vernehmen. Als sie Juliettes unter den Fächerblättern einer Kokospalme verborgenen Bungalow erreichten, öffnete die junge Malediverin die Tür und winkte sie herein.

In dem Zimmer mit glänzenden cremefarbenen Wänden stand das mit einem bauschigen Moskitonetz überspannte Bett aus Rosenholz. Das Netz wirkte eher wie ein Baldachin im Schloss von Versailles und nicht wie ein Schutz gegen Insekten. Auf dem Bett mit dicken Kissen waren Rosenblätter verstreut. Juliette hatte große Lust, sich mit geschlossenen Augen direkt hineinzuwerfen. Der Raum war geschmackvoll von einem Innenarchitekten eingerichtet worden, den man eigens aus London hatte kommen lassen. Ein gemütliches Sofa stand neben dem Fenster, es gab einen Schrank aus exotischem Holz mit Schnitzereien und einen Tisch mit einer Schale voller frischer Früchte, in der eine Karte des Hotelmanagers steckte, die den Gast herzlich willkommen hieß. Gegenüber der Eingangstür öffnete sich eine Fenstertür zum Strand. Die laue Brise wehte den Duft von Meer und Hibiskusblüten in den Raum. Von hier aus konnte man den Ozean und eine zwischen zwei Palmen aufgehängte Hängematte sehen. Direkt vor dem Bungalow standen zwei leere zum türkisfarbenen Wasser hin ausgerichtete Liegestühle.

Juliette duschte kalt. Ein Teil des Bads war nach draußen offen, und sie hörte das Meeresrauschen und das Zwitschern der Vögel. Dass ihr Kulturbeutel fehlte, war nicht so schlimm, denn alles Notwendige war vorhanden. Hingegen musste sie einiges einkaufen, um bis zum nächsten Tag ausgestattet zu sein, wollte sie nicht vierundzwanzig Stunden im Bademantel verbringen.

Sie trat aus der Hotelboutique, nachdem sie einen Slip, einen Badeanzug, einen Pareo, ein Kleid für den Restaurantbesuch und Sonnencreme erstanden hatte. Sie zögerte, ein Paar Flipflops hinzuzufügen, aber alle, denen sie begegnet war, liefen barfuß, von den Hotelgästen bis zu den Angestellten. Auf dem Weg zu ihrer Hütte begegneten ihr ausschließlich Pärchen. Sie schaute sich um und hoffte, nicht auf Nicolas zu treffen. In Winterkleidung am Sandstrand fühlte sie sich nicht gerade vorzeigbar. Sie war ebenso in ihrem Element wie eine Straßenkatze in einem Aquarium.

Zurück in ihrem Zimmer, zog sie den soeben erstandenen Badeanzug an und ging wieder nach draußen, um die Sonne zu genießen. Sie legte sich direkt vor ihrem Bungalow in den Sand und begann *Anna Karenina* zu lesen, um sich ein wenig Kultur anzueignen, oder zumindest so zu tun, für den Fall, dass Nicolas aufkreuzte. Sobald sie eine Stimme hörte oder in ihrer Nähe eine Bewegung wahrnahm, schreckte sie auf und las dann weiter, enttäuscht, dass es nicht Nicolas war. Später ging sie im lauen Meerwasser eine Runde schwimmen und sah von Zeit zu Zeit die Pärchen aus den benachbarten Bungalows vorbeigehen. Am Ende des Bootsstegs stiegen Taucher in ein Motorboot. Sie hatte gehört, dass hier die Meerestiefen ungewöhnlich schön seien, aber die Angst vor einem Unfall oder in drei Meter Tiefe zu schwimmen, waren Grund genug, es nicht mal zu versuchen.

Am späten Nachmittag – die Nacht senkte sich langsam über das Meer – fühlte sie sich erschöpft. Zurück in ihrem Zimmer, duschte sie heiß, und nachdem sie ihre After-Sun-Lotion aufgetragen hatte, wickelte sie sich in den Bademantel. Sie rief die Rezeption an, ob man ihr vielleicht das Abendessen aufs Zimmer bringen könne, und bestellte Gazpacho und Krabbensalat. Fünfzehn Minuten später trugen zwei Angestellte mit dunklen Augen lächelnd ein Tablett für sie herein. Mit Geschick stellten sie die beiden mit silbernen Glocken geschützten Teller auf den Tisch, der wie durch Zauberhand plötzlich mit einer Tischdecke versehen war.

Im Handumdrehen waren Kerzen angezündet, ihr Bett war aufgeschlagen und das Moskitonetz herabgelassen. Die Bewegungen der beiden Hotelangestellten waren ebenso lautlos wie präzise, und mit einem respektvollen Nicken huschten sie mucksmäuschenstill wieder hinaus. Juliette fühlte sich wie eine Prinzessin in einem Märchen aus *Tausendundeiner Nacht*.

Bevor sie sich schlafen legte, zog sie das Handy aus den Tiefen ihrer Handtasche. Sie hatte vierzehn Nachrichten erhalten. Vierzehn Anrufe von Chiara! Ihre Stimme klang drängend: Sie habe eine hochwichtige Information für Juliette, und sie möge sie bitte schnellstens – noch vor ihrer Ankunft im Hotel – zurückrufen. Juliette rechnete nach, wie spät es in Paris sein mochte, und rief zurück, geriet jedoch sogleich an den AB. Chiara war sicher im Krankenhaus, denn normalerweise stellte sie ihr Handy nie aus. Juliette war besorgt. Weil die Verbindung im Bungalow nicht gut war, hinterließ sie Chiara die Nachricht, sie solle besser die Hotelrezeption anrufen, und gab ihr die Nummer durch. Sie machte das Licht aus, behielt aber das Handy neben sich auf dem Nachttisch und hoffte, dass bei Vittoria keine Komplikationen eingetreten waren. Seit sie angekommen war, hatte sie noch nicht einmal das Bedürfnis verspürt, ihr Horoskop zu befragen.

20.

Widerlegung der sehr theoretischen Theorie zur Treue in der Paarbeziehung, von Nicolas Dolgis

Die Sonne schien durch die weißen Baumwollvorhänge, Juliette wurde sanft von Meeresrauschen und Vogelgesang geweckt. Sie blieb noch ein wenig im Bett liegen, stand schließlich auf und zog ihren Badeanzug und das neue Kleid an. Dann ging sie zur Rezeption und fragte, ob man schon etwas über ihr Gepäck erfahren habe. Die Dame am Empfang sagte, man habe bereits angerufen und mitgeteilt, dass der Koffer in Malé angekommen sei und in ein paar Stunden ins Hotel gebracht werden würde. Das Telefon hinter der Dame klingelte bereits seit einer guten Minute, aber sie betrachtete Juliette wohlwollend und wartete auf weitere Fragen. Juliette wandte sich zum Gehen, um im Restaurant das Frühstücksbüfett auszuprobieren, kehrte dann jedoch zurück und fragte: »Freunde von mir sind hier im gleichen Hotel. Wissen Sie vielleicht, in welchem Bungalow Nicolas Dolgis wohnt?«

Die Rezeptionistin – immer noch gleichgültig gegenüber dem Telefon, das innerhalb von fünf Minuten bereits dreimal geklingelt hatte – tippte etwas auf der Tastatur ihres Computers und blickte gespannt auf den Bildschirm. Kaum hatte Juliette die Frage gestellt, bedauerte sie bereits, sich erkundigt zu haben. Die Dame hob den Kopf und sagte:

»Hier, ich hab's! Nicolas Dolgis und Caroline Arembert, Bungalow sechsundvierzig.«

Juliette war wie vom Blitz getroffen. Mit einem Mal hörten die Wellen auf, an den Strand zu rollen, und ihr Herz hörte auf zu schlagen, ihre Beine zitterten. Fünf gute Sekunden lang blieb sie wie versteinert stehen, mit offenem Mund und dem Eindruck, hilflos der Apokalypse zusehen zu müssen.

»Wie bitte?«, stotterte sie endlich.

Die Empfangsdame wiederholte höflich:

»Monsieur Nicolas Dolgis und Mademoiselle Caroline Arembert, Bungalow sechsundvierzig. Ist alles in Ordnung, Mademoiselle?«

Juliette hielt sich am Tresen fest, um nicht umzukippen.

»Möchten Sie etwas trinken, Mademoiselle?«

Die Dame schien sehr beunruhigt. Das Telefon klingelte ununterbrochen weiter und folterte Juliettes Trommelfell. Ein anderer Angestellter eilte herbei und nahm ab. Juliette hörte wie aus weiter Ferne eine Art Unterhaltung. In ihren Ohren summte es. Die Rezeptionistin umrundete den Tresen und half ihr, sich zu setzen. Der andere Angestellte telefonierte noch immer, und Juliette fühlte sich wie in einer Badewanne voller

Watte. Der Mann nickte heftig mit dem Kopf und rief ins Telefon:

»Ja, ja, ich verstehe, einen Augenblick bitte, Madame!«

In der Zwischenzeit hatte man für die leichenblasse Juliette einen Stuhl herangezogen und ihr ein Glas Wasser gereicht. Der Angestellte mit dem Telefon wandte sich an sie.

»Sind Sie Mademoiselle Charpentier? Ich habe hier eine Person, die unbedingt mit Ihnen sprechen möchte. Sie sagt, es gehe um Leben und Tod, und sie habe extrem wichtige Informationen – wie sie es ausdrückt –, die streng geheim und von größter Bedeutung sind.«

»Geben Sie mir den Hörer«, brachte Juliette mit unsicherer Stimme hervor.

»Ich frage mich, ob sie nicht unter Drogen steht«, murmelte der Mann und reichte ihr den Apparat.

»Chiara?«

»Juliette! Endlich. Ich habe dir achtzehn Nachrichten hinterlassen, meinen Wecker auf halb fünf morgens gestellt, um dich zu erreichen. Ich habe etwas Wichtiges erfahren, eine Katastrophe!«

»Ich weiß.«

Juliettes Stimme war kaum noch hörbar.

»Du weißt Bescheid, was Caroline angeht? Hast du sie gesehen? Diese *puttana*, wusste ich's doch! Ich konnte mit dieser Kuh eh nichts anfangen. Noch nie!«

Chiara fuhr mit ihrem Monolog voller vulgärer Beleidigungen fort, meistens auf Italienisch, denn während Fluchen auf Französisch ziemlich obszön klang, war es auf Italienisch ein Zeichen für einen ausgeprägten Charakter. Sie erzählte Juliette, dass sie Chloé zufällig auf der Straße getroffen hatte, also war Chloé in Paris, nicht auf den Malediven. Deshalb hatte sie Chloé ganz harmlos gefragt, wie es Nicolas ginge, und ihr die ganze Geschichte entlockt, die Chloé dann ganz ungezwungen erzählt hatte, überzeugt, alle Welt wisse Bescheid.

Juliette hörte nur halb zu, sie stand noch immer unter Schock. Mit einem Mal war ihr alles sonnenklar. Caroline hatte in einem Jahr mächtig abgespeckt. Caroline hatte auf ihre Anrufe nicht mehr reagiert, seit Nicolas sie verlassen hatte. Die beiden kannten sich ja schon so lange, verstanden sich ja so gut. Wie hatte Juliette nur so blind sein können? So dumm?

Ihr kamen die Tränen.

»*Cara mia*, wein doch nicht wegen dieses Miststücks. Was die beiden gemacht haben, ist erbärmlich! Sie haben es wirklich nicht verdient, dass du wegen ihnen weinst.«

Juliette schluchzte so sehr, dass sie nicht mehr aufhören konnte. Die Empfangsdame reichte ihr Papiertaschentücher, die Juliette in Windeseile aufbrauchte. Chiara redete immer weiter und wiederholte, dass sie Caroline noch nie hatte leiden können. Sie habe schon immer gewusst, dass sie hinter Nicolas her war. Das alles sei im Grunde völlig uninteressant, weil Juliette so viel mehr wert sei als diese beiden Armleuchter. Sie fand, es sei die reinste Zeitverschwendung, auch nur darüber zu reden. Juliette weinte Hektoliter Tränen. Ein paar Hotelangestellte kümmerten sich um sie, so gut sie konnten, verstanden aber nicht, was eigentlich passiert war.

Plötzlich, wie aus dem Nichts, ertönte eine Stimme: »Sie haben offenbar beschlossen, mich zu verfolgen. Was ist denn jetzt schon wieder mit Ihnen los?«

Der Unbekannte aus dem Flugzeug! Mark musterte Juliette mit besorgter Miene. Er kam vom Baden, seine Badehose war noch nass, und sein Haar voller Sand. Das Wasser tropfte fröhlich auf den sauber glänzenden Boden an der Rezeption.

Juliette sah ihn an, als begegnete sie gerade zufällig dem Geist von Bin Laden, und noch bevor sie auch nur ein Wort von sich geben konnte, hatte er bereits den Telefonhörer in der Hand. Unter den mitfühlenden Blicken des Hotelpersonals, das sich immer zahlreicher einfand, und trotz Juliettes Verblüffung begann er, sich mit Chiara zu unterhalten.

»Guten Tag, mit wem habe ich die Ehre?«. Er lächelte Juliette zu und gab ihr mit einer Handbewegung so etwas wie »keine Bange« zu verstehen, »ich kümmere mich um alles«.

»Freundin … Selbstverständlich … Ja, ja, Juliette hat mir von Ihnen erzählt … Ich bin ein sehr guter Freund von Juliette … Ja, wir verbringen hier gemeinsam unsere Ferien … Hahaha … Mark … Wie das, sie hat nie von mir gesprochen? Das ist doch die Höhe … Ich bin ihr bester Freund … Ja, ja, aber egal. Weshalb weint sie denn auf einmal? … Oh …« Er runzelte die Stirn. »Verstehe …« Er nickte mit konzentrierter Miene. »Gut … Na gut … Sehr gut … Ja, eine ganz miese Type, wie Sie sagen … Wenn Sie mich so fragen, kann ich schlecht ablehnen … Okay, okay … Keine Sorge, das mache ich!«

Zwischen zwei Schluchzern hickste Juliette überrascht, was schon fast wie ein Kichern klang, und dann hörte sie ganz auf zu weinen.

»Chiara möchte mit Ihnen sprechen.«

»Ach wirklich«, entgegnete Juliette und nahm ihm den Hörer aus der Hand.

»Wer ist dieser Typ, *cara mia*?«

»Och, eigentlich niemand. Na ja, jemand, den ich im Flieger kennengelernt habe.«

Mark hob beleidigt eine Augenbraue ob dieser wenig schmeichelhaften Aussage. Die Hotelbeschäftigten gingen wieder ihren Aufgaben nach, denn die Krise war vorüber. Sie waren ein wenig enttäuscht über den undramatischen Ausgang der Geschichte.

»Wie ist er?«, fragte Chiara. »Single? Sieht er gut aus? Er scheint etwas verrückt zu sein, aber unter diesen Umständen solltest du nicht allzu wählerisch sein.«

Juliette betrachtete Mark mit kritischem Auge und antwortete: »Geht so. Korrekt.«

»Korrekt George Clooney oder korrekt Elephant Man? Deine Ansprüche waren nie besonders hoch.«

Juliette verdrehte die Augen.

»Was weiß ich, Chiara! Einfach korrekt.«

»Okay. Hör mir gut zu. Lass dich bloß nicht von diesen *bastardi* runterziehen! Ich habe diesem Typen befohlen, dich zum Abendessen einzuladen. Dann siehst du nicht wie eine arme Irre aus, die allein verreist, um ihrem Ex und seiner neuen Freundin nachzuspionieren, die auch noch eine deiner besten Freundinnen war. Du wirst die beiden im Restaurant treffen, und dann haust du denen eine aufs Maul.«

»Ihm oder ihr?«, fragte Juliette schniefend.

»Wenn du beiden eine reinschlagen kannst, ist es natürlich ideal, wenn nicht, dann kippst du ihnen etwas über den Kopf, am besten irgendwas Heißes und Klebriges.«

Chiara fuhr noch eine Weile damit fort, sich alle möglichen blutrünstigen Racheakte auszumalen. Juliette nickte, versprach, keinen davon auszulassen, ohne auch nur eine Silbe davon zu glauben, und hängte ein, nicht ohne Chiara zu versprechen, sie auf dem Laufenden zu halten und sofort anzurufen, sobald einer von beiden etwas heißes Klebriges auf dem Kopf hatte, was sie mit einem Foto oder Video belegen und sofort per SMS an Chiara schicken sollte.

Während der Unterhaltung der beiden Freundinnen hatte es sich Mark auf dem weißen Sofa gemütlich gemacht und tat so, als läse er eine Zeitschrift. Als Juliette das Telefongespräch beendet hatte, fragte er sie:

»Haben Sie schon gefrühstückt? Ich bin um sechs aufgestanden, um tauchen zu gehen, und sterbe jetzt gleich vor Hunger.«

Juliette putzte sich kräftig schnaubend die Nase und erwiderte: »Ich wollte gerade frühstücken gehen und hatte die großartige Eingebung, erst hierher zu kommen.«

Und sie erzählte ihm vom Tritt ins Fettnäpfchen der Empfangsdame.

»Ihre Freundin Chiara scheint eine komische Nummer zu sein. Ein bisschen verrückt, aber witzig.«

»Ja. Und wenn Sie wollen, stelle ich sie Ihnen in Paris vor.«

»Woher wissen Sie denn, dass ich noch nicht vergeben bin?«, fragte er spöttisch. »Vielleicht bin ich mit einer reichen, dreißig Jahre älteren Erbin verheiratet, die mich auf die Malediven in die Ferien geschickt hat, um sich in Ruhe ihren Wechseljahren zu widmen.«

Juliette verdrehte die Augen, musste aber grinsen.

»Gehen wir essen?«

»Ich bringe noch schnell die Sauerstoffflaschen in den Klub und komme in fünf Minuten nach.«

Er reichte ihr seine Sonnenbrille.

»Setzen Sie die auf! Man könnte meinen, Sie hätten soeben vom Tod Ihrer Mutter erfahren – oder dass Sie verdammt allergisch gegen Seeluft sind. Das steht Ihnen nicht sonderlich gut.«

Juliette setzte die Brille auf und entgegnete mit bebender Stimme: »Meine Mutter ist vor drei Monaten gestorben. Mussten Sie mich daran erinnern?«

Dann wandte sie sich ab und ging raschen Schrittes davon. Diesmal hatte sie ihn aus der Fassung gebracht.

21.

Romeo und Julia, in überarbeiteter und verbesserter Fassung, von Mark Lenault

Sie saß am Meer, und ihre nackten Zehen spielten unter dem Tisch im Sand. Es war noch nicht einmal zehn Uhr morgens. Die Frühaufsteher reihten sich am Büfett auf. Ohne Mark und seine schlechten Scherze wurde ihr mit einem Mal wirklich klar, was sie da soeben erfahren hatte. Sie hatte einen Knoten im Magen, an Essen war gar nicht zu denken, und saß reglos am leeren Tisch. Immer wieder sagte sie sich: »Nicolas und Caroline, Nicolas und Caroline, Nicolas und Caroline…« Das war doch nicht möglich! Das konnte einfach nicht wahr sein! Ihr Kopf war leer, denken konnte sie überhaupt nicht mehr, alles war verschwunden in der tödlichen, eisigen Stille, die sich von den Füßen bis zum Schädel in ihrem ganzen Körper ausbreitete und ihr trotz der Hitze Gänsehaut verursachte. Sie rührte sich nicht, atmete so langsam wie möglich und fürchtete, die geringste Bewegung ihrer tauben Extremitäten könne eine Katastrophe bewirken, den totalen Zusammenbruch oder einen Amoklauf. Es war, als habe ihr Selbsterhaltungstrieb in diesem Augenblick jegliche Denkfähigkeit gestoppt. Sie hatte den Autopiloten eingeschaltet.

Mark riss sie aus diesem Zustand, als er sich ihr gegenübersetzte. Er schien bedrückt.

»Stimmt es, dass Ihre Mutter erst kürzlich verstorben ist?«

Juliette schwieg eine Weile und antwortete fast tonlos: »Kein Kommentar. Das haben Sie von Ihren blöden Scherzen.«

Er seufzte erleichtert.

»Machen Sie so was nie wieder! Hätte es gestimmt, würde ich in meinem ganzen Leben keinen Witz mehr machen.«

»Ich denke, das wäre kein allzu großer Verlust.«

Er lachte schallend.

»Gut, dann überlasse ich Sie Ihren trüben Gedanken und hole mir Frühstück.«

Ein paar Minuten später kam er zurück und balancierte zwei volle Teller und zwei mit Orangensaft gefüllte Gläser, die er in nur einer Hand hielt, zum Tisch.

»Ich habe für Sie nur Leichtes genommen, zumal Sie offenbar Gutes gar nicht erkennen.«

Er stellte den Teller mit Obst, Brot und Konfitüre vor Juliette hin, während sich an seinem Platz kalorienreiche Speisen häuften, wie Eier mit Speck, Pfannkuchen, Muffins, Früchte, Joghurt, Käse, Brot und verschiedenes anderes, das sich nicht leicht einordnen ließ, da es in Ahornsirup ertränkt war. Juliette vergaß einen Moment lang ihre Sorgen und beobachtete verwundert, wie er sein Frühstück verschlang.

»In diesem Rhythmus haben Sie in nur einer Woche Urlaub sämtliche Lebensmittelvorräte der Inselbewohner aufgebraucht. Und es stimmt überhaupt nicht, dass ich nicht weiß, was gut ist. Ganz im Gegenteil. Ich werde sogar einen Partyservice aufziehen. Nur habe ich jetzt gerade wegen der ganzen Probleme keinen Hunger.«

»Und ich dachte, dass sich verlassene Mädchen mit amerikanischen Eisbomben vollstopfen und Liebesfilme im Fernsehen anschauen … Sagten Sie nicht, dass Sie Kauffrau sind?«, fragte er mit vollem Mund.

Juliette erklärte ihm in kurzen Sätzen ihre Leidenschaft fürs Kochen. Mark lauschte aufmerksam und hörte sogar für die Rekordzeit von vier Sekunden auf zu essen.

»Und warum machen Sie nicht das, statt sich einen neuen Job in der alten Branche zu suchen? Sie sprechen darüber mit weit mehr Leidenschaft als über Ihre alte kaufmännische Arbeit.«

Juliette zuckte die Achseln und zwang sich, ein wenig zu essen. Das Obst war süß und köstlich, der Saft frisch gepresst und das Gebäck noch warm, aber sie hatte immer noch diesen Kloß im Hals. Sie stellte eine Gegenfrage.

»Und was machen Sie beruflich?«

Er hob erstaunt den Kopf und zögerte mit der Antwort.

»Ich ziehe hier und dort Firmen auf. Ich bin Unternehmer«, gab er schließlich preis.

»Ist das die feinere Art zu sagen, dass Sie arbeitslos sind?«, wollte Juliette wissen.

»Nein, ich gründe Internet-Start-ups, und wenn sie funktionieren, verkaufe ich sie an Investoren.«

Plötzlich nahm er Juliettes Hand und lächelte ihr engelsgleich zu.

»Juliette?«

»Was!«, stieß sie hervor und zog betroffen ihre Hand weg.

»Ihr Typ, dieser Idiot von Nicolas: fadenscheiniges, schlecht frisiertes Haar und ein bleicher Teint, Stil Aspirintablette?«

Juliette starrte ihn verblüfft an.

»So weit würde ich nun nicht gehen, aber…«

»Drehen Sie sich nicht um. Er kommt gerade. Und er hat Sie schon entdeckt. Er glotzt Sie an wie der Dorftrottel, der einen Truffaut-Film sieht.«

Mark beugte sich vor und gab ihr leise Anweisungen.

»Nicht bewegen! Lächeln Sie… Lachen Sie laut…! Gut so! Sind Sie bereit? Er kommt auf Sie zu.«

»Ist er mit ihr zusammen?«, stammelte Juliette und war kurz davor, in Panik auszubrechen.

Mark antwortete nicht, er sandte stattdessen ein joviales Grinsen hinter ihren Rücken.

»Juliette?«, fragte Nicolas ungläubig.

»Ist das ein Freund von dir, mein Schatz?«, fragte Mark mit charmantem Lächeln und strich ihr über die Wange.

Juliette strafte ihn mit einem wütenden Blick und wurde rot wie eine Tomate. Nicolas' Blick ging von

Mark zu Juliette und wieder zurück, als hätte er soeben eine Kokosnuss auf den Kopf bekommen.

»Angenehm, Romeo Montague«, stellte sich Mark vor und schüttelte Nicolas kräftig die Hand.

»Nicolas Dolgis«, stotterte dieser und wandte sich an Juliette.

»Ich dachte … Ich dachte, du hättest die Reise storniert?«

»Was? Diese einmaligen Ferien in der Sonne gemeinsam mit der Liebe meines Lebens stornieren?«, fragte Mark mit Pathos, noch bevor Juliette antworten konnte. »Das soll wohl ein Witz sein.«

»Ja … Nein … Ich bin dann doch gefahren«, sagte Juliette.

Nun tauchte Caroline entspannt und gut gelaunt am Eingang des Restaurants auf. Juliette spürte einen dumpfen Schmerz in der Brust. Mit Neid betrachtete sie Carolines karamellfarbig gebräunte Haut.

Ja, die blöde Kuh hatte wirklich abgenommen.

Sie schaute sich suchend um und sah Nicolas von hinten neben einem Tisch stehen. Sie erkannte Juliette nicht sofort und kam lächelnd näher.

Kaum erreichte sie den Tisch, wurde sie blass, und ihr Lächeln erstarb.

»Juliette?«, brachte sie mit vor Schreck krächzender Stimme hervor.

»Wer ist denn diese dicke Dame, Liebling?«, erkundigte sich Mark freundlich. »Eine Freundin von dir?«

Caroline warf ihm einen vernichtenden Blick zu. Er griff entschlossen nach ihrer Hand und schüttelte sie.

»Freut mich, Sie kennenzulernen! Wer hätte gedacht, dass wir in diesem Paradies Juliettes Freunde treffen würden … Wirklich, was für eine nette Überraschung!«

Caroline behandelte Mark, als sei er Luft, zog ihre Hand weg, um sie auf den bloßen Arm von Juliette zu legen, doch Juliette stieß sie mit angewiderter Miene zurück.

»Juliette, ich wollte dir das alles erklären, aber die Lage war ja schon schwierig genug …«

Juliette musterte sie mit Abscheu. Wie konnte sie es wagen, sie überhaupt anzusprechen? Sie schaute in die Runde, um etwas Klebriges oder Heißes aufzutun, aber sie hatte nichts Brauchbares bei der Hand. Für den Fall der Fälle schielte sie nach dem Orangensaft, entschied sich dann aber zu warten, bis es kochend heiße Fischsuppe gab, um Chiaras Befehl auszuführen.

»Juliette, es tut mir so leid, dass du es auf diese Weise erfahren musst, aber …«

»Verschwindet!«

Juliette hatte sich wutentbrannt erhoben, setzte die Sonnenbrille ab, sodass ihre vom Weinen geröteten Augen sichtbar wurden. Ihre Stimme war tief und bebte vor Zorn, eine Stimme, die ihr selbst fremd war, die sie noch nie gehört hatte.

»Sprecht mich ja nicht mehr an! Nie wieder! Was ihr mir angetan habt … was ihr hinter meinem Rücken angezettelt habt! Ich habe euch vertraut …« Sie schloss kurz die Augen, fand aber nicht sofort das richtige Wort, um ihre Enttäuschung zu beschreiben. »Das war einfach ekelhaft!«

Nicolas und Caroline sahen sie an, als seien sie untröstlich.

»Hör zu, Juliette …«, versuchte es Nicolas nochmals.

Weiter kam er nicht, denn Juliettes Hand sauste mit der Geschwindigkeit einer Kanonenkugel in sein Gesicht. Sie hatte noch nie jemanden geohrfeigt, aber jetzt so kräftig zugeschlagen, dass ihr die Hand wehtat.

Mark saß mit verschränkten Armen gemütlich auf seinem Sitz und amüsierte sich königlich. Die Gäste im Restaurant blickten zu ihnen hinüber. Ein Kellner warf seinem Kollegen einen erschrockenen Blick zu und wusste nicht, ob er eingreifen sollte oder nicht. Nicolas starrte Juliette mit offenem Mund an, die Hand an der nach und nach rot anlaufenden Wange. Caroline nahm ihn wortlos beim Arm und zog ihn fort.

Mark kicherte.

»Ganz schön schnell, Ihre Rechte, Mademoiselle«, knurrte er. »Bleibt nur zu hoffen, dass Sie nie auf mich wütend werden.«

Juliette setzte mit bebenden Händen die Sonnenbrille wieder auf und nahm wortlos Platz. Es herrschte eine Weile Stille, doch dann brach sie wieder in Tränen aus. Dicke Tränen rollten über ihre vor Wut geröteten Wangen wie bei einem kleinen Mädchen.

Mark sagte nichts mehr. Er nahm Juliettes Hand, und sie zog sie nicht zurück. Sie schaute aufs weite Meer, dieses ruhige türkisfarbene Meer, und auf die Schatten der Palmen, die Muster auf den Sand malten, doch sie sah nichts, versuchte nur, nicht an ihrem Kummer zu ersticken.

»Alles geht vorbei«, sagte Mark, »glauben Sie mir, selbst das Schlimmste.«

Seine tiefe Stimme, seine warme Hand und sein Blick, diesmal ganz ernst, beruhigten Juliette. Es dauerte volle fünf Minuten, bis sie ihren Vorrat an Tränen aufgebraucht hatte, dann wurde ihr Aufschluchzen immer seltener und verstummte endlich ganz.

»Nehmen Sie das, um sich die Nase zu putzen!«, sagte er und reichte ihr seine Papierserviette. »Ihr Freund hat auch mir den Appetit verdorben.«

22.

Sie halten mich wohl für eine Vollidiotin?

Auch als Juliette endlich der eingetroffene Koffer aufs Zimmer gebracht wurde, hellte sich ihre Laune nicht auf. Als sie ihre so sorgfältig ausgesuchten Sommerkleider betrachtete, in denen sie Nicolas hatte betören wollen, begann sie wieder zu weinen. Sie verließ den ganzen Tag ihr Zimmer nicht. Sie hatte Lust auf gar nichts, abgesehen von weinen und ihr Bettzeug mit Tränen durchweichen. Mark hatte ihr vorgeschlagen, sich zum Tauchen einzuschreiben oder einen Bootstrip zu unternehmen, aber sie lehnte dankend ab. Gegen Ende des Nachmittags, als ihr Zimmer vor Hitze unerträglich stickig wurde, hatte sie nicht einmal die Kraft, die Klimaanlage einzuschalten.

Juliettes Wangen glühten, zudem war ihr Gesicht von Tränen und den Falten des Kopfkissens gezeichnet. Sie empfand sogar so etwas wie Befriedigung, wenn sie im Spiegel ihre von lauter Kummer verwüsteten Gesichtszüge betrachtete. Sie wünschte sich, Nicolas könnte sie in diesem desolaten Zustand sehen und sich vor schlechtem Gewissen winden. Sie musste feststellen, dass sie nun schon seit acht Stunden ganz allein in ihrem Bungalow eingesperrt war und niemand an ihre Tür geklopft hatte. Den Leuten war es völlig egal, ob es ihr gut oder schlecht ging, allen voran Nicolas, der sich sicher mit Caroline am Meer vergnügte, während sie in ein tiefes Loch gefallen war. Es tat ihr leid, ihn geohrfeigt zu haben. Jetzt konnte sie nicht mehr einfach anrufen und unschuldig fragen, wie es ihm ging. Sie konnte nicht mehr so tun, als seien sie Freunde. Fast wäre sie wieder in Tränen ausgebrochen, als jemand an die Tür pochte.

Auf der Schwelle stand Mark, die Hände in den Taschen seiner Jeans vergraben, die beiden obersten Knöpfe des weißen Hemds geöffnet. Er war bereits ganz schön braun geworden. Sein Blick glitt über Juliettes abstehendes Haar und ihr zerknittertes Sommerkleid. Er lächelte.

»Sie sehen echt zum Kotzen aus«, sagte er zur Begrüßung.

»Danke«, erwiderte Juliette beleidigt. »Sie haben wirklich die Gabe, Leute in gute Stimmung zu versetzen.«

»Ich wollte Ihnen einen Deal vorschlagen, aber ich glaube, ich lasse es lieber.«

Er sah genervt aus und wandte sich zum Gehen.

Juliette, die Hand noch auf der Türklinke, zögerte nicht lange und fragte neugierig: »Warten Sie! Was für einen Deal?«

So leidenschaftlich sie auch auf ihrem Bett getrauert und sich acht Stunden lang selbst bedauert hatte, so sehr hatte sie sich auch gelangweilt und war jetzt bereit, sich egal was anzuhören, nur um nicht wieder allein zu sein und heulend an die Decke zu starren.

Mark seufzte, als wäre seine Umkehr ein fast übermenschlicher Kraftakt, betrat dann aber beherzt ihr Zimmer, setzte sich ungebeten auf ihr zerwühltes Bett und sagte: »Übrigens: Auch ich hätte eigentlich in Begleitung hier sein sollen.«

»Mit wem müssten Sie denn hier sein?«, fragte Juliette plötzlich ganz interessiert. »Mit Ihrer Freundin?«

»Nein, mit einem Freund … Kurzum … Ich habe den PADI-Kurs Niveau eins im Voraus bezahlt. Jetzt weiß ich nicht, was ich damit anfangen soll. Ich bin nämlich schon auf Niveau zwei. Dazu habe ich noch eine bezahlte Reservierung im Wellnessbereich, aber keine Lust hinzugehen.«

»Was ist denn ein PADI?«

»Ein Tauch-Diplom, damit dürfen Sie ohne Lehrer tauchen.«

»Und Ihr Freund wollte zu Behandlungen in den Wellnessbereich gehen? Sie halten mich wohl für eine Vollidiotin!«

Mark hob ungeduldig eine Augenbraue.

»Das hat Sie nicht zu interessieren. Entweder Sie nehmen mein Angebot an, oder Sie lassen es bleiben.«

Juliette warf ihm einen misstrauischen Blick zu und ließ sich in einen Sessel aus Bambusgeflecht fallen.

»Und Sie wollen mir das alles schenken? Warum?«

»Weil ich Sie insgesamt ganz nett finde. Hier ist es ziemlich öde. Wo immer man auch hingeht, trifft man verliebte Pärchen, die sich anhimmeln wie mit LSD gefütterte Kühe.«

Juliette verdrehte die Augen.

»Sie verstehen überhaupt nichts von der Liebe!«

»Ach ja? Aber Sie haben natürlich alles verstanden, Mademoiselle Tiefkühllasagne mit Rosenblättern! Machen Sie doch, was Sie wollen! Immerhin ist mein Angebot großzügig, denn dazu muss ich auch noch das Gejammer über Ihren Ex ertragen. Andererseits interessiert es mich, die nächsten Etappen Ihres teuflisch guten Plans mitzuerleben, mit dem Sie diesen Knallkopf wieder einfangen wollen, vor allem nach der Backpfeife von heute Morgen.«

»Hm …«, machte Juliette wenig überzeugt.

Mark grinste verschmitzt.

»Okay. Ihre Freundin Chiara hat mir streng befohlen, mich um Sie zu kümmern. Sie hat mich ganz schön eingeschüchtert … Als Gegenleistung hat sie mir versprochen, mich mit den Hausmannequins von Dior bekannt zu machen. Ich tue den Leuten gern einen Gefallen, wie Sie vielleicht schon festgestellt haben. Hier bin ich also, der furchtlose Ritter, der zu Ihrer Rettung eilt.«

Juliette dachte nach und antwortete nicht sofort. Sicher, dieser Mark irritierte sie häufig, aber manchmal, so wie heute Morgen, war er fast liebenswert. Er war der Einzige, der es in den letzten Wochen geschafft hatte, ihr ein Lächeln zu entlocken. Und was sollte sie überhaupt allein hier anfangen? Schließlich hatte sie ihr Bankkonto nicht leer geräumt, um zehn Tage heulend im Bett zu verbringen. Eigentlich sah er auch gar nicht so schlecht aus, mit seinen blitzenden Augen und dem ironischen Grinsen. Er hatte einen gewissen Charme, und es könnte ja sein, dass Nicolas eifersüchtig werden würde…

»Warum nicht?«, ließ sie endlich verlauten.

Er lächelte triumphierend.

»Dann ist das ja schon mal geregelt.«

»Sie müssen sich heute furchtbar gelangweilt haben.«

»Sie machen sich keine Vorstellung! Aber jetzt die Bedingung: Geben Sie sich ein wenig Mühe, damit Sie einigermaßen annehmbar aussehen. Als ich Sie das erste Mal gesehen habe, fand ich Sie gar nicht so übel, aber jetzt… Sie sehen aus, als hätte man Sie aus einem Eimer Atommüll gezogen. Sehen Sie mich an! Ich habe mir Mühe gegeben.«

Er zeigte auf sein Hemd und seine Jeans, als trüge er die neueste Kreation von Karl Lagerfeld.

»Verschwinden Sie!«, rief Juliette beleidigt. »Ich hatte mich ein wenig hingelegt. Das ist alles.«

»Ach was, Sie haben sich in Selbstmitleid gesuhlt«, sagte er und erhob sich. »Wir treffen uns in einer Stunde im Restaurant. Okay?«

Er verließ beschwingt den Bungalow, als hätte ihm Juliettes Ärger neue Energie verliehen.

Juliette räumte nun ihre Sachen in den Schrank. Den leeren Koffer verstaute sie unter dem Bett und ging unter die Dusche. Mit geschlossenen Augen ließ sie sich lange berieseln. Das warme Wasser entspannte ihre Muskeln und glättete ihr tränenverquollenes Gesicht. Dann trocknete sie sich ab, probierte das Kokosnussöl des Hotels auf ihrer Haut aus und zog das vielleicht ein wenig zu weit ausgeschnittene kleine Schwarze aus Baumwolle an, das Nicolas sexy fand. Noch ein wenig Lippenstift und etwas Kajal, und fertig war sie. Ihr Haar konnte an der Luft trocknen, denn sie hatte weder Zeit noch Lust, stundenlang ihre Locken zu glätten. Sie war zufrieden und fand das Ergebnis im Spiegel recht überzeugend.

23.

Küss mich

Sie war spät dran. Schon von Weitem sah sie Mark am Tisch sitzen. Er war in Gedanken versunken und blickte nicht auf, als sie kam. Er lächelte nicht, sah sogar ziemlich zerknirscht aus. Ganz sicher hatte er seinen Aufenthalt auf den Malediven mit einer Frau geplant. Niemand kommt mit »einem Freund« hierher, sondern als Pärchen oder eventuell wie Juliette, um einem Pärchen nachzuspionieren. Nach allem, was sie ihm über ihr Liebesleben erzählt hatte, müsste sich Mark nun eigentlich auch ihr gegenüber öffnen. Sie würde die Wahrheit schon herausfinden.

Man hatte die Tische unter einem Strohdach direkt am Strand gedeckt, überall steckten brennende Fackeln im Sand. Das Meer rauschte und überdeckte die leisen Unterhaltungen. Kleine Kerzen auf den Tischen flackerten im lauen Lüftchen. Juliette entdeckte Nicolas und Caroline am anderen Ende des Speisesaals. Nicolas sah sie und senkte den Blick. Sein Lachen erstarb. Juliette richtete sich auf und ging zu Marks Tisch, warf allerdings aus den Augenwinkeln noch einen Blick zu Nicolas hinüber, um zu sehen, ob er sie beobachtete.

Mark hob den Kopf erst, als sie sich ihm gegenüber hinsetzte. Er war bereits dabei, aus der bestellten Weinflasche ein Glas zu trinken.

»Sie sind reichlich spät dran, aber angesichts Ihrer Fassadenverschönerung entschuldige ich Sie«, sagte er grinsend.

»Ist das Ihre Art, Komplimente zu machen?«, erwiderte Juliette vergnügt, während er ihr ein Glas Wein einschenkte. »Ich hoffe, Sie haben den billigsten Wein der Karte bestellt, denn wie Sie wissen, bin ich ruiniert.«

»Ich lade Sie heute Abend ein, Sie mich morgen und so weiter. Auf diese Weise kann ich wenigstens jeden zweiten Tag einen anständigen Wein trinken.«

Juliette nippte an ihrem Glas.

»Ich vermute, dass es Ihren dummen Witzen das Pikante nimmt, aber wir könnten uns doch eigentlich jetzt duzen, nicht wahr?«

Mark setzte eine gespielt entsetzte Miene auf.

»Hoffentlich ist das kein Annäherungsversuch, weil Sie mit mir schlafen wollen, darf ich Sie… pardon… dich daran erinnern, dass ich lediglich hier bin, um dir dabei zuzusehen, wie du dich mächtig ins Zeug legst, um deinen Ex zurückzuerobern? Er schaut übrigens alle zwei Sekunden zu uns herüber.«

»Tatsächlich?«, fragte Juliette und wandte sich abrupt um. Ihre Blicke trafen sich, und Nicolas schaute sofort weg.

Man brachte ihnen auf dem Barbecue gegrillte Garnelen. Als Hauptspeise hatte Juliette Perlhuhn bestellt, Mark Hummer. Er spottete ausnahmsweise einmal nicht und fragte sie über ihre Kochleidenschaft aus. Im Laufe der Unterhaltung erwähnte Juliette das Abendessen bei Françoise de Chasteignac und ihren Wunsch, öfter solche Abendessen zu organisieren. Zunächst war sie schüchtern, dann wurde sie immer sicherer. Als überzeugte sie sich selbst, indem sie Mark überzeugte. Die Ideen sprudelten in ihrem Gehirn, ohne dass sie auch nur ahnte, woher sie auf einmal kamen, und sie redete wie ein Wasserfall. Mark stellte Fragen und sagte ehrlich seine Meinung zu allen Punkten, die Juliette ansprach. Sie könne ihren Service bei Hochzeiten anbieten, schlug er vor, die Pariser hätten immer weniger Zeit zu kochen, also war die Stadt voller potenzieller Kunden, und er sah überhaupt keinen Grund, weshalb es mit einem derartigen Projekt nicht klappen sollte.

Schon lange hatte sich Juliette nicht mehr so wohlgefühlt. Warum sollte es auch *nicht* klappen? Sie konnte einen Kredit aufnehmen, sich eine Website im Internet zulegen, einen Raum für die Speisenvorbereitung mieten und ihre Kunden dort ihre Kreationen probieren lassen. Eigentlich würde es reichen, eine größere Wohnung zu mieten als die, die sie für sich selbst gesucht hätte. Bei dem Gedanken, allein leben zu müssen, krampfte sich einen Augenblick ihr Herz zusammen, aber ihr Enthusiasmus war stärker.

Sie waren mit dem Essen fertig, und Mark beobachtete belustigt, wie die verschiedenen Gefühle Juliettes Gesichtsausdruck veränderten. Das Weinglas in der Hand, lehnte er sich im Stuhl zurück und sagte: »Du solltest es wirklich versuchen. Man lebt nur einmal.«

»Leichter gesagt als getan …«

»Im Gegenteil! Es ist leichter getan als gesagt«, meinte Mark und trank einen Schluck. »Wenn du zu lange drüber nachdenkst, springst du nie ins kalte Wasser. Im Leben muss man erst springen und dann nachdenken.«

»Genau so ruiniert man sich«, entgegnete Juliette lachend.

»Oder wird reich. Du hast das Talent zum Kochen, und in geschäftlichen Dingen kennst du dich auch aus. Also kann es durchaus funktionieren.«

»Aber da ist die Wirtschaftskrise«, seufzte Juliette wenig überzeugt.

Es tat ihr gut, dass Mark sie für fähig hielt, ihr Projekt durchzuziehen. Sie fühlte sich als Versagerin, allein schon durch ihre furchtbare Angst vorm Fliegen, und sie hatte es darüber hinaus in kürzester Zeit und ohne sich zu wehren geschafft, ihren Job und ihren Freund zu verlieren und sich in die Pleite zu reiten. Jetzt fühlte sie sich auf einmal stark, mutig und meinte, Selbstvertrauen auszustrahlen. Vielleicht war es auch nur der Wein, denn ihr war ein wenig schwindelig.

Sie beschlossen, noch ein Glas in der Strandbar zu trinken, und Juliette, leicht beschwipst, ließ sich dort auf die Kissen fallen und bat Mark, für sie zu bestellen.

»Möchtest du wirklich eine Piña colada? Ich habe den Eindruck, du schwankst«, sagte Mark und hob besorgt die Brauen.

»Ja, bitte! Mir geht es sehr gut«, fand Juliette, gleichzeitig vom Alkohol und von ihrem Projekt einer Riesenfirma beflügelt.

Ein warmer Wind wehte unter das Strohdach und brachte den Duft exotischer Blumen mit. Juliette zog ihre Sandaletten aus, um den Sand unter ihren Füßen zu spüren, und schloss die Augen. Sie hatte zu viel getrunken, aber das war ihr egal. Am liebsten würde sie jetzt auf einem Schiff jedem Unwetter trotzen und eine einsame Insel finden. Mark kam gerade mit den beiden Cocktails zurück. Jetzt sah sie hinter ihm Nicolas allein und barfuß zur Bar gehen. Er trug ein zerknautschtes Leinenhemd und verbarg die Hände in den Taschen seiner beigefarbenen Hose. Er sah Juliette und lächelte ihr mit derartig trauriger Miene zu, dass sie völlig erschüttert war. Auf der Stelle vergaß sie das Schiff, die Insel und ihr Firmenprojekt, es gab nur noch ihn und sein Lächeln, das unendliches Bedauern ausdrückte. Einer verzweifelten und wenig vernünftigen Eingebung folgend, legte sie ihre Hand auf die von Mark, als er die Cocktails auf den Tisch gestellt hatte, und befahl ihm: »Küss mich!«

Verblüfft starrte er sie an, er schien zu zögern, doch dann drehte er sich um und erkannte Nicolas. Er zog seine Hand weg und antwortete eiskalt: »Juliette, ist das dein Ernst? Du schreckst tatsächlich vor nichts zurück. Ich habe dir ja schon gesagt, dass ich keine Lust habe, mit dir zu schlafen.«

»Nein. Es war ja nur, um …«

»Du bist absolut nicht mein Typ«, unterbrach er sie. »Auch nicht in diesem zu weit ausgeschnittenen Kleid.«

Juliette war feuerrot geworden und richtete sich auf. »Kein Grund, mich derart zu beleidigen.«

»Aber ich habe einen Freund, der bei den Anonymen Alkoholikern arbeitet, vielleicht eine nützliche Adresse für dich.«

Sein Ton war gleichgültig, und das war noch schwerer zu ertragen als seine ständige Ironie. Wütend sprang sie auf.

»Ich gehe schlafen. Danke schön, mir den ersten netten Abend seit einem Monat verdorben zu haben.«

Sie entfernte sich eilig, er hielt sie nicht zurück.

Schon bald bedauerte sie ihren Vorstoß, die Wut war verraucht. Wie lächerlich sie sich verhalten hatte! Wie konnte sie ihm befehlen, sie zu küssen? Immer wieder musste sie an Nicolas' traurigen Blick denken. Sie hatte dort Bedauern gelesen, dessen war sie sich sicher. Sogar ein wenig Verzweiflung. Sie hatte noch nicht ganz verloren. Sie ging ans Wasser und ließ sich vom Meer die Füße streicheln. Trotz allem war es doch ein Glück, hier sein zu können, auch wenn die Umstände, die sie hierhergeführt hatten, eher absurd waren. Sie blieb lange in der Finsternis im Sand sitzen und lauschte dem Meeresrauschen. Mit nassen Füßen und in ihrem leichten Sommerkleid begann sie schließlich zu frösteln und ging langsam zu ihrem Bungalow zurück.

24.

Eine Lektion in Ästhetik von Kurt Anderson

Juliette war am nächsten Morgen mit einer fürchterlichen Migräne aufgewacht. Vom Frühstückstisch aus – einen Orangensaft vor sich – betrachtete sie den Ozean, auf dem sich die Morgensonne spiegelte, und verfluchte die Flasche Wein vom Vorabend. Es war noch früh, und im Restaurant befanden sich nur wenige Gäste. Sie legte ihren Arm in die Sonne, um die Wärme zu spüren. Durch ihre halb geöffneten Augen sah sie Mark gelassen auf sie zusteuern.

»Guten Morgen«, sagte er ziemlich kühl, als er neben ihrem Tisch stand.

Sie lächelte peinlich berührt.

»Hallo.«

»Du hast hoffentlich nicht vergessen, dass wir um neun Uhr zum Tauchen gehen!«

Er schien ihren Streit vergessen zu haben.

»Ich habe keine große Lust.«

Hatte sie gestern das Gefühl, alles sei möglich und leicht, selbst ihn zum Tauchen zu begleiten, so erschien ihr die Idee heute, angesichts der Migräne und ihrer horrenden Angst vor Meerestiefen, absolut nicht mehr so prickelnd. Sie spürte bereits, dass sie in Panik ausbrechen würde, sobald sie den Kopf unter Wasser halten sollte.

»Kneifst du?«

»Bitte keine ironischen Sprüche vor dem Mittag, ich habe rasende Kopfschmerzen«, erwiderte sie genervt.

Er setzte sich ihr gegenüber. Er trug ein T-Shirt und vom Baden nasse Shorts.

»Bist du sauer wegen gestern?«, fragte er.

»Nein.«

Er lachte auf.

»Trotzdem siehst du nicht aus, als hättest du gute Laune. Es tut mir leid, ich war nicht gerade nett.«

»Das kann ich bestätigen«, brummte Juliette, »aber das ist es nicht, ich habe nun einmal einfach keine Lust zu tauchen.«

Mark seufzte, verschränkte die Arme auf dem Tisch und beugte sich zu ihr hinüber.

»Bist du dir überhaupt darüber im Klaren, dass ich dir ermögliche, gratis deinen PADI in den schönsten Meerestiefen der Welt zu machen, und du sagst Nein! Wovor hast du Angst? Dass dich ein Seepferdchen beißt?«

»Tauchen ist gefährlich«, sagte Juliette schlapp.

»Schade. Du bist achtundzwanzig Jahre alt und lebst wie eine neunzigjährige Oma. Omi Jacqueline wäre sehr enttäuscht, wenn sie dich sehen könnte.«

Juliette ärgerte sich, ihm von ihrer Großmutter erzählt zu haben, aber gestern war sie beflügelt gewesen und sicher, eine Firma gründen und bis ans Ende der Welt fliegen zu können. Mark hatte nicht ganz unrecht.

»Na gut, ich komme mit«, seufzte sie, »lass mich nur schnell frühstücken, ich bin in fünf Minuten beim Tauchklub.«

»Super!«

Mit einem zufriedenen Lächeln auf den Lippen stand er auf, schnappte sich noch schnell ein Croissant vom Büfett, eine Banane, einen Muffin mit Blaubeeren und ein Schinkenbrot und ging.

Unter dem Strandkleid trug Juliette bereits ihren Badeanzug. Sie trank den Saft aus, aß ihr Croissant und machte sich dann auf den Weg zum Tauchklub. Trotz des sonnigen Morgens war der Strand noch menschenleer, nur die Taucher waren auf den Beinen. Eine leichte Brise wehte über dem trotz der Frühe bereits warmen Sand, und die Wellen rollten matt und fast geräuschlos an den Strand. Im Klub warteten fünf oder sechs Personen in voller Montur. Ihre Tauchanzüge hatten sie nur an den Beinen hochgezogen, um nicht vor Hitze umzukommen. Die Sauerstoffflaschen auf den Rücken, waren sie dabei, in ein Motorboot zu steigen, um aufs Meer hinauszufahren. Mark diskutierte aufgeräumt mit einer braun gebrannten jungen Blondine. Als Juliette die Gruppe erreichte, hörte sie, wie er der Frau auf perfektem Englisch vorschlug, ihre Sauerstoffflasche bis zum Boot zu tragen. Die Blondine akzeptierte lächelnd. Nun wandte er sich an Juliette:

»Wir fahren raus, und du machst deine Unterwassertaufe mit Kurt. Ich habe ihm gesagt, dass du kommst.«

In der Hütte des Klubs sah Juliette Kurt, der Masken und Schnorchel an die aufbrechenden Taucher verteilte.

»Wo hast du so gut Englisch gelernt?«, wollte Juliette von Mark wissen.

»Meine Mutter war Amerikanerin. Ich habe bis zu meinem zehnten Lebensjahr in New York gelebt, dann bin ich mit meinem Vater nach Frankreich gezogen.

»Ich dachte, deine Mutter …«

»Ja, meine Mutter ist durchgebrannt«, unterbrach er sie. »Ich habe zwar von zehn bis fünfundzwanzig in Frankreich gelebt, aber mein Englisch nicht vergessen.«

Juliette wagte nicht weiterzufragen. Unmöglich, hinter seiner Sonnenbrille Gemütsbewegungen in seinen Augen zu lesen. Er sprach neutral und lächelte höflich, aber sie spürte, dass er sich bei diesem Thema nicht gern aufhielt. Er schulterte die Sauerstoffflasche, als wäre sie ein Rucksack, und fuhr fort: »Ich tauche nachher zwischen Haien, aber du tauchst mit Kurt! Die ersten Tauchstationen sind ›geschützt‹, du bist nur zehn Meter vom Strand entfernt und hast nichts zu befürchten.«

Er setzte seine Maske auf den Kopf, und Juliette lächelte ihn an.

»Viel Spaß!«

»Dir auch!«, sagte er und ging.

Er würde tatsächlich inmitten von Haien tauchen, so locker, als ginge er im Supermarkt einkaufen. Gegen ihren Willen bewunderte ihn Juliette für seine Waghalsigkeit. An seiner Stelle wäre sie in Ohnmacht gefallen, noch bevor sie den Anlegesteg erreicht hätte.

»Sarah?«, fragte eine Stimme hinter ihr.

Sie drehte sich um, und besagter Kurt trat aus der Hütte am Strand. Von der Sonne geblendet, zwinkerte sie und konnte sein Gesicht nicht erkennen.

»Nein, ich bin Juliette«, sagte sie und reichte ihm die Hand.

Dann trafen sich ihre Blicke, und einen Augenblick lang schien für Juliette die Zeit stillzustehen.

Kurt war fast ein Meter neunzig groß, seine gebräunte Haut und die muskulöse Brust mussten nach Salz schmecken, und mit seinen hellblauen Augen musterte er Juliette fragend, und sie verspürte plötzlich das dringende Bedürfnis, mit der Hand durch sein weißblondes Haar zu fahren. Sie fühlte sich, als hätte man sie in eine Werbung für Rip-Curl-Strandbekleidung gebeamt, das war die einzige logische Erklärung, denn am liebsten hätte sie ihn sofort geküsst. Sie hätte ihm vormachen können, das sei Tradition in Frankreich, wenn man einem Ausländer begegnet. Und diese Sitte anstößig zu finden, sei ein möglicher Grund für einen schweren diplomatischen Zwischenfall, aber sie konnte sich gerade noch beherrschen. Da er die gleichen Symptome bei allen Frauen hervorrief, denen er begegnete, sprich offener Mund, geweitete Pupillen und eine abrupt ansteigende Fieberkurve sowie in manchen Fällen ein Anfall von Sprachlosigkeit von unterschiedlicher Dauer, räumte Kurt seinen Gesprächspartnerinnen stets fünf Sekunden ein und wartete, bis sie sich gefasst, den Unterkiefer zugeklappt und ihre fünf Sinne wieder beisammenhatten. Jetzt strahlte er Juliette an.

»*Oh yeah, right*, dein Freund Mark sagt uns Kollegen, dass er nicht mit seiner Freundin kommt, aber mit einer anderen, *whatever*. Nicht, dass wir enttäuscht sind, *instead* dich zu haben, hier kommen öfters Stars, *anyway*.«

Kurts Stimme war tief, er sprach ungezwungen und mit einem starken Akzent, eine rührende Note, die seinem männlichen Charme außerordentlich zuträglich war. (Wäre er hässlich gewesen, hätte man ihn natürlich eher für einen Trottel gehalten.) Juliette starrte ihn an und verstand kein einziges Wort, aber sie schmolz dahin wie Schokolade in der Mikrowelle. Sie hätte gern seine bronzefarbene Brust gestreichelt und ihm erklärt, sie leide an einem Zwangssyndrom, aber das war sicher verboten. Wie im Louvre, wo man die Kunstwerke auch nur betrachten, aber nicht berühren darf. Kurt war zweifellos das Schönste, was sie seit Beginn ihres Urlaubs gesehen hatte, und das sollte etwas heißen. Sie konnte den Blick nicht abwenden und grinste dümmlich. Währenddessen lächelte er weiterhin und fuhr in seinem Kauderwelsch fort.

»Du wollen Taufe? Du nie getaucht *before*?«

»Nein, ich bin nie getaucht *before*«, sagte Juliette, »kann ich ein Foto von Ihnen machen?«

Sie hätte mit ihm Englisch sprechen können, denn ihr Englisch war durchaus akzeptabel, aber um nichts auf der Welt hätte sie auf Kurts Akzent verzichtet.

Ein weiterer Schüler namens Timothy hatte sich ebenfalls für diesen Kurs eingeschrieben. Er hing auf einen Stuhl gelümmelt im Unterrichtsraum herum und kaute Kaugummi. Juliette hatte das Alter von Kindern noch nie gut schätzen können, aber den Kleinen hier hielt sie für nicht älter als zehn. Sie wollte Kurt zeigen, wie sehr sie Kinder mochte, wie nett und aufgeschlossen sie war. Also beugte sie sich über den Jungen, tätschelte seinen Kopf und fragte:

»Wie alt bist du denn, mein Kleiner?«

Er sah sie an, als sei bei ihr eine Schraube locker, und antwortet hoheitsvoll:

»Ich bin vierzehn!«

Peinlich. Schnell zog sie die Hand weg und setzte sich schweigend neben ihn.

Kurt brachte ihnen die Zeichensprache der Taucher bei, wie man unter Wasser »Alles in Ordnung« sagt, »Kein Sauerstoff mehr« oder wie man anzeigt, dass man nach oben oder nach unten will. Jetzt sollten Übungen in der Lagune folgen, damit die Schüler unter Wasser kommunizieren lernten, dann würden sie in geringer Tiefe, fünf Meter, tauchen. Würden sie nach dieser Taufe ihren PADI machen wollen, folgten weitere Kurse gleich am nächsten Tag.

Timothy wollte selbstverständlich seinen PADI machen, und er fragte Juliette: »Und du?«

»Vielleicht«, sagte Juliette, um nicht als Feigling dazustehen. Sie konnte jederzeit auf eine äußerst seltene Jodallergie zurückgreifen, sollte sie nicht wiederkommen wollen.

Bei den Erklärungen über die Taucherausrüstung und die Lebensgefahr bei Fahrlässigkeit hörte Juliette gar nicht zu. Viel interessanter war es, dem Defilee der Frauen zuzuschauen, die mit glänzenden Augen vorbeikamen, um Kurt Guten Tag zu sagen. Sie streichelten ein wenig seinen Arm oder brachen in lautes Gelächter aus, wenn er den Mund öffnete und einen seiner Sätze mit geheimnisvoller Aussage vom Stapel ließ. Anschließend schrieben sie sich in egal welchen Kurs ein, Hauptsache, er leitete ihn, wie zum Beispiel Taekwondo für Fortgeschrittene am Samstagmorgen.

25.

Geschmorter Krebs, nach einem Rezept von Juliette Charpentier

Nach dem Theorieteil half Kurt Juliette und Timothy, ihre Ausrüstung zum Wasser zu bringen. Sie schwammen in der Lagune bis zu einer Stelle, die etwa fünfzehn Meter weit vom Strand entfernt lag. Juliette verspürte leichte Panik, als Kurt ihr das Druckminderungsventil in den Mund schob und ihr das Zeichen gab, jetzt ganz unter Wasser zu gehen. Unter keinen Umständen wollte sie vor ihm als verklemmter Feigling durchgehen. Also atmete sie kräftig ein, ließ sich zwei Meter tief hinabgleiten und hatte dabei den Eindruck, in abyssale Meeresgründe zu tauchen. Sie öffnete die Augen und fand sich in einer mit Blau und Grün bemalten Landschaft wieder. Sie hörte nur noch ihren eigenen Atem. Jede Bewegung erfolgte in Zeitlupe, und eine ungeheuer angenehme Ruhe überkam sie.

Im Gegensatz zu ihren Befürchtungen wurde das Atmen mit der Sauerstoffflasche schnell zu einem natürlichen Reflex. Sie bedauerte allerdings, einen zu kleinen Anzug gewählt zu haben, in dem sie kaum Luft holen konnte, denn sie hatte Kurt versichert, sie trüge Kleidergröße sechsunddreißig und nicht achtunddreißig. Dennoch führte sie unter Wasser mit Leichtigkeit ihre Übungen aus. Sie spülte ihre Maske mit Wasser aus, entfernte das Druckminderungsventil, nahm es wieder in den Mund, blies ihre Weste auf und ließ die Luft dann wieder raus. Timothy simulierte neben ihr eine Stickstoffnarkose, füllte seine Maske mit Wasser, schüttete es aber nicht wieder aus, schielte, verdrehte die Augen, entfernte sich und schwamm in Richtung Korallenriff. Doch dann legte er seine Hand an die Stirn und schaute gespielt angstvoll in die Ferne, als hätte er einen Hai erspäht, und spielte gute fünf Minuten lang am Meeresboden den toten Mann. Sobald Juliette eine Übung abgeschlossen hatte, »applaudierte« ihr Kurt stumm unter Wasser, schenkte ihr ein begeistertes Lächeln und deutete mit allen möglichen Arm- und Beinbewegungen an, wie zufrieden er mit seiner Schülerin war. Sie kam sich vor, als habe man ihr soeben den Friedensnobelpreis verliehen. Dann jedoch suchte er mit wütendem Gesichtsausdruck und allen nur erdenklichen Drohgebärden nach Timothy. Der einzige Effekt, den er damit erzielte, war, dass Timothy sich vor Lachen hinter seiner Maske schier ausschüttete, sein Druckminderungsventil verlor und beinahe ertrank.

Sie schwammen ein wenig weiter hinaus, und Juliette öffnete erstaunt die Augen. Sie entdeckte eine Welt, von deren Existenz sie nicht einmal geträumt hatte. Sie hätte noch zehn Jahre auf einem Felsen hocken und die kreisenden bunten Fische und die im klaren Wasser wogenden blauen und grünen Algen beobachten können. Sie erinnerte sich vage an eine Szene aus dem Film *Findet Nemo*, den sie auf einer DVD gesehen hatte, aber da hörten ihre Kenntnisse der Unterwasserwelt auch schon auf. Kurt hatte ihr erklärt, dass man die Erde den Blauen Planeten nannte, weil sie zu achtzig Prozent von Wasser bedeckt ist. Ob das stimmte? Die Frage hatte sie sich nie gestellt. Plötzlich gerieten sie in einen riesigen Schwarm schwarz-weiß gestreifter Fische mit sonderbaren gelben Köpfchen. Ein magischer Augenblick! Die Meerestiere nahmen keinerlei Notiz von den Tauchern und schwammen seelenruhig weiter, als seien auch die Menschen eine besondere Art Fische, die nur um einiges größer waren und als Kosmonauten verkleidet herumschwammen. Die Unterwasserfauna bot so manch sonderbaren Anblick: Einige Fische wirkten regelrecht verärgert, andere grinsten vor sich hin, als amüsierten sie sich im ruhigen Gewässer köstlich. Eine solche Farbenpracht hatte Juliette an Land noch nie gesehen. Flora und Fauna erstrahlten in allen Nuancen des Regenbogens. Chiara wäre begeistert gewesen. So ähnlich musste die letzte Show von Valentino ausgesehen haben. Aber die hier war bestimmt noch besser. Kurt bewegte sich unter Wasser wie an Land. Sein Körper war mit beiden Elementen vertraut. Er hob Steine hoch und zeigte seinen Schützlingen ein verstecktes Meerestier, wies auf die kleinen schwarzen Augen eines im Sand vergrabenen Rochens hin und untersuchte Löcher und Grotten, deren Bewohner er gut zu kennen schien. Juliette folgte ihm mit weit aufgerissenen erstaunten Augen.

Als sie auftauchten, sprudelten aus Juliette ihre Erlebnisse nur so heraus. Hatten auch die beiden anderen diesen Fisch mit dem blauen Hahnenkamm gesehen? Und die Seepferdchen? Sie hatte ja nicht geahnt, wie klein Seepferdchen doch sind! Und erst die Korallen, sahen die nicht total verrückt aus?

Kurt lächelte und freute sich, dass wenigstens einer seiner Schüler Interesse an seinem Kurs zeigte. Timothy allerdings reagierte herablassend auf Juliettes Begeisterung: »Natürlich haben wir das gesehen, wir sind doch schließlich nicht blind. Das ist meine dritte Taufe. Seepferdchen habe ich schon Unmengen gesehen, die sind mir schnurz … Ich will Haie und Mantarochen sehen … Na gut, Kurt, ich komm nachher mit meinem Alten zum Einschreiben für den PADI vorbei, okay?«

Dann fragte er Juliette: »Wollen wir den Kurs zusammen machen?«

Er unterstrich seine Worte mit einer großspurigen Geste und ziemlich anzüglichen Blicken, was wohl bedeuten sollte, dass sie ihm gefiel.

»Ja, ja«, antwortete Juliette, viel zu aufgeregt, um sich zu ärgern.

»Perfekt«, sagte Timothy und ging davon.

»Wie kann ich mich für den PADI einschreiben?«, fragte Juliette, trat ungeduldig von einem Bein aufs andere und hätte am liebsten schon am selben Nachmittag begonnen. Kurt begleitete sie in die Klubhütte und ließ sie ihm gegenüber am Schreibtisch Platz nehmen. Er öffnete ein großes Heft, dessen Seiten wegen der Feuchtigkeit Wellen schlugen.

»Du kannst morgen früh beginnen«, sagte er, »mit Georgina. Oder mit mich übermorgen.«

»Übermorgen mit dich, super«, sagte Juliette, »morgen habe ich etwas anderes vor.«

Das stimmte zwar nicht, aber es kam gar nicht infrage, mit Georgina zu tauchen, denn Kurt war fester Bestandteil der Schönheit der maledivischen Unterwasserwelt.

Kurt entgegnete nichts. Sicher war er daran gewöhnt, von den Damen vorgezogen zu werden, und Georgina auch.

»Okay, ich schreibe dich für übermorgen ein. Bis dahin du musst lesen PADI-*Book* zum Tauchenlernen.«

Er gab ihr ein blaues Buch mit dem Titel *Open Diver Manual*.

»Achtung, Test in wenige Tage«, lachte er und drohte mit dem Zeigefinger.

»Muss ich dafür sofort etwas bezahlen?«, fragte Juliette und freute sich schon darauf, vom schönen Kurt getestet zu werden.

»Nein, alles bezahlt von Mark. War Kurs für Sarah. Er sagt, du an ihrem Platz, sie kommt nicht.«

»Sarah, Freundin von Mark?«, wollte Juliette wissen und legte Maske, Schnorchel und Flossen in einen großen, dafür vorgesehenen Bottich mit Süßwasser.

»Yeah, so *sad*, was ist passiert«, sagte Kurt und schüttelte betrübt den Kopf. »Ah, da kommen Taucher von Haien, ich sehe Boot. Du kannst duschen am Strand. Ich räum auf. Wenn du PADI hast, du kannst Flasche auseinandernehmen!«

Juliette duschte am Strand und ließ sich mit geschlossenen Augen vom lauwarmen Wasser berieseln. Sie trocknete ihr vom Salzwasser und der Tauchermaske spröde gewordenes und wirres Haar. Sarah war also Marks Freundin oder, besser gesagt, vermutlich seine Exfreundin. Zu gern hätte sie mehr darüber erfahren. Was mochte geschehen sein? Hatten sie sich vor ihren Ferien gestritten? Offenbar wollte er davon nichts erzählen, denn er hatte, wie er behauptete, die Freizeitaktivitäten für »einen Freund« bereits im Voraus bezahlt. Wahrscheinlich war er deshalb hin und wieder ziemlich unleidlich: Er hatte ein gebrochenes Herz. Sie versuchte sich vorzustellen, wie Marks Freundin wohl aussehen mochte. Sie stellte sich eine sehr große, sehr schlanke Blondine mit blauen Augen vor, zumal er behauptet hatte, Juliette sei nicht sein Typ.

Sie beobachtete das Boot mit den Tauchern, das gerade anlegte. Kurt ging barfuß und mit freiem Oberkörper zum Steg und lächelte breit hinter seiner Ray-Ban-Sonnenbrille. Er half den Frauen aus dem Boot, begrüßte die Männer mit Handschlag, als seien sie alle die besten Freunde der Welt, und begann das Boot zu entladen. Juliette stellte das Wasser ab, breitete ihr Strandtuch im Sand aus und legte sich in die Sonne. Sie träumte von den braun gebrannten Muskeln des schönen Kurts. Und dann stellte sie sich vor, wie Kurt und sie am Strand heirateten – barfuß. Sie in einem einfachen weißen Kleid und nur mit einer Tempelbaumblüte im offenen, wehenden Haar. Sie würden von Sonne, Luft und Liebe leben und nebenbei von ein paar gegrillten Sardinen. Chiara käme regelmäßig vorbei, um ihre Patenkinder zu besuchen und traumhafte Ferien bei ihnen zu verbringen. Ihre Eltern würden allerdings nicht kommen. Deren Hochzeitsreise ging damals nach Belgien, an eine größere als diese Entfernung war überhaupt nicht zu denken. Sie fragte sich, ob Kurt es wohl wert war, dass sie gänzlich mit ihren Eltern brach. Jetzt sah sie – doch ein wenig eifersüchtig –, wie er mit der jungen Blondine scherzte, mit der Mark vorhin gesprochen hatte. Ganz offensichtlich erzählte sie gerade eine urkomische Anekdote, denn Kurt, Mark und ein dritter Typ mit Bauch bogen sich ständig vor Lachen. Versteckt hinter ihren Sonnenbrillen, schielten sie dabei wahrscheinlich in ihr Dekolleté. Offenbar hatte Mark Kurt gefragt, wo denn Juliette sei, denn der zeigte in ihre Richtung. Dann verabschiedeten sie sich mit einem Händeschütteln, und Mark kam auf sie zu.

»Du solltest nicht in der prallen Sonne bleiben, du holst dir einen Sonnenbrand.«

»Nur bis ich trocken bin«, entgegnete Juliette, ohne die Augen zu öffnen.

Die Sonne brannte, doch in diesem Augenblick fühlte sie sich zu wohl, um sich zu bewegen.

»Wie es scheint, hat es dir gefallen«, sagte Mark, drehte den Hahn der Dusche auf, sprang kurz unters Wasser und rieb Salz und Sand aus seinem Haar.

»Es war einfach super«, berichtete Juliette voller Begeisterung, nun gar nicht mehr träge.

Sie erzählte ihm von Timothy, von den Frauen, die unter egal welchem Vorwand zu Kurt kamen und wie zufällig seine Muskeln berührten, aber auch von den verzückten und den depressiven Fischen. Mark saß neben ihr im Sand, lachte fröhlich über ihre Geschichten und schien sich ihr gegenüber wieder zu öffnen. Juliette zögerte, ihm die Frage zu stellen, die ihr auf der Zunge brannte.

»Es ist wirklich lieb, mir das alles zu schenken, aber, Mark, wer ist denn Sarah?«

Marks Lächeln verschwand, er nahm seine Sonnenbrille, sprang auf und sagte im Gehen: »Niemand. Ich muss los. Kommst du zum Mittagessen?«

»Nein, ich bleibe noch ein bisschen. Ich habe keinen Hunger«, antwortete Juliette und schämte sich wegen ihrer Indiskretion.

»Du solltest wirklich nicht ohne Hut in der Sonne bleiben, du bekommst noch einen Sonnenstich. Hast du dich wenigstens eingecremt?«, fragte er mit monotoner Stimme und sah sie dabei nicht einmal an. Als würde ihn die Reaktion auf seine Ratschläge und Fragen nicht wirklich interessieren.

»Ja«, log Juliette.

Doch, sie hatte ein wenig Creme aufgetragen.

Aber nur im Gesicht.

Und das war heute Morgen um acht Uhr gewesen.

Bevor sie drei Stunden lang im Meer und zwanzig Minuten unter der Dusche zugebracht hatte …

»Na gut, dann bis nachher«, sagte Mark und machte sich davon.

Juliette sah ihm nach. Es stimmte schon, auch er sah ganz gut aus. Natürlich konnte er Kurt nicht das Wasser reichen, aber objektiv gesehen war er gar nicht so übel. Normalerweise zog sie eher schlanke Männer vor, wohingegen Mark von ziemlich kräftiger Statur war, der Typ, den man in der Metro besser in Ruhe lässt.

Sie musste endlich aufhören, alle Männer als potenzielle Liebhaber zu betrachten. Was war nur mit ihr los? Sie dachte kurz mit schlechtem Gewissen an Nicolas, schob den Gedanken jedoch sofort beiseite. Schließlich hatte er seine Caroline, da konnte sie ja wohl ungestraft von wem und was auch immer träumen. Da fiel ihr ein, dass sie auch vor der Trennung nicht mehr gerade häufig miteinander geschlafen hatten. Das letzte Mal… wann war das eigentlich? Richtig, als sie etwas beschwipst von Carolines Geburtstagsfest nach Hause gekommen waren. Vielleicht hatte er die ganze Zeit vor allem an Caroline gedacht. Jetzt erinnerte sie sich: Nicolas und Caroline hatten eine geraume Zeit kichernd am Wohnzimmerfenster gestanden, während sie in der gleichen geraumen Zeit Tarama auf Blinis strich, Schüsseln mit Chips füllte, Pizzas in den Backofen schob, wieder herausholte und aufschnitt, und schließlich neunundzwanzig Kerzen auf Carolines Geburtstagskuchen steckte, den sie zu Hause gebacken, hergebracht und dann unter den Gästen verteilt hatte.

Was war sie doch für eine dumme Nuss gewesen!

Seit mehreren Monaten hatte sie niemand mehr berührt, geschweige denn geküsst. Sie war damals zu sehr mit ihren eigenen Problemen, der Kündigung und Nicolas beschäftigt, als dass sie darüber hätte nachdenken können. Kurts Anblick und sein perfekter Körper hatten sie verwirrt und ein Gefühl der Erregung hervorgerufen, das sie seit Ewigkeiten nicht mehr verspürt hatte. Ehrlich gesagt hatte sie nie verstanden, warum Chiara meinte, sich ein- bis zweimal die Woche einen Mann ins Bett holen zu müssen. Für Juliette war das einzig Schöne am Alleinleben, gemütlich mit einem Buch unter die frisch bezogene Bettdecke zu kriechen, ohne dass drei Minuten später drängende Hände ihr Lesevergnügen beendeten. Natürlich war es vorher anders gewesen. Zu Anfang war die Beziehung mit Nicolas sehr intensiv gewesen, sie hatte ständig Lust gehabt, mit ihm zu schlafen, und die beiden konnten kaum eine Stunde beisammen sein, ohne sich aneinanderzukuscheln und abzuküssen – wie Kate und Leo im Film *Titanic*. Vielleicht war sie im Bett nicht mehr gut genug? Im Kino sah sie immer mit Verwunderung die Schauspielerinnen ihren Kopf voller Lust nach hinten biegen, hörte sie aufreizend stöhnen und manchmal sogar schreien, während sie selbst irgendetwas falsch machen musste, denn am Ende brachte sie nur einen kleinen erstaunten Piepser heraus, oft simuliert, der nicht etwa vermitteln sollte »Weiter! So ist es gut«, sondern eher »Beeil dich, ich muss morgen früh um sieben Uhr aufstehen!«. Es war eine Art Signal zwischen ihnen. Nicolas war dann der Ansicht, seine Arbeit getan zu haben, stöhnte und spannte seinen Körper ein letztes Mal an, bevor er auf ihr zusammensackte wie ein Marathonläufer, der soeben einen Herzinfarkt erlitten hatte. Juliette fragte sich, ob sie frigide geworden war, es konnte doch nicht der Fehler des armen Nicolas sein, der irgendwo gelesen haben musste, dass Frauen ein Vorspiel brauchen. Manchmal verbrachte er damit gute vierzig Minuten, bis er ernsthaft zur Sache kam. Sie hatte nicht gewagt, es ihm zu sagen, aber sie hasste das. Er hörte und hörte nicht auf, einmal war sie sogar eingeschlafen. Ein schmerzhafter Druck hatte sie geweckt. Er dachte, sie sei kurz vor dem Orgasmus, und drückte noch stärker auf dieselbe Stelle, bis sie aufschrie, allerdings vor Schmerzen. Der Schrei gefiel ihm.

Sie hatte versucht, mit Chiara darüber zu sprechen, aber ihre Freundin wunderte sich absolut nicht: Nicolas sei nun mal keine heiße Nummer, das stand ihm auf der Stirn geschrieben. Sie habe das schon immer gewusst. Aber nein, Juliette war bestimmt nicht frigide, sie habe nur das Unglück, an einen sexuell Behinderten geraten zu sein. Juliette hatte diese Unterhaltung sofort abgebrochen und sich elend gefühlt, weil sie Nicolas verraten hatte.

Das Tauchen hatte sie müde gemacht. Wie angenehm es doch war, in diesem feinen Sand zu liegen und das Meer für sie ein Wiegenlied rauschen zu lassen. Sie schlief ein. Ein paar Stunden später wachte sie auf, als sich eine Hand auf ihre Schulter legte, was ungemein schmerzhaft war. Sie schrie auf.

26.

Alles wird all right, honey

»Juliette! Juliette!«

Sie öffnete ein Auge halb, und allein beim Kontakt ihres Lids mit dem Augenbrauenbogen hätte sie vor Schmerz kreischen können. Kurt beugte sich über sie und schien besorgt. Sie hatte das Gefühl, jeder Quadratzentimeter ihres Körpers wäre bis zum Aufplatzen gegrillt – wie eine Bratwurst in der Pfanne. Sie stützte sich auf den Ellenbogen. Wie lange hatte sie geschlafen? Kurt reichte ihr zum Aufstehen die Hand. Die leiseste Berührung, auch mit dem Handtuch, war Folter.

»Du hast gelegen hier zwei Stunden. Du warst weiß wie Milch, jetzt bist du rot wie *lobster.*«

Er brachte sie zur Stranddusche und riet ihr, drei Minuten lang kalt zu duschen. Danach sollte sie zu ihm in den Schatten der Hütte kommen, wo sie einen Liter Wasser trinken musste. Dann brachte er sie ins Krankenzimmer. Zum Abschied legte er ihr sachte die Hand auf die Schulter (sehr angenehm, aber auch sehr schmerzhaft) und sagte: »Alles wird *all right, honey*, das wird wieder.«

Der Arzt untersuchte ihre linke Gesichtshälfte – die

rechte war geschützt gewesen, weil sie darauf geschlafen hatte – und ihren verbrannten Rücken. Die Schultern waren fast lila. Nachdem er eine Minute scharf nachgedacht hatte, erklärte er mit gerunzelter Stirn:

»Sonnenbrand.«

Und für diese Erkenntnis hatte er nun zehn Jahre lang studiert! Er trug eine dicke Schicht Brandsalbe auf, gab ihr die Tube mit und riet, sich alle vier Stunden erneut einzucremen. Sie müsse bis zum nächsten Tag in ihrem Bungalow bleiben und zwei Liter Wasser pro Tag trinken.

Wieder in ihrem Zimmer, zog Juliette vorsichtig ihren Badeanzug aus und versuchte tunlichst, jede Berührung mit der roten Körperhälfte zu vermeiden. Entsetzt sah sie sich im Spiegel an. Vorn war sie weiß wie Chinakohl, hinten rot wie eine Paprikaschote. Die linke Hälfte ihres Gesichts war knallrot, die rechte blass, was auf anschauliche Weise die Zweifarbigkeit ihres ganzen Körpers zusammenfasste. Wie es ihr der Arzt geraten hatte, legte sie sich ins Bett, atmete tief durch und behielt Salbe und Wasserflasche griffbereit in der Nähe.

Gegen Abend klopfte es an ihre Tür. Juliette, die auf der weißen Seite ihres Körpers lag und gerade das Buch über das Tauchen las, öffnete nach einer Weile die Tür. Es war Mark. Er kam herein, ohne zu fragen, und unterdrückte ein Grinsen beim Anblick von Juliettes Teint.

»Ich habe mich gewundert, dass du nicht zum Abendessen gekommen bist. Dann habe ich Kurt getroffen, und der hat gesagt, dass du rot wie ein Hummer bist. Ich komme vorbei, um mal nachzuschauen, ob das stimmt.«

Juliette seufzte. Sie war müde und hatte wenig Lust, sich seine sarkastischen Bemerkungen anzuhören.

»Bist du hergekommen, um mir das zu sagen?«

»Ja. Du siehst aus wie die elsässische Flagge. Wie gut, dass ich dir geraten habe, nicht in der Sonne zu bleiben.«

»Jaja, du hast ja recht«, ärgerte sich Juliette, die übrigens nicht recht wusste, wie die elsässische Flagge aussieht.

Er setzte sich ungeniert aufs Bett.

»Sei nicht böse, das war nicht ernst gemeint. Ich habe dir eine Suppe und Wasser bestellt. Beides dürfte gleich eintreffen.«

Sie fand ihn – wie meistens – ziemlich aufgeblasen, aber es freute sie, dass sich jemand um sie kümmerte und wissen wollte, wie es ihr ging. Schon bald klopfte es erneut. Mark öffnete die Tür und lächelte dem Mann zu, der die Suppe brachte. Damit er das Tablett abstellen konnte, räumte er den unförmigen Haufen, bestehend aus Juliettes Pareo, der Sonnencreme, zwei Kleidern und einem noch nassen Badeanzug, den sie nicht den Mumm gehabt hatte aufzuhängen, vom Tisch.

»*How are you,* Madame?«, fragte der Angestellte und betrachtete betroffen Juliettes Gesicht.

»Sehr gut, danke«, sagte Juliette und lächelte, allerdings nur mit der rechten Gesichtshälfte, die linke tat zu weh.

Der Mann ging immer noch nicht, sondern musterte weiterhin mit Bedauern Juliettes Gesicht. Mark drückte ihm Trinkgeld in die Hand.

»*Thank you very much. Have a good night!*«

»*Good night, Sir, I hope your wife feels better.*«

»*Yes, thanks*«, antwortete Mark und schloss die Tür, ohne darauf hinzuweisen, dass Juliette nicht seine Frau war.

Mark servierte ihr die Suppe und lächelte ein wenig.

»Iss! Mit der Menge Haut, die sich bei dir regenerieren muss, brauchst du jetzt Kraft. Und trink viel Wasser. Heute gibt es keinen Alkohol.«

»Bla, bla, bla, bla«, kommentierte Juliette, halb sauer, halb belustigt, »nur mit einer Gemüsesuppe werde ich wohl kaum die nötigen Kräfte sammeln.«

Er wirkte verblüfft, sogar ein wenig verlegen.

»Wenn du willst, können wir ja noch etwas bestellen.«

»Nein, lass gut sein! Nicht nötig, das sollte nur ein Witz sein.«

Im Kopf fügte sie eine weitere Eigenschaft von Marks Freundin hinzu. Sicher war sie magersüchtig.

»Kurt sagt, dass du morgen nicht tauchen gehst? Es ist vielleicht besser, du bleibst mit deiner Brandsalbe im Schatten. Dann geht es dir bestimmt bald besser«, und während er die Fernsteuerung für die Klimaanlage suchte, fügte er hinzu: »Man kommt hier ja um vor Hitze.«

Er fand sie in einer Schublade, drückte auf ein paar Knöpfe, und kühle Luft wehte Juliette entgegen.

»Ich bin gegen Klimaanlagen, sie zerstören die Umwelt.«

In Wahrheit hatte sie die Fernsteuerung nicht gefunden und sich nicht getraut, danach zu fragen.

»Hier im Raum herrschen dreißig Grad, und eine solche Hitze ist bestimmt nicht gesund, wenn man einen Kopf hat, der aussieht, als käme er geradewegs aus einem Dampfkochtopf.«

Juliette kicherte und machte sich über ihre Suppe her.

Mark setzte sich und begann, von seinem Tag zu erzählen. Er war dreißig Meter tief getaucht und mit Mantarochen geschwommen. Er ließ sich über die Meerestiefen im Indischen Ozean im Vergleich zum Roten Meer aus. Sie fragte, ob er viel gereist sei, und vergaß, als sie seinen abenteuerlichen Berichten lauschte, ganz das Essen. Er hatte große Teile der Welt bereist, kannte ganz Südamerika, hatte Trecks durch Indien gemacht und in Australien gelebt. Er erzählte vom guatemaltekischen Urwald, den Pyramiden in Tikal, wenn im Morgengrauen die Affen brüllen, von seinem Aufstieg auf den Kilimandscharo in Kenia und von angreifenden Nilpferden. Manchmal hielt er kurz inne und schaute in die Ferne, als kämen ihm noch mehr exotische Erinnerungen. Juliette ertappte sich dabei, ein wenig neidisch zu sein. Er war sicher nur vier oder fünf Jahre älter als sie, aber sein Leben erschien ihr erheblich ereignisreicher als ihr eigenes. Sie fühlte, wie beengt sie in ihrer Vergangenheit gewesen war, und ihre Ziele kamen ihr nun lächerlich vor. Sie hatte Angst, er könnte ihr Fragen stellen. Sie würde nichts Besseres zu erzählen haben, als von ihren Ferien im Gers und ein paar Wochenenden zum Skifahren in Les Arcs. Sie füllte ein Glas mit eisgekühltem Wasser, und schon allein der Kontakt mit dem kalten Glas in ihrer Hand tat gut.

»Interessant, dass du die Malediven als Urlaubsort gewählt hast. Es scheint nicht gerade dein Ding zu sein, den ganzen Tag am Strand zu liegen, stimmt's?«

Er sah sie sonderbar an und zögerte mit der Antwort.

»So ist es. Abgesehen vom Tauchen geben mir die Malediven nicht viel.«

»Warum bist du dann hergekommen?«, fragte Juliette.

Marks Lachen klang gekünstelt, dann war Stille, und Juliette bedauerte ihre Frage.

»Es sollte meine Hochzeitsreise werden, Juliette.«

Sie biss sich auf die Lippen. Ihr fiel wieder ein, was die Stewardess beim Einchecken am Flughafen zu ihr gesagt hatte: »Ich habe soeben einen Mann eingecheckt, der allein auf Hochzeitsreise geht. Seine Hochzeit ist in letzter Minute abgesagt worden.«

»Das tut mir echt leid«, murmelte sie.

Sie hätte es erraten müssen. Die Hälfte der Hotelgäste war auf Hochzeitsreise. Das war die einzige Erklärung für den Aufenthalt eines Abenteurers wie Mark an einem maledivischen Strand ohne Krokodile, buddhistische Tempel oder Maya-Pyramiden. Sie spürte, wie die rechte Seite ihres Gesichts fast so rot wurde wie die linke, und sie suchte nach einem freundlichen Wort, aber ihr kam keins in den Sinn.

Ein abgeklärtes Lächeln erschien auf Marks Lippen.

»Schon gut. Mach nicht so ein Gesicht. Du konntest es ja nicht wissen.«

Juliette hätte ihn gern getröstet, ihm gesagt, dass der Schmerz vorübergeht, man über alles hinwegkommen konnte, aber sie fand keine überzeugenden Worte und fragte stattdessen:

»Ist es nicht sehr kompliziert, eine Firma aufzuziehen, wenn man ständig auf Reisen ist?«

Mark erhob sich, stellte die Wasserflasche und das halb volle Glas auf den Nachttisch und nahm Juliette die leere Suppenschale ab. Er stellte das Tablett mit dem Geschirr vor die Zimmertür.

»Ich bin nicht ständig auf Reisen. Als ich noch Student war, bin ich viel herumgekommen. In Australien habe ich eine Firma gegründet, also habe ich auch dort gearbeitet. Auf jeden Fall habe ich das hier immer dabei!«

Er zog sein Smartphone aus der Tasche: »Ich bin dauernd online. Eigentlich gibt es keinen einzigen Tag, an dem ich nicht arbeite.«

»Dein Leben ist faszinierend«, seufzte Juliette. »Bei mir passiert nie etwas Aufregendes.«

Er zuckte die Achseln.

»Dir passiert nichts, weil du dich nicht aus deiner Komfortzone traust... Denk doch mal ans Tauchen. Du hast es versucht, und es hat dir gefallen.«

Er lehnte an der Wand, die Hände in den Taschen seiner Jeans vergraben, und wie meistens lag dieser leicht ironische Zug um seinen Mund, als gäbe es überhaupt nichts, was ernst zu nehmen wäre. Juliette fragte sich, wie er wohl war, wenn er eine Frau in seinen Armen hielt.

»Mark, was ist denn mit Sarah passiert?«

Es war ihr so herausgerutscht. Jetzt herrschte langes Schweigen, doch noch immer umspielte Marks unerschütterliches Lächeln seine Lippen.

»Sie hatte ein bisschen zu freizügige Ansichten, was Paarbeziehungen angeht.«

»Hat sie einen anderen?«

»Sie hat mit einem anderen geschlafen und gedacht, das sei nicht so schlimm.«

»Oh … Und du kannst ihr … nicht verzeihen.«

Immer noch lächelte er, aber Juliette sah, wie er die Zähne zusammenbiss.

»Verzeihen? Unverzeihliches kann man nicht verzeihen.«

»Im Grunde bist du der Idealist. Diese Art Irrtum kommt häufiger vor, als man glaubt.«

»Du bist zu lieb, Juliette. Du glaubst, Menschen können sich ändern.«

In seinem Satz schwang ein wenig Herablassung mit, was sie aufregte, und sie entgegnete ziemlich kurz angebunden: »Nein, ich bin nicht zu lieb. Ich glaube nicht, dass es Paare ohne Schwierigkeiten gibt, das ist alles. Niemand ist perfekt.«

Er verdrehte die Augen und machte einen Schritt auf die Tür zu. Sie bedauerte, ein derart heikles Thema angeschnitten zu haben. Es ging sie doch gar nichts an. Aber sie wollte sich weiter mit ihm unterhalten und fragte schnell: »Und was macht sie beruflich? Hat sie mit dir zusammen die Firmen gegründet?«

Juliette saß auf ihrem Bett, und seine Hand lag bereits auf der Klinke, doch jetzt sah er sie erstaunt an, als hätte sie eine völlig absurde Frage gestellt. Offenbar erwartete sie eine Antwort, und er lachte.

»Nein, wir haben nicht zusammengearbeitet. Gottlob. Gute Nacht, Juliette!«

Er zögerte, ließ die Klinke los und kam mit zwei Schritten zurück zum Bett. Er beugte sich über sie, und sie geriet in Panik. Wollte er sie etwa küssen? Was sollte sie tun, wenn er es tatsächlich versuchte? Sollte sie ihn freundlich zurückweisen oder sich küssen lassen? Sehr weit würde er nicht gehen … Sollte sie im letzten Augenblick verlegen den Kopf wegdrehen und vor allem nie wieder darüber sprechen?

Er drückte ihr einen Kuss auf die weiße Wange.

»Gute Nacht, Juliette!«

Als sich die Tür hinter ihm schloss, blieb Juliette bei gedämpftem Licht, trotz einer gewissen Erleichterung, in ihrem Bett liegen und starrte an die Decke. Sie fragte sich, ob Mark wohl gut küssen konnte. Hatte er Lust dazu gehabt, als er sich über sie beugte? Hoffentlich stank sie nicht zu sehr nach dieser Brandsalbe.

Er wusste, was sie mit Nicolas durchgemacht hatte. Auch er hatte sich eine kräftige Backpfeife eingefangen: Es ist schlimm, wenn man begreift, dass man nicht die große Liebe des Lebens für die Person ist, die man selbst für die große Liebe seines Lebens hält. Während der eine an Hochzeit und Kinder denkt, denkt der andere an seinen Lover und wie man sich am besten aus der Affäre zieht.

Im Gegensatz zu allen anderen hatte Mark sie nie mitleidig behandelt, sondern immer versucht, sie irgendwie zum Lachen zu bringen. Er hatte sie abgelenkt und es fertiggebracht, sie ein wenig aufzurütteln und aus ihrer Teilnahmslosigkeit herauszuholen. Genau das brauchte sie. Plötzlich überkamen sie Schuldgefühle. Sie hatte nur an sich gedacht und war zu sehr mit ihrem eigenen Kummer beschäftigt, als dass sie bemerkt hätte, dass auch Mark litt. Vielleicht sollte sie an seine Tür klopfen und ihm einen Spaziergang am Strand vorschlagen, barfuß durch das flache Wasser. Vielleicht sogar Hand in Hand.

Was für Gedanken hatte sie denn da?

Sie war hierhergekommen, um Nicolas zurückzuerobern, und nicht, um neue Bekanntschaften zu schließen. Sie schüttelte den Kopf, um die absurden Gedanken zu verjagen, und löschte das Licht.

Sie war bereits im Halbschlaf, als es wieder klopfte. Sonderbar vergnügt sprang sie aus dem Bett, machte das Licht an und schaute prüfend in den Spiegel, um zu sehen, ob ihr Haar nicht zu Berge stand, glättete es mit der Hand und fuhr mit dem Finger über die Lippen, um zu sehen, ob sie nicht von der Sonne ausgetrocknet waren.

Dann öffnete sie die Tür, und ihr Lächeln erstarb.

»Ich bin in eine Suppenschale getreten«, sagte Nicolas.

Er hob den Kopf und stellte erstaunt fest, dass sie nicht reagierte. Dann fuhr er fort: »Was ist denn mit dir passiert? Ist jemand mit einem Schweißbrenner auf dich losgegangen?«

27.

Sechs Monate.
SECHS MONATE?!

Juliette hatte geglaubt, Mark klopfe an die Tür, aber es war Nicolas, der vor ihr stand – mit recht viel Suppe auf dem Fuß. Er stand einfach da, obwohl sie ihm weder nachspioniert noch ihn verfolgt oder bedroht hatte. Es war wie ein Wunder, und dennoch zögerte sie. Ihre Hand umklammerte die Klinke. Sie durfte ihn nicht hereinlassen. Sie musste ganz genau überlegen, wie sie sich nun am besten verhielt. Und genau überlegen bedeutete im Allgemeinen, hysterisch Chiara anzurufen. Besser wäre es, Nicolas zu bitten, morgen wiederzukommen, so gewänne sie Zeit, um die optimale Strategie zu entwickeln. Genau. Sie würde ihm sagen, sie sei krank, und er solle lieber ein anderes Mal vorbeischauen. Sie atmete tief ein.

»Nicolas, es wäre mir lieber, wenn du …«

»Kann ich reinkommen?«, unterbrach er sie.

»N … Natürlich«, sagte sie überrumpelt.

Er schloss die Tür hinter sich und kratzte sich das Kinn, an dem ein frischer Bart spross.

»Ich wollte dir nur sagen … dir sagen, dass es mir

leidtut. Wirklich, Juliette, alles, was zwischen uns geschehen ist, tut mir leid.«

Er starrte entweder extrem zerknirscht zu Boden, oder aber er entdeckte zum ersten Mal in seinem Leben die Existenz seiner zehn Zehen.

»Das ist ja gut und schön«, sagte Juliette so kalt, dass es sie selbst überraschte, »nur leidtun allein reicht nicht.«

»Das kann ich mir denken, aber ich hoffe, dass du mir eines Tages vergibst. Ich wollte dich nicht belügen oder verletzen. Ich war unehrlich und feige. Das hattest du nicht verdient … Das Ganze war nicht geplant, weißt du? Eines Tages waren wir ein wenig beschwipst. Caroline hat mir lachend gestanden, dass sie seit zwölf Jahren in mich verliebt ist. Und dann ist es irgendwie passiert … und ich habe gemerkt, dass ich auch …«

»Danke, ich brauche keine Einzelheiten«, sagte Juliette scharf.

»Entschuldige, ich bin wie ein Elefant im Porzellanladen.«

Juliette hätte ihn jetzt eigentlich rauswerfen und ihm sagen müssen, dass sie ihm nicht verzieh. Aber sie hatte zu lange auf dieses Gespräch gewartet und wollte endlich Antworten auf alle ihre Fragen.

»Wie lange ging das schon so? Sag bitte die Wahrheit!«

Er seufzte, fuhr mit der Hand durch sein zerwühltes Haar wie ein kleiner verlorener Junge, und einen Augenblick lang hatte sie große Lust, seinen Kopf an ihre Schulter zu ziehen und ihm alles zu vergeben.

»Sechs Monate.«

»SECHS MONATE?!«

Sie hatte die Worte herausgeschrien und jetzt überhaupt keine Lust mehr, seinen Kopf an ihre Schulter zu ziehen und ihm zu vergeben.

»Ich weiß, ich weiß, das ist schrecklich. Ich konnte mich nicht entscheiden, denn ich hing an dir und …«

»Jetzt reicht's!«

»Wie bitte?«

»Mir reicht's, immer das liebe Mädchen zu spielen. Verschwinde aus meinem Zimmer!«

Sie hatte sich aufgerichtet und wies wutentbrannt zur Tür.

»Juliette, ich bin hergekommen, um mich zu entschuldigen. Ich möchte, dass du … Ich habe nichts aus Gemeinheit oder Respektlosigkeit getan, ich …«

»Nicolas, ich schwöre dir, wenn du nicht in drei Sekunden draußen bist, haue ich dir eine rein! Und dann gehe ich zu deiner blöden Schlampe und mache das Gleiche mit ihr.«

Wie hatte sie sich immer an der absurden Hoffnung festhalten können, er hätte sie nicht mit einer anderen betrogen, das Ganze sei nur eine vorübergehende Krise, und er würde zurückkommen? Wieder einmal hatte sie nichts begriffen. Auch wenn er ein schlechtes Gewissen hatte, zurückkommen würde er trotzdem nicht, nie mehr. Und sie stand da und bedauerte sich selbst, anstatt ihm in die Eier zu treten, damit er endlich auf klare Gedanken kam.

Noch ein Wort der Entschuldigung, und sie würde

explodieren, zum Drachen werden und ihm die Lava, die in ihr brodelte, direkt ins Gesicht spucken, ihm die Augen auskratzen, ihn beschimpfen …

Aber nein. Sie begann zu weinen.

Wieder schluchzte sie herzerweichend, als ihr klar wurde, dass man nie wieder von »Juliette und Nicolas« sprechen würde, sondern von »Caro und Nico«. Er hatte sie betrogen, er hatte seine Wahl getroffen und sie lieber belogen und verletzt, als zu versuchen, ihre Beziehung zu retten. Sie kannte ihn gut genug und wusste, dass sein Bedauern aufrichtig war, und das tat ihr weh. Dass er sie betrogen und verlassen hatte, war eine Sache, aber dass er sie bemitleidete, weil er sie betrogen und verlassen hatte, das war zu viel. Das hatte das Fass zum Überlaufen gebracht. Sie hätte gern ihre Tränen zurückgehalten, bis er ging, aber jetzt rollten sie hemmungslos und unaufhaltsam über ihr Gesicht.

Er nahm sie in seine Arme, er zitterte, entschuldigte sich immer wieder. Einen Augenblick ließ sie es zu, dann stieß sie ihn zurück.

»Geh weg!«

»Pass gut auf dich auf, Juliette! Und Vorsicht mit diesem Typen!«, murmelte er.

»Verschwinde endlich, Nicolas, deine Meinung interessiert mich nicht.«

»Du hast genug gelitten, und er ist wirklich kein Mann für dich …«

»Das geht dich überhaupt nichts an. Raus aus meinem Zimmer!«

Langsam steuerte er auf die Tür zu. Bevor er sie hinter sich schloss, warf er ihr noch einen letzten Blick zu. Sie blieb auf ihrem Bett sitzen. Aufgewühlt.

»Es tut mir so leid, Juliette!«

»Nicht so sehr wie mir!«

Dann stand sie auf und schloss hinter ihm ab.

28.

Der weiße Hai, frei interpretiert von Juliette Charpentier

Sie schlief bis elf Uhr. Als sie erwachte, waren ihre Kopfschmerzen wie weggeblasen und die rot verbrannte Seite auf dem besten Wege, rosa zu werden. Sie verbot sich, über die Szene vom Vorabend nachzudenken, und trug stattdessen eine kräftige Schicht Brandsalbe auf, gefolgt von einer nicht weniger kräftigen Schicht Sonnencreme Schutzfaktor hundert, bevor sie sich aus ihrer Hütte traute. Sie ging, so gut sie konnte, immer nur im Schatten, um der bereits starken Sonneneinstrahlung auszuweichen. Unter dem Strohdach des Restaurants beendete eine Familie gerade ihr Frühstück, und die Kellner begannen, das Büfett abzuräumen. Da Juliette am Vorabend nicht viel gegessen hatte, stapelte sie reichlich Früchte und Gebäck auf ihren Teller und setzte sich dann mit ihrer Tasse Tee an einen Tisch mit Blick aufs Meer. Die Pärchen, die Arm in Arm und barfuß den Strand entlang durch das grün schimmernde Wasser schlenderten, stimmten Juliette nicht mehr so traurig wie am Vortag. Sie dachte, dass sich die einen und die anderen höchstwahrscheinlich gegenseitig betrogen und in Illusionen lebten. Sie hingegen wusste jetzt, was sie von der Liebe zu halten hatte. Der Gedanke war zwar ebenso unnütz wie schmerzhaft, aber zumindest war sie nicht mehr so blauäugig. Von Weitem sah sie die Taucher auf dem Anlegesteg, bereit, mit dem Motorboot hinauszufahren. Sie erkannte Mark, der seine Sauerstoffflasche auf dem Rücken trug, in der Hand die Flasche der Blondine neben ihm. Nicolas kam angerannt und machte dem Bootführer Zeichen, auf ihn zu warten. Er kam zu spät. Er kam immer zu spät. Caroline war nicht da, wahrscheinlich hatte sie Angst vorm Tauchen, diese Memme! Juliette musste bei dem Gedanken lächeln, das erste Mal an diesem Tag.

Sie blieb so lange unter dem Strohdach sitzen, bis das Boot auf dem ruhigen Gewässer am Horizont verschwand. Sie fragte sich, ob Mark und Nicolas wohl miteinander reden würden. Wohl kaum. Achselzuckend machte sie sich über ihr Frühstück her, dann ging sie zur Rezeption und fragte, ob sie den Hauscomputer benützen dürfe, um ihre E-Mails zu lesen. Von Chiara waren gleich siebzehn eingetroffen, in denen sie sich über Caroline mit allen möglichen und unmöglichen Schimpfworten ausließ. Hatte sie nicht schon immer gesagt, dass Caroline eine fiese Giftschlange war? Bitte schön, das bewies doch, dass sie ständig und grundsätzlich recht hatte und die Leute auf den ersten Blick einzuordnen verstand. Abgesehen davon habe sie in der *Voilà* gelesen, dass Sarah Lamour aktuell ihre Ferien auch auf den Malediven verbrachte, und sie bat Juliette, Fotos von ihren Schenkeln zu machen, um herauszufinden, ob selbst solche Stars wie sie Cellulitis hatten. Juliette antwortete: Ja, Chiara habe wie immer recht. Und ja, sie würde die Schenkel von Sarah Lamour fotografieren, sollte sie ihr begegnen. Allerdings war sie sich ziemlich sicher, dass Sarah Lamour keine Spur von Cellulitis hatte. Und ja, Caroline war eine *prostituta,* und es geschah ihr nur recht, dass sie drei Kilo zunahm, sobald sie einen Schokoladenkuchen auch nur ansah.

Juliette hatte eine neue Anfrage für ein Abendbüfett erhalten, dazu eine lange E-Mail von ihren Eltern, die ihr auftrugen, besser nicht zu tauchen, nicht in ein Boot zu steigen und nur im Pool zu baden. Sie fragten, ob Juliette geistesgegenwärtig genug gewesen sei, Konserven aus Frankreich mitzunehmen, damit sie nicht an einer Nahrungsmittelvergiftung zugrunde gehen musste. Darüber hinaus hatte Juliette erneut eine E-Mail von Christelle Crogue erhalten, die sie nochmals bat, schnellstmöglich mit ihr Kontakt aufzunehmen. Ihr zufolge gab es genügend Anhaltspunkte, die bewiesen, dass man sie grundlos zur Kündigung gezwungen hatte. Juliette antwortete mit nur zwei Zeilen: Sie wisse schon lange, dass man sie grundlos zur Kündigung gezwungen hatte – und dass sie gerade Urlaub mache. Immerhin gab sie ihre Handynummer an und schrieb Christelle, sie könne sie gern anrufen, sobald sie wieder in Frankreich sei. Wer weiß, vielleicht renkte sich bei ihrer Rückkehr alles wieder ein. CleanOffice würde begreifen, dass diese blöde Spesenabrechnung nur ein Missverständnis gewesen war, und sie wieder einstellen. Sonderbarerweise bescherte ihr dieser Gedanke eher Angst als Genugtuung.

Diejenigen, die sich für ihren Cateringservice interessierten, baten um Informationen über Preise und Menüs und um präzise Kostenvoranschläge. Sie öffnete eine Word-Datei und listete alle Rezepte auf, von denen sie sicher war, dass sie ihr jederzeit perfekt gelangen. Jedes Menü erhielt einen hübschen Namen, und sie sortierte sie nach Kategorien, dann schickte sie die Liste an ihre zukünftigen Kunden. Wie im Flug waren drei Stunden vergangen. Sie hatte nicht einmal bemerkt, dass die Taucher bereits von ihrem Ausflug zurückkamen. Eine weitere Stunde verbrachte Juliette mit dem Studium der Verfahren für die Gründung eines Einpersonenbetriebs und notierte ihre Ideen auf einen Zettel. Ja, warum sollte sie nicht wenigstens versuchen, einen Partyservice aufzuziehen? So kompliziert schien das Ganze gar nicht zu sein. Sie würde trotzdem gleichzeitig einen Job suchen, doch bis sie den fand, konnte sie – und dann auch richtig – ein paar Abende organisieren und damit Geld verdienen. Gegen sechzehn Uhr stellte sie fest, dass sie wieder gehörigen Hunger hatte. Noch einmal cremte sie sich mit Schutzfaktor hundert ein und ging, *Anna Karenina* unter dem Arm (sie war in der Mitte von Seite acht), zur Strandbar, wo sie einen Saft und einen Teller Pommes bestellte.

Als sie gerade den letzten Bissen verspeist hatte und auf Seite neun ihres Buchs angelangt war, tauchte Mark auf, zwei Masken, zwei Schnorchel und vier Schwimmflossen in den Händen.

»Lust auf ein bisschen Schnorcheln?«

»Du bist wirklich immer in Aktion!«, stellte Juliette ohne aufzublicken fest.

»Wenn nicht, sterbe ich vor Langeweile. Hast du dich hier den ganzen Tag volllaufen lassen, statt zu tauchen?«

»Das ist nur Fruchtsaft, kein Cocktail mit Alkohol«, erwiderte sie und schloss ihr Buch. »Darf ich dich daran erinnern, dass ich gestern fast an einem Sonnenstich gestorben bin?«

Er lachte:

»Du scheinst in blendender Verfassung zu sein. Was hast du heute gemacht? Gegen Mittag habe ich in deinem Bungalow vorbeigeschaut, aber du warst nicht da.«

Sie freute sich, dass er sie gesucht hatte. Sie packte ihre Sachen zusammen und folgte ihm. Unterwegs erzählte sie ihm von ihrem Tagwerk. Er beglückwünschte sie zu ihren Recherchen und riet ihr, Christelle Crogue einfach abzuservieren. Es war schon merkwürdig, wie leicht alles zu sein schien, wenn er da war, und wie kompliziert es für sie im Alleingang war.

Sie erreichten das Ufer, und als Mark sich auszog, begutachtete Juliette neugierig Marks Oberkörper. Er bemerkte ihre Blicke, und ein belustigter Funke glomm in seinen dunklen Augen auf. Juliette fiel wieder ein, dass er sich geweigert hatte, sie zu küssen, als sie ihm dazu die Gelegenheit gegeben hatte, und errötete unter ihrem Sonnenbrand. Er reichte ihr sein T-Shirt.

»Hier, zieh das an, mit der Sonnenspiegelung im Wasser verbrennst du sonst trotz Schutzcreme.«

Sie bedankte sich. Er machte sich nicht mehr die

Mühe, seine bereits gebräunte Haut einzucremen. Sie zogen ihre Schwimmflossen an, setzten Masken und Schnorchel auf und gingen ins Wasser. Ihre Sachen ließen sie am Strand liegen. Schon in einem Meter Tiefe konnten sie kunterbunte Fische und kleine Schalentiere bestaunen. Sie schwammen schweigend bis zum Korallenriff. Mark wies mit dem Finger auf sonderbare Lebewesen. Oft entfernte er sich von ihr, tauchte tiefer, um dunkle Nischen zu untersuchen. Juliette blieb an der Wasseroberfläche, atmete so regelmäßig wie möglich durch ihren Schnorchel und betrachtete die Fauna von Weitem. Als sie gerade einen Clownfisch untersuchte, fasste Mark sie bei der Hand. Überrascht wandte sie sich um. Ohne den Kopf aus dem Wasser zu heben, legte er einen Finger auf seinen Mund und gab ihr mit dem Handzeichen zu verstehen, dass alles okay sei, was Juliette erwiderte. Mark machte sie jetzt auf einen Schatten ein paar Meter von ihnen entfernt aufmerksam. Das Tier hatte zwei Rückenflossen und zwei kleine schwarze Pupillen, tief eingelassen in dicke graue Haut. Juliette riss die Augen auf. Sie waren kaum fünfzig Meter vom Strand entfernt, und doch befand sich hier ein Hai. Juliette klammerte sich an Marks Hand. Der Hai schien sich für die beiden nicht weiter zu interessieren. Er warf ihnen einen knappen, hochmütigen Blick zu und schwamm weiter. Um keinen Preis hätte Juliette Marks sichere Hand losgelassen. Als er sah, dass sie nicht vor Angst panisch wurde, wollte er sich dem Hai nähern, aber Juliette schüttelte den Kopf. Er verstand und blieb bei ihr. Nebeneinander warteten sie, bis der Hai seiner Wege gezogen war, steuerten dann, immer noch Hand in Hand, wieder das Ufer an und beobachteten die kleinen Fische auf dem Sandboden, die zwischen Algen und Korallen umherschwammen. Innerlich beglückwünschte sich Juliette, der Gefahr mit so viel Gelassenheit begegnet zu sein. Doch in Wirklichkeit war diese Ruhe nur eine Lähmung aufgrund heller Panik gewesen. In ihrem Schädel brodelte eine Hysterie, die einem Film von Hitchcock würdig war. Hauptsache, Mark glaubte, sie habe ihre Angst vor Haien wie eine verantwortungsbewusste Erwachsene überwunden, und sie ließ ihn gern in diesem Glauben. Er hielt weiterhin ihre Hand, bis sie das Ufer erreichten und die Köpfe aus dem Wasser streckten. Insgeheim hatte sie gehofft, dass er sie wieder bei der Hand nehmen würde, wenn sie erst den Strand entlangliefen, doch ihre Hoffnung wurde enttäuscht. Sie sammelten ihre Sachen ein, das Salzwasser troff von ihren Körpern, und ihre Gesichter waren von den Masken mit roten Kringeln gezeichnet und voller Sand und Meersalz. Die Sonne senkte sich am Horizont, und Juliette hatte Gänsehaut. Mark musterte sie eingehend. Sie zog den Pareo über ihre Brust und hatte den Eindruck, ihr Badeanzug sei plötzlich transparent geworden.

»Ich gehe duschen«, sagte sie.

Er fixierte sie weiterhin, und sie errötete.

»Wollen wir zusammen Abend essen?«

Sie senkte den Kopf und tat so, als würde sie den feuchten Sand von den Schwimmflossen klopfen.

»Warum nicht? Ich bin in einer Stunde fertig.«

Er nahm ihr die Flossen ab.

»Lass gut sein! Ich bringe sie zurück. Dann sehen wir uns um zwanzig Uhr im Restaurant. Okay?«

Juliette dankte ihm und ging schnellen Schrittes davon.

29.

Eins zu null für Mark gegen Nicolas, Ball im Tor

Unter der Dusche kontrollierte Juliette, ob ihre Beine korrekt enthaart waren. Auf den ersten Blick schienen sie ganz passabel, aber wenn sie mit der Hand über das Schienbein fuhr, piekten die Stoppeln. Also zog sie ihren Notfall-Rasierer hervor. Besser, sie war für alle Fälle gewappnet. Sie cremte ihren ganzen Körper mit Kokosöl ein, parfümierte sich und zog Unterwäsche an, die erstens aufeinander abgestimmt, zweitens aus Spitze und drittens schwarz war. Natürlich hatten diese Vorbereitungen absolut nichts mit dieser angenehmen, leicht elektrisierenden Wärme zu tun, die sie jedes Mal in der Magengegend spürte, wenn sie an den Augenblick dachte, als Mark ihre Hand genommen hatte. Sie wählte ein rotes Kleid mit weitem Rückenausschnitt. Sie hatte in der *Grazia* gelesen, dass eine Frau in Rot zwanzigmal anziehender auf Männer wirkt. (Auch auf Stiere übrigens! Eine interessante Analogie, die jedoch in der Zeitschrift nicht aufgegriffen worden war.)

Nein, sie hatte absolut nicht die Absicht, Mark zu verführen, sie wollte sich nur hübsch fühlen. Sie machte

Urlaub und durfte sich ja wohl auch ein wenig amüsieren. Ein kleiner Flirt konnte nicht schaden, und es würde Nicolas Beine machen, sie so sexy das Restaurant betreten zu sehen.

Ihr Abendessen am Strand bei Sonnenuntergang und Kerzenschein wurde vom Rauschen der Wellen begleitet. Endlich war Mark ein wenig ernsthafter als sonst, und Juliette fragte ihn nach seiner Kindheit. Er war in New York geboren, und sein Vater hatte im Finanzwesen gearbeitet, bis er sich durch ein Fehlinvestment ruinierte. Seine Mutter – treu verheiratet in guten wie in schlechten Zeiten, allerdings nur unter der Bedingung, dass ihr Ehemann reich blieb – hatte es unter diesen Umständen vorgezogen, ihre Koffer zu packen und Mann und Kind zu verlassen. Völlig mittellos kamen Mark und sein Vater nach Paris. Von nun an setzte der Junge fast bis ins Erwachsenenalter alles daran, zunächst in der Schule sein Bestes zu geben, um dann genügend Geld zu verdienen, damit seine Mutter zurückkam und wieder mit ihnen zusammenlebte. Aber sie hatte nie mehr von sich hören lassen. Er beendete sein Studium am Polytechnikum in Paris und machte seinen MBA in Harvard. Juliette und er entdeckten ihre gemeinsame Leidenschaft für die *Fünf-Freunde*-Geschichten und das *Dschungelbuch*. Juliette erzählte Mark, dass sie bis zu ihrem vierzehnten Geburtstag nicht allein zur Schule gehen durfte, und von den Sommerferien bei Omi Jackie. Die Zeit verstrich wie im Flug: Die beiden unterhielten sich, während die anderen Leute kamen, aßen und gingen, ohne dass ihnen deren Gegenwart oder Abwesenheit aufgefallen wäre.

Als die Kerzen auf den leeren Tischen nach und nach erloschen, schlug Mark Juliette einen Spaziergang am Strand vor. Sie hoffte, er würde ihre Hand nehmen, aber er sprach nur von seiner ersten Firma und von seinen Reisen. Nicht, dass sich Juliette langweilte, im Gegenteil, aber sie dachte an das vergeblich aufgetragene Kokosöl und das unnütze Make-up, an ihre Unterwäsche, die niemand sehen würde, und zu ihrer guten Laune gesellte sich ein wenig Enttäuschung. Sie hatten so viel Zeit miteinander verbracht, da musste doch irgendetwas geschehen, oder nicht? Er würde sich doch hoffentlich nicht wegen dieser Hochzeitsreise ohne seine Ex-Zukünftige, die ihn mit einem anderen Typen betrogen hatte, einen kleinen romantischen Flirt im Ausland entgehen lassen! Auch ihr Herz war gebrochen, aber das würde sie nicht davon abhalten, mit Mark zu schlafen. Er schien ihre sehnsüchtigen Blicke falsch zu interpretieren, ebenso wie den etwas unglücklichen Fußtritt vorhin unter dem Tisch, der eigentlich einen Kontakt ihres nackten Beins mit seiner Jeans herstellen sollte. Alles musste sie selbst machen! Sie tat so, als stolpere sie im Sand, verrenkte sich bei diesem Manöver tatsächlich den Knöchel, und konnte sich gerade noch an Marks Arm festhalten. Damit sie nicht hinfiel, musste er sie wohl oder übel auffangen und ihre Hand nehmen. Endlich! Sie klammerte sich an diese Hand, die er ihr kommentarlos überließ. Er fragte lediglich, ob sie sich wehgetan habe. Sie war blass geworden und versicherte, dass es ihr gut ging, allerdings musste sie sich konzentrieren, um nicht zu hinken.

Sie hatte ihn zum Lachen gebracht, aber sie wusste nicht mehr so recht, womit, und er drehte sich zu ihr um. Die Lichter des Hotels beleuchteten den Strand kaum noch, und die Geräusche in der Ferne drangen nur gedämpft zu ihnen herüber. Es war eine heiße Nacht. Das Meer lag dunkel ein paar Meter von ihnen entfernt. Trotz der Finsternis sah Juliette, wie zwei kleine Flämmchen in Marks Augen aufglühten. Stille umhüllte sie, und plötzlich nahm sie seinen Geruch wahr, den Geruch nach Kernseife und warmem Sand. Er legte seine Hand um ihre Taille und zog sie in aller Ruhe an sich. Ohne den Blick von ihrem Gesicht zu wenden, schob er seine Hand in ihre Locken. Sie spürte Panik aufsteigen und hoffte, er würde sie sofort küssen, um endlich diese Zweifel loszuwerden. Sie war nicht mehr an erste Küsse gewöhnt und wusste überhaupt nicht mehr, wie das ging. Mark schloss seine Hände um Juliettes Gesicht, und durch den warmen Kontakt auf ihrer Haut verschwanden alle ihre Ängste. Sie hatte den Kopf zurückgelegt. Er lächelte und beugte sich über sie, selbstsicher, und küsste sie langsam und bedächtig. Sie spürte, wie sich die Wärme seines Körpers auf ihren übertrug, und wusste nicht mehr, wie ihr geschah. Alles drehte sich.

Er hielt sie noch fester. Seine Hände glitten von ihrem Nacken bis zu ihrer Taille. Sein Atem ging schneller, dennoch machte er sich plötzlich los, und sie stand schwankend und mit feuchten Lippen da. Er nahm ihre Hand und zog Juliette schweigend zu seinem Zimmer. Mehrmals blieb er stehen, küsste sie immer heftiger, immer leidenschaftlicher. Sie fühlte sich von ihm angezogen wie eine Schraube von einem Magneten. Angezogen von seiner warmen Kraft. So sehr, dass sie sich nicht von ihm lösen konnte. Er schloss die Tür und legte Juliette aufs Bett, seine Lippen lösten sich keine Sekunde von ihren. Verwirrend routiniert streifte er ihr das Kleid ab und ließ es zu Boden gleiten, während sie sein Hemd aufknöpfte und sich an seinem Gürtel einen Fingernagel abbrach. Er lachte, er roch so gut, und seine Haut schmeckte salzig. Jetzt vergaß sie Sonnenbrände, Insekten, Krankheiten, Malaria, das Meer und sogar Nicolas. Marks Hände waren stark und dennoch sanft auf ihrer Haut. Mit weit geöffneten Augen sahen sie einander an. Das Licht war ihr egal, es war ihr egal, ob sie zu dick war oder nicht, ob sie korrekt enthaart war, was er wohl über ihren Hintern, ihre Brüste oder ihre Füße denken mochte. All das bedeutete nichts mehr. Sie konnte sich ihm ganz hingeben und verstand nun, warum die Schauspielerinnen in den Filmen so stöhnten, warum sie sich wie im Fieberwahn im Bett hin und her wälzten. Weil die Schauspielerinnen nicht mit Typen wie Nicolas, sondern mit Typen wie Mark schliefen.

30.

Nutz die Gelegenheit zum Tauchen…, drei Auslassungspunkte

Juliette erwachte mit einem Lächeln auf den Lippen. Die Sonne schien durch das offene Fenster, eine leichte Brise spielte mit den Gardinen. Reflexartig streckte sie den Arm zum zweiten Kopfkissen aus. Das Bett fühlte sich an dieser Stelle kalt an. Der Platz neben ihr war leer. Sie warf einen Blick auf die Uhr, es war bereits nach elf! Ein Vöglein zwitscherte auf der hölzernen Fensterbank, und sie hörte das Rauschen der Wellen auf dem warmen Sand. Mark war weder im Zimmer noch im Bad. Sie wartete eine Viertelstunde – vielleicht hatte er eine kleine Morgenrunde gedreht –, aber als er nicht zurückkehrte, zog sie sich rasch an und machte sich auf die Suche nach ihm.

Sie fand ihn weder im Restaurant noch im Tauchklub. Etwas ärgerlich über seine Abwesenheit fragte sie an der Rezeption, ob eine Nachricht für sie da sei. Unter dem neugierigen Blick des Angestellten errötete Juliette. Kommentarlos zog er einen weißen Umschlag aus einem Fach hinter sich und reichte ihn ihr. Sie riss ihn auf und fand ein gefaltetes Blatt, auf dem nur zwei in aller Eile mit einem schwarzen Kuli aufs Papier gekritzelte Zeilen standen:

»Muss etwas in Malé besorgen, wollte dich nicht wecken. Viel Spaß beim Tauchen … M.«

Juliette stand wie erstarrt an der Rezeption, Opfer des Widerstreits ihrer Gefühle. Etwas besorgen? Er hatte mit ihr geschlafen, dreimal sogar, und trotzdem schlich er einfach wie ein Dieb davon, weil er etwas »besorgen« musste? Er hätte es ihr doch sagen oder zumindest eine Nachricht im Zimmer hinterlassen können. Und warum musste er es so kurz und nüchtern formulieren? Nach dieser Nacht wäre es doch das Mindeste gewesen, sich für den überstürzten Aufbruch zu entschuldigen. War es denn so schwierig, ein verbindliches Wort einzufügen wie »Diese Nacht war großartig, ich danke dir«? Vielleicht wäre ein solcher Zusatz für Mark ein wenig zu sehr *Vom Winde verweht*. Nun gut, aber musste er sich dann wie in einer professionellen E-Mail ausdrücken? Ein »Ich umarme dich« hätte gereicht, aber mit »Kuss« oder einfach »X« wäre sie auch zufrieden gewesen. Und dann diese Auslassungspunkte! Gab es etwas zwischen den Zeilen zu lesen, das sie nicht kapiert hatte? Entging ihr hier eine unterschwellige Nachricht, die sie interpretieren musste?

Der Angestellte musterte mitleidig die stirnrunzelnde Juliette.

»Ist das alles?«, fragte sie.

»Er ist überstürzt aufgebrochen. Er hat heute Morgen in aller Frühe einen Anruf bekommen. Ich hatte ihm daraufhin eine Nachricht unter der Tür durchgeschoben. Zehn Minuten später kam er an die Rezeption und rief zurück.

»Was war denn mit diesem Anruf?«

»Ich glaube, es waren schlechte Nachrichten, seinem Gesicht nach zu urteilen ... Das Schiff nach Malé wollte gerade ablegen, und er ist noch rasch hineingesprungen. Zeit für eine längere Nachricht hatte er gar nicht.«

Juliette lächelte den Rezeptionisten charmant an.

»Und hat die Person, die angerufen hat, zufällig ihren Namen hinterlassen?«

Der Angestellte schluckte, zögerte, aber seine Freude am Tratsch war dann wohl doch stärker als seine Professionalität.

»Sie hat ihren Namen nicht genannt ... Leider kann ich Ihnen nicht mehr sagen, sonst bekomme ich Probleme.«

Juliette fragte nicht weiter nach und bedankte sich. Es wurde wirklich langsam Zeit, dass sie aufhörte, Detektivin zu spielen, sobald sie Probleme mit einem Mann hatte. Sie ging forschen Schrittes zu ihrem Bungalow zurück, nahm ihr Strandtuch und beschloss, sich keine Gedanken zu machen. Sie würde mit dem schönen Kurt tauchen, und alles wäre gut. Mit Mark hatte sie ja nur geschlafen, um sich einen kleinen Urlaubsflirt zu gönnen. Sollte er doch nach Malé fahren und eine andere Frau treffen, wenn es ihm Freude machte, das konnte ihr doch völlig schnuppe sein!

Nur war es ihr eben überhaupt nicht völlig schnuppe. Um die Mittagszeit hatte sie immer noch keine Nachricht von Mark. Je mehr Stunden verrannen, desto mehr Sorgen machte sie sich. Unter keinen Umständen wollte sie am Anlegesteg auf die Schiffe aus Malé warten. Um ihren Nachmittag auszufüllen, nahm sie eine weitere Stunde Tauchunterricht. Mehrmals war sie versucht, den Kopf aus dem Wasser zu stecken, um zu sehen, ob Mark nicht inzwischen angekommen sei, und Kurt warf ihr später ihre Unkonzentriertheit vor. Als der Kurs endlich beendet war und sie wieder an Land gingen, zog sie so hektisch ihre Maske herunter, dass sie sich ein kleines Büschel Haare ausriss, das sich im Gummi verhakt hatte, was ihre Laune noch tiefer sinken ließ. Kurt eilte ihr zu Hilfe, als er sah, wie sie sich mit ihrer Ausrüstung abquälte.

»Bist müde, Juliette. Ich wegräume Material.«

Juliette verneinte. Sie musste lernen, die Flaschen selbst auseinanderzunehmen und wieder zusammenzubauen. Sie wollte ihren PADI schaffen! In ihrem Zustand schien der Gedanke, Tauchlehrerin auf einer einsamen Insel zu werden, eine vielversprechende Perspektive zu sein. Sie riss sich die Flasche und die Weste vom Leib und klatschte den Tauchanzug in die Süßwassertonne, sodass der Verantwortliche des Klubs entsetzt aufblickte und sich sichtlich Sorgen um seine Ausrüstung machte. Kurts entschuldigender Gesichtsausdruck nervte sie, auf sein Mitleid hatte sie überhaupt keine Lust. Sie räumte schweigend ihre Sachen auf, verabschiedete sich und ging so schnell wie möglich davon. Auf dem Weg zurück klopfte sie an Marks Tür, aber niemand öffnete. Es war schon nach siebzehn Uhr, und ihre Hoffnung schwand. Wieder einmal hatte sie sich einwickeln lassen wie eine dumme Gans. Traurig und resigniert ging sie zurück in ihre eigene Hütte.

Im Restaurant fühlte sie sich zwischen den verliebten Pärchen ebenso fremd wie ein Weihnachtsbaum in einer Sonnenblumenplantage. Sie tat so, als würde sie Nicolas und Caroline nicht sehen, die sich Hand in Hand zu einem Tisch so weit entfernt wie möglich von Juliette begaben. Alle hatten mit Sicherheit gesehen, wie sie gestern gemeinsam mit Mark zu Abend gegessen hatte, wie sie sich geküsst hatten und gemeinsam gegangen waren. Sie musste als alte Jungfer durchgehen, die nur auf die Malediven gekommen war, um einen armen Kerl anzumachen, der gerade seine Verlobung gelöst hatte. Eines war jedenfalls sicher, er konnte lange warten, bis sie ihm verzieh. Da konnte er bitten und betteln, sie würde sich nicht erweichen lassen und nie wieder mit ihm sprechen. Dann würde sie ihren Urlaub eben allein verbringen und mit Kurt tauchen. Sollte Mark doch im Tiefenrausch sterben! Letzteres war wenig wahrscheinlich, da sich Mark offenbar abgesetzt hatte. Gegen einundzwanzig Uhr war sich Juliette definitiv sicher, dass er lieber mit fliegenden Fahnen abgehauen war, als noch eine Minute länger mit ihr zu verbringen, genauso wie Nicolas, der lieber mit seiner Jugendfreundin schlief, als Juliette zu heiraten.

»Hallo, Juliette!«

Als wäre nichts geschehen, legte Mark ihr die Hände auf die Schultern, gab ihr einen Kuss auf die Wange, setzte sich ihr gegenüber und faltete mit solcher Natürlichkeit seine Serviette auseinander, dass es Juliette die

Sprache verschlug. Er trug ein geschmackloses, zerknittertes, grün kariertes Hemd, was gar nicht zu ihm passte, und wirkte zerknirscht.

Sie nahm sich vor, ihm nicht zu antworten. Er griff nach ihrer Hand, sie entzog sie ihm. Er schaute sie verständnislos an. Als er ein kleines Päckchen aus der Tasche zog, wirkte er fast schüchtern.

»Hier, das habe ich dir mitgebracht.«

Sie war unschlüssig, hin- und hergerissen zwischen Wut und Neugier. Sie musste zugeben, dass er nicht gerade wirkte, als hätte er ein Liebesabenteuer hinter sich, er sah eher traurig und müde aus. Schließlich ergriff sie das Päckchen, schaute ihn dabei jedoch so kalt wie irgend möglich an. Sie wickelte es aus, und in ihrer Hand lag eine Kette mit kleinen braunen und orangefarbenen Perlen, die im Kerzenschein schimmerten. Sicher hätte sie besser daran getan, Mark die Kette ins Gesicht zu schleudern, aber dafür war sie viel zu hübsch. Mark erhob sich, umrundete den Tisch, hob ihre dunklen Locken hoch und legte das Schmuckstück um ihren Hals. Sie wollte protestieren, aber er drückte einen Kuss auf ihre Schulter und ging zurück an seinen Platz. Sie brachte lediglich ein Danke heraus.

Er zwinkerte ihr zu, griff wieder nach ihrer Hand und streichelte sie zärtlich.

»Ich dachte mir, dass diese Kette wunderbar zu deiner zweifarbigen Bräunung passt.«

Schweigen. So leicht würde er sich nicht aus der Affäre ziehen können.

»Wo warst du?«, fragte sie.

»In Malé. Warum fragst du? Haben sie dir meine Nachricht nicht gegeben?«

»Doch. Was hast du denn in Malé gemacht?«

Er zögerte, und sein Blick wurde finster.

»Ich musste ein Problem regeln.«

Sie antwortete nicht, fühlte sich aber zu schwach, um ihre Hand fortzuziehen. Sie hätte ihm nie vertrauen sollen, sie kannte ihn doch gar nicht. Sogar Nicolas hätte sie nicht vertrauen dürfen, und dabei hatte sie jahrelang mit ihm zusammengelebt … Mark beugte sich zu ihr hinüber und blickte ihr tief in die Augen, seine warmen Hände glitten ihre nackten Arme nach oben und legten sich besitzergreifend auf ihre Schultern. Plötzlich fand sie ihre Idee, den roten Wonderbra anzuziehen, doch gar nicht so schlecht.

»Hast du noch Hunger?«, fragte er.

Ihr Teller war noch ziemlich voll, aber sie schüttelte den Kopf. Er erhob sich, umschloss fest ihre Hand und sagte zur erstaunten Kellnerin:

»Die Rechnung geht auf Bungalow acht.«

Kaum hatte sich die Tür seines Bungalows hinter den beiden geschlossen, lag Juliettes Sommerkleid auch schon auf dem Boden. Als er Juliette hochhob, um sie ins Bett zu tragen, und seinen Kopf an ihrem Hals vergrub, sagte sie sich, dass sie lieber später über diese Geschichte mit der Besorgung in Malé nachdenken wollte. Jetzt waren andere Dinge wichtiger.

31.

Angstschweiß

Wie hatte sie nur so dumm sein können? Bei all dem Pech, das sie in letzter Zeit gehabt hatte? Das geschah ihr ganz recht. Hätte sie in dieser Woche doch wenigstens einen Blick in ihr Horoskop geworfen! Sie würde ja sehen, was sie davon hatte, wenn sie sich wie eine arme verliebte Irre benahm, die die drohenden Gefahren einfach übersah. Das wäre ihr sicherer Tod. Das würde ihr ihre Mutter nie verzeihen und sie enterben. Das sah ihr ähnlich! Sie war durchaus in der Lage, selbst eine Tote zu enterben! Juliette wollte um Hilfe rufen, doch als sie den Mund öffnete, überrollte sie eine Welle, und sie schluckte einen guten Liter Salzwasser. Halb erstickt an ihrem eigenen Schrei, winkte sie erfolglos in die Richtung des sich entfernenden Schiffs.

Mark steckte den Kopf aus dem Wasser. Sie hasste es, wenn er ohne Sauerstoffgerät tief tauchte, um den Boden zu erforschen. Sie fürchtete, er könne nicht mehr genügend Luft zum Aufsteigen haben. Er nahm die Maske ab.

»Was machst du für ein Gesicht? Wo ist das Schiff?«

»Weggefahren …«

Nach einem kurzen Schweigen grinste Mark beruhigend.

»Macht nichts, dann schwimmen wir eben.«

»Schwimmen? Aber hast du denn die leiseste Ahnung, wo sich das Hotel befindet?«

»Erinnerst du dich noch an das letzte Hotel, an dem wir vorbeigekommen sind, bevor wir hier gehalten haben, das Hotel mit den Bungalows auf Pfählen?«

»Ja«, sagte Juliette, etwas erleichtert angesichts seiner Gelassenheit.

»Das ist die nächste Insel. Wir schwimmen zurück, mein Kleines.«

Die Sonne ging unter, eine leichte Brise kam auf, und das normalerweise transparente und lauwarme Wasser zeigte sich von einer weniger freundlichen Seite. Das Meer war wie ein dunkles, endlos weit gespanntes Laken, hier und dort von ein paar kleinen boshaften Wellen zerknittert. Das Geräusch des Schiffsmotors war am Horizont verklungen, und sie hörten nur noch das Wasser plätschern. Objektiv betrachtet war die Lage katastrophal, aber Mark hatte sie »mein Kleines« genannt. Unter diesen Umständen konnte sie gut und gern enterbt und von Haien gefressen werden, das alles hatte nun überhaupt keine Bedeutung mehr.

Drei Tage waren seit dem geheimnisvollen Ausflug von Mark nach Malé vergangen. Seither waren sie ständig zusammen gewesen, bis auf die Zeit, in der Juliette ihren Tauchkurs bei Kurt hatte. Wie alle anderen Paare der Insel lebten auch sie nun in einer Art unsichtbarer

Blase des Glücks. Wie alle anderen liefen sie Hand in Hand und mit beseeltem Lächeln den Strand entlang, schliefen und lasen (Juliette hatte sich tatsächlich bis auf Seite zwölf von *Anna Karenina* gequält, aber da bis dorthin immer noch nichts passiert war, gab sie es schließlich ganz auf), aneinandergeschmiegt in einer knarzenden Hängematte, die am Vortag unter ihrem Gewicht gerissen war. Sie verbrachten ihre Zeit mit Unterhaltungen, viel Gelächter bis tief in die Nacht und hatten natürlich zu jeder Tages- und Nachtzeit Sex. Sie hatten mindestens achthundertzweiundneunzigmal miteinander geschlafen. Immer seltener dachte Juliette an Nicolas und Caroline. Sie waren sich zwei- oder dreimal begegnet und hatten sich kühl gegrüßt, wenn es nicht anders ging. Einen Augenblick lang bekam die schützende Blase einen Riss, und Juliette fühlte sich elend und verletzlich. Mark legte dann den Arm um sie, und schon war ihr Kummer verflogen.

Am Morgen hatte Mark entschieden, einen Ausflug zu machen. Seiner Meinung nach konnte man kein Land kennenlernen, wenn man nur in seinem Fünfsternehotel hockte. Also konnten sie gut und gern ein paar Stunden ihr Paradies verlassen und eine Entdeckungstour machen. Juliette hatte deshalb heute ihren Tauchkurs abgesagt, und schon im Morgengrauen brachen sie in einem Schiff mit Glasboden und fünfundzwanzig weiteren Touristen zu einer benachbarten Insel auf. Sie waren über den dortigen Markt geschlendert, und Mark hatte bei einem kleinen Mädchen, das auf dem Verkaufstisch stehend Fisch anpries, ein Kilo Sardinen erstanden. Juliette probierte indessen Dutzende bunter Kleider an, inmitten von Rufen, Gelächter und dem Duft nach gegrilltem Fleisch, und schließlich hatte sie verschiedene Sorten Gewürze gekauft, die eine alte Frau mit runzligem Gesicht sorgfältig in bunte Stoffsäckchen verpackte. Mark hänselte Juliette, sie habe nicht genug um den Preis gefeilscht und sich wie eine Touristin über den Tisch ziehen lassen.

Als sie später in einem Restaurant einkehrten, schenkte Mark dem Küchenchef die Sardinen aus Dank für das ihnen servierte Essen. Seines war derart scharf gewürzt, dass Mark eine gute Stunde lang schwitzte und dabei rot wie eine Tomate wurde, was Juliette ziemlich lustig fand. Der Tag war perfekt gewesen, ebenso wie alle vorangegangenen Tage, allerdings nur bis zur Rückfahrt.

Der Skipper des Dampfers mit dem Glasboden, ein rundlicher Engländer im Rentenalter, hatte ein Bier nach dem anderen in sich hineingeschüttet, als sei es Wasser, und stand vor Lachen wiehernd am Steuerruder. Er schlug vor, eine halbe Stunde auf hoher See zu ankern, damit die Touristen ein von vielfarbigen Korallen überwuchertes Schiffswrack besichtigen konnten. Alles drängte sich um den ziemlich schmutzigen Glasboden ohne jedoch etwas erkennen zu können, und die Urlauber baten um die Erlaubnis, ins Wasser springen zu dürfen. Der Skipper hatte eingewilligt, aber nur unter der Bedingung, dass sich niemand zu weit vom Boot entfernte und alle binnen fünfzehn Minuten zurückkamen. Mark hatte ohnehin geplant, irgendwo schnorcheln zu gehen, und die Ausrüstung mitgebracht, die er nun aus seinem Rucksack zauberte, und er war mit Juliette ins Wasser gesprungen.

Das Wrack interessierte ihn zwar auch, doch dann war er einer Wasserschildkröte hinterhergeschwommen. Er hatte sich ziemlich weit vom Schiff entfernt, und Juliette war ihm gefolgt. Jetzt trieben sie plötzlich allein mitten im Meer und mussten zusehen, wie sich der Dampfer entfernte. Der verantwortungslose Skipper hatte seine Gruppe offenbar nicht durchgezählt. Er mochte einen Blick aufs Meer geworfen haben, aber vielleicht waren die Schnorchel von einer Welle verdeckt gewesen. Jedenfalls hatte sie der Mann nicht gesehen und war einfach ohne sie losgefahren.

Mark lächelte ermutigend, ein Zeichen, dass für ihn alles ganz in Ordnung war, nur eine Kleinigkeit schien ihn doch zu beunruhigen.

»Weißt du, in welche Richtung wir schwimmen müssen?«, fragte Juliette.

»Ja, und mach dir keine Sorgen, es ist nicht besonders weit.«

Juliette fror, schwamm jedoch in langen Zügen. Regelmäßig blickte sich Mark nach ihr um, um sicherzugehen, dass sie ihm folgte, und munterte sie auf. Sie biss die Zähne zusammen, sagte, es sei alles okay, und schwamm weiter. Sie hatte Gänsehaut. Es wurde immer dunkler. Kurt hatte ihr vom Nachttauchen erzählt, und sie dachte an seine Beschreibungen von Riesenmuscheln und unerwartet aus der Finsternis auftauchenden Muränen. Ihr war, als schwämmen sie seit einer Stunde oder mehr, aber Mark versicherte ihr, dass sie nicht einmal fünfundzwanzig Minuten unterwegs seien. Von der Insel war immer noch nichts zu sehen. Juliette bekam Hunger. Doch jetzt war nichts wichtiger, als zu schwimmen, sie konzentrierte sich nur noch auf ihre Bewegungen. Trotzdem wurde sie müde und spürte, wie sich ihr Wadenmuskel verkrampfte. Ihr erschien das Wasser immer zähflüssiger und immer schwerer zu trennen. Sie schwammen nun schon zu lange im kalten Meer. Sie hatte eine schlimme Vorahnung und sagte zu Mark, dass sie sicherlich ertrinken würden und sie sich nie um ihr Testament gekümmert habe. Als Antwort auf diese dramatische Bemerkung hielt er lediglich ein Lächeln für passend. Er erwiderte, dass sie nicht sterben würde, sondern jetzt nur ein wenig Sport treiben müsse. Aber wirklich überzeugt klang er nicht.

Bei einer falschen Bewegung schluckte sie Meerwasser, das in ihrem Hals brannte. Mark kam zu ihr zurück, hielt sie an den Schultern fest und zeigte ihr die Lichter am Strand.

»Siehst du, Juliette, nur noch eine letzte Anstrengung, dann haben wir es geschafft.«

»Du bist wirklich leichtsinnig«, schimpfte sie.

Juliette war erschöpft.

Zug um Zug quälte sie sich durchs Wasser.

Die Insel rückte näher. In der Nacht schienen die Lichter auf dem Wasser zu tanzen, verschwanden und tauchten wieder auf, mal leuchtend hell, mal verschwommen. Juliette dachte an gar nichts mehr. Sie bestand nur noch aus Armen und Beinen, die vorwärtskommen mussten. Sie folgte Mark wie einer Rettungsboje und orientierte sich ausschließlich an seinem hellen Körper im dunklen Meer. Wie viele Schwimmzüge, wie viele Minuten noch? Sie hätte es nicht sagen können, doch dann sah sie, wie Marks Schultern aus dem Wasser aufragten. In dem Augenblick, als Juliette Sand unter den Füßen spürte, fühlten sich ihre Beine wie Spaghetti an. Sie brach zusammen. Mark fing sie auf.

»Nicht jetzt, mein Kleines!«, murmelte er. »Es ist vorbei, wir sind da.«

Sie fragte sich, woher er die Wärme in seiner Stimme nahm. Sie selbst fühlte sich vollständig unterkühlt. Ihr war klar, dass es nicht so kalt sein konnte, immerhin waren sie auf den Malediven, aber die Anstrengung schien jede Wärme aus ihrem Körper verbannt zu haben. Mark trug sie bis zum trockenen Sandstrand. Sie küssten sich, er trocknete ihre Tränen, und sie klammerte sich an ihn wie eine Ertrinkende und als seien sie noch immer im Wasser. Er kicherte und sagte, sie sei verrückt, doch das war ihr egal. Ihr war, als treibe sie auf den Wellen. Der Sand unter ihr bewegte sich wie ein aufgewühltes Meer und schüttelte sie hin und her.

Der Strand gehörte zu einem sehr schönen Hotel. Rote Laternen an den Strohdächern schwankten im Dämmerlicht. Allein diese Beleuchtung schien sie etwas aufzuwärmen. Juliette setzte sich auf das Sofa mit beigefarbenen Kissen an der Rezeption. Irgendjemand brachte ihnen Handtücher. Mark berichtete dem Hotelpersonal von ihrem Missgeschick. Nur ein paar Meter entfernt befand sich das Restaurant, aus dem Lachen, Geplauder und der Duft von gegrilltem Fleisch drang. Mark nannte den Namen ihres Hotels, bat darum, dort anzurufen zu dürfen – was er natürlich durfte –, damit jemand sie abholen kam.

»Hier Mark Lenault, Bungalow acht«, sagte er in den Hörer.

Juliette saß immer noch auf dem Sofa und war nicht mehr in der Lage, auch nur die geringste Anstrengung zu unternehmen, aber plötzlich musste sie lachen. Wie viele Stunden hatten sie gemeinsam in seinem Bungalow verbracht mit Dingen, die sie jetzt noch rot werden ließen – vorausgesetzt, sie hätte zum Erröten noch genügend Hitze parat –, aber auf die Idee, ihn nach seinem Familiennamen zu fragen, war sie noch nie gekommen. Lenault. Diesen Namen hatte sie schon irgendwo gehört. Aber wo? Sie würde Mark bei Gelegenheit fragen, ob er die Leistungen von CleanOffice in Anspruch genommen hatte. Vielleicht war er ja ein Kunde gewesen, dem sie seinerzeit auf dem Gang begegnet war.

Es war zu spät, als dass ihr Hotel noch ein Boot schicken konnte, um sie abzuholen, und Mark buchte ohne Schwierigkeiten in diesem Hotel ein Zimmer für die Nacht. Kaum hatten sie die Tür hinter sich geschlossen, sprangen sie unter die Dusche. Sie blieben so lange unter dem heißen Wasserstrahl, bis Juliette aufhörte, mit den Zähnen zu klappern. Ihr Kopf lehnte an Marks Brust. Er streichelte ihr Haar, ihr Gesicht und murmelte ihr mit seiner tiefen Stimme ins Ohr, dass sie stark und mutig war, und sie beschloss, ihm zu glauben.

Sie bestellten ein Abendessen, bestehend aus allen warmen Gerichten, die sie auf der Menükarte für den Zimmerservice fanden. Juliette war in einen Bademantel eingehüllt, der so dick war wie ein Federbett, und aß ohne schlechtes Gewissen für vier. Sie musste ihrem Körper ja irgendwie die vielen Kalorien, die sie bei ihrem Kampf auf Leben und Tod verbraucht hatte, wieder zuführen. Sie begann mit einer Suppe, die sie eilig schlürfte, schlang einen ganzen Teller mit Pommes hinunter, gefolgt von drei Spießen mit Hühnchen und Salat, begleitet von zwei Gläsern Wein. Jede Speise schien es ihr wert, zwingend und sofort aufgegessen zu werden. Mark betrachtete sie schweigend und, wie ihr schien, voller Wärme. Sie sprachen kein Wort. Das war auch nicht nötig.

Kurz vor dem Einschlafen und beruhigt von Marks Streicheleinheiten, so eng mit ihm verbunden wie eine Schnecke mit ihrem Haus, dachte sie daran, dass sie sich noch nie so wohl und sicher gefühlt hatte wie hier und jetzt, bei ihm, am anderen Ende der Welt, kurz nachdem sie knapp einem entsetzlichen Tod entgangen war – oder, nun ja, zumindest einem ordentlichen Wadenkrampf. Vielleicht sogar nur einem einfachen Krampf. Egal. Sie wäre gern geblieben, so lange wie nur möglich, und niemals mehr heimgefahren.

32.

Sanitas per aquam (Spa)

Juliette ließ sich von einer mit unsichtbarer Harfe gespielten Zen-Musik einlullen. Frische Blumensträuße verströmten ihre Düfte in der entspannten Atmosphäre des hoteleigenen Wellnessbereichs. Eine lächelnde Angestellte servierte Juliette mit gesenktem Blick einen eisgekühlten Ingwertee und bat sie, ihr zu folgen. Juliette legte sich auf einen Massagetisch, der mitten im Garten am Meeresufer stand. Eine leichte Brise streichelte ihre Haut, und das Murmeln des Meeres und das Zwitschern der Vögel schmeichelten ihren Ohren. Sie lag auf dem Bauch und bettete ihren Kopf auf ein Kissen mit Baumwollbezug. Sie schloss die Augen. Sie würde an diesem Nachmittag wieder ins Flugzeug steigen, um nach Paris zu fliegen. Angenehmer hätte sie sich den letzten Tag nicht vorstellen können.

Während sie die junge Frau, die sich als Suha vorgestellt hatte, massierte, wallten Wehmut und Nostalgie in Juliette auf. Die letzten Tage waren einfach himmlisch gewesen! Eine Episode aus der schnulzigen Liebesserie *Schatten der Leidenschaft*. Sie war nicht von Marks Seite gewichen, und er hatte sie sogar bei allen

Tauchstunden begleitet, die sie für ihren PADI absolvieren musste, auch wenn das für ihn, den erfahrenen Taucher, eher langweilig gewesen sein musste. Darüber hatte sie Nicolas fast ganz vergessen, der ein paar Tage zuvor mit Caroline wieder nach Frankreich zurückgekehrt war.

Am Vortag war Juliette offiziell das PADI-Diplom übergeben worden. Mit Champagner hatten sie am Strand ihren Erfolg gefeiert. Sie war so stolz, als hätte man ihr den Orden der Ehrenlegion verliehen. Immer wieder blätterte sie durch das kleine Heft, in dem ihre Taucherfahrungen verzeichnet waren, und strich zärtlich über die amtlichen Stempel auf den leicht von der Feuchtigkeit gewellten Seiten.

Kurt hatte sie in seine muskulösen Arme gezogen, an seine Athletenbrust gedrückt und ihr mit seiner männlichen Stimme versichert: »Ach, Juliette, es war so *marvelous*, mit dich Kurs zu machen. Du bist Taucher von Natur aus. Hoffentlich du kommst nächstes Jahr zum Tauchen mit Haien.«

Timothy tat es ihm gleich, schielte in ihren Ausschnitt und gab zum Besten:

»Das war voll geil, Alte, voll geil!«

Als sie an ihre erste Begegnung mit Mark zurückdachte, musste sie lächeln. Nach dem ersten Eindruck hatte er sich als jemand ganz anderer entpuppt, als es den Anschein hatte. Allerdings sprach er lediglich von der Gegenwart und der allernächsten Zukunft. Juliette hatte keine Ahnung, was aus ihrer Beziehung werden würde, wenn sie wieder in Frankreich waren. In diesen letzten zehn Tagen, in den letzten Monaten, hatte es derartig grundlegende Veränderungen in ihrem Leben gegeben! Trotz ihrer Trauer war sie neugierig auf alles, was sie bei ihrer Rückkehr nach Paris erwartete. Sie würde alles daransetzen, ihr Projekt mit dem Partyservice in die Tat umzusetzen. Das war zwar ziemlich beängstigend, aber warum sollte es nicht klappen?

Nach einer Stunde Massage bat Suha Juliette, sich auf ein Sofa mit Blick aufs Meer zu setzen. Sie brachte ihr Mangosaft und verschiedene Zeitschriften und ging mit zum Gruß aneinandergelegten Händen und den immer noch scheu gesenkten Lidern in ihrem Puppengesicht davon. Juliette seufzte vor Vergnügen und kuschelte sich in die weißen Kissen, dann nahm sie die erste Zeitschrift vom Stapel: die auf vorgestern datierte Nummer von *Gossip*, laut Chiara »die Bibel« unter den People-Magazinen. Von der Titelseite strahlte Sarah Lamour. Juliette bedauerte, die Schauspielerin nicht auf den Malediven gesehen zu haben, vielleicht waren Chiaras Infos nicht richtig gewesen. Sie betrachtete die junge Frau, ihre großen dunkelblauen, sinnlichen Augen und das geheimnisvolle, fast ironische Lächeln auf ihren vollen Lippen. Das Foto war letzten Sommer beim Festival von Cannes aufgenommen worden. Juliette erinnerte sich daran, weil die paar Quadratzentimeterchen Paillettenstoff, die der Schauspielerin als Kleid dienten, größtes Aufsehen erregt hatten. Unten links in der Ecke des Titelblatts zeigte ein kleines Foto Sarah Lamour in einem Sommerkleid auf einer ziemlich verrotteten Caféterrasse in Begleitung eines Mannes, der ein sehr hässliches grün kariertes Hemd trug, das Juliette bekannt vorkam. Sie studierte das Foto aus der Nähe. Die Bildunterschrift traf sie wie eine Ohrfeige: »Sarah und Mark auf den Malediven: Wieder versöhnt?«

Plötzlich hatte Juliette das Gefühl, sich übergeben zu müssen.

33.

Von der Notwendigkeit, die Klatschpresse zu studieren, von Juliette Charpentier

Mit zitternden Fingern öffnete Juliette die Zeitschrift und blätterte sie durch.

Natürlich!

Mark Lenault und Sarah Lamour.

Die Fotos auf den Titelseiten der Klatschblätter vom Zeitpunkt der Ankündigung ihrer Hochzeit bis zu ihrer Trennung. Chiara nicht zu vergessen, die von den beiden gesprochen hatte, als seien sie ihre besten Freunde. Wie konnte es sein, dass Juliette ihn nicht wiedererkannt hatte? Und Mark? Mark hatte von seiner Ex, von einer Sarah gesprochen, als würde sie einen Allerweltsnamen tragen. Er hätte ja auch von »Sarah, dem super Hollywoodstar« reden können. Das Foto war an dem Tag aufgenommen worden, als Mark in Malé seine Besorgung machte. Juliette erinnerte sich gut an das scheußliche Hemd. Sarah und Mark – Sonnenbrille auf der Nase – diskutierten am Tisch eines kleinen Cafés. Die Bilder waren von Weitem mit einem Teleobjektiv aufgenommen worden und nicht sehr scharf. Doch auf einem sah man deutlich, wie Sarah mit der rechten Hand ihre Stirn bedeckte, so als würde sie weinen, während Mark ihre linke Hand hielt. Juliette erinnerte sich an den finsteren Gesichtsausdruck von Mark und an sein Schweigen, als er aus Malé zurückgekommen war. Auf dem letzten Foto, das aufgenommen worden sein musste, als die beiden sich voneinander verabschiedeten, schlang Sarah die Arme um Mark und lehnte ihren Kopf an seine Brust. Gleich dreimal studierte Juliette den Artikel und versuchte zwischen den Zeilen zu lesen, um die Wahrheit von den Gerüchten zu unterscheiden.

Hier wurde die ganze Geschichte der beiden ausgewalzt, von ihrer ersten Begegnung bis zum Ende. Mark hatte, nach dem Erfolg seiner ersten Webseite, mit fünfundzwanzig Jahren ein MBA-Studium in Harvard begonnen. Sarah bekam mit zweiundzwanzig eine Nebenrolle in einem kleinen Stück, das zehnmal in jenem Jahr in Boston aufgeführt wurde, und sie arbeitete halbtags als Serviererin in einem französischen Restaurant in Beacon Hill. Hier begegneten sich die beiden damals, und es war Liebe auf den ersten Blick. Mark hatte Sarah in der Folge fünf Jahre lang finanziell und moralisch unterstützt, bis sie eine Rolle in dem Kurzfilm *Blood, Sex, and Other Cool Stuff* erhielt und bevor sie mit ihrem ersten und erfolgreichen Spielfilm *Gott trägt Zara*, auch dank ihres charmanten französischen Akzents, an den Himmel der Stars katapultiert worden war. Mark gründete indessen eine neue Firma zur Entwicklung von Internetseiten für mittlere und kleine Firmen und erstellte eine Yield-Management-Software für Hotels. Beides verkaufte er dann für mehrere Millionen Euro an einen amerikanischen Investmentfonds. Juliette fiel fast in Ohnmacht. Sie hatte mit einem Millionär geschlafen, der darüber hinaus auch noch der Verlobte eines berühmten Hollywoodstars war. Das Einzige, was Juliette verrückterweise durch den Kopf schwirrte, war, dass Chiara ihr das nie abkaufen würde! Nach sechs Jahren Beziehung und Marks Heiratsantrag an einem Strand auf Bali verdrehte der Erfolg Sarah offenbar den Kopf. Vor einigen Monaten hatte sie eine Liaison mit dem Regisseur ihres nächsten Films gehabt. Die Verlobung wurde nur wenige Wochen vor der Hochzeit gelöst. Die Hochzeitsreise sollte auf die Malediven gehen. Mark trat sie allein an. Vermutlich war Sarah erster Klasse um den halben Erdball geflogen, um die lädierte Beziehung doch noch zu kitten und ihren Mark wieder einzufangen. Während der Diskussion habe Sarah geweint, Mark sie getröstet. Was der Journalist nicht wusste, war, ob sich die beiden tatsächlich wieder versöhnt hatten. Der Journalist schloss seinen Artikel mit der Bemerkung, Mark habe sich auf eine Malediveninsel zurückgezogen, um sich von den Ereignissen zu erholen und nachzudenken. Man hoffe auf eine für Sarah glückliche Entscheidung und dass er wohlbehalten und gut gebräunt zu ihr zurückkehre.

Wie in Zeitlupe schloss Juliette das Magazin. Trotz der strahlenden Sonne war ihr eiskalt. Wie konnte sie nur so dumm sein? Wieso hatte sie ihn nicht erkannt?

Wie konnte sie glauben, sie sei mehr für Mark als nur ein Urlaubsflirt? Er hatte sich mit ihr bloß die Zeit vertrieben. Das war alles. Zum fünfzehnten Mal betrachtete sie die Fotos von Sarah Lamour, die sie geradezu in Panik versetzten, ihre riesigen blauen Augen, ihre perfekten langen Beine, die selbst im Winter braun gebrannt aussahen, ihr langes goldenes Haar. Sie war so zart, so elegant! Juliette errötete vor Scham. Im Vergleich dazu musste er sie dick, ungepflegt und hässlich gefunden haben. Ihre kleinen Geschichtchen über die Arbeit, das Kochen und ihre Ängste mussten ihn tödlich gelangweilt haben, während Sarah Lamour sicher viel Interessantes von ihren Filmsets und den Hollywoodgrößen zu berichten hatte.

Juliette bemerkte, dass Suha sie beobachtete. Die junge Frau musterte sie neugierig. Hatte sie das Magazin absichtlich oben auf den Stapel gelegt, damit Juliette es sofort sah? Auch Kurts Worte über die Stars, die häufig in dieses Hotel kamen, fielen ihr wieder ein. Jetzt verstand Juliette, von welcher Sarah Kurt gesprochen hatte. Jeder hier wusste, wer Mark und Sarah waren, die ganze Belegschaft hatte sicher auf ihre Ankunft gewartet und sich glamouröse Szenen ausgemalt … Stattdessen hatten sie einen einsamen Mann mit gebrochenem Herzen empfangen. Ein einsamer Mann, der sich dann das ebenfalls einsame Dummerchen aus dem Bungalow von nebenan geschnappt hatte. Ja, genau dieses Dummerchen mit der Cellulitis, mit der rot verbrannten rechten Gesichtshälfte, das kürzlich wie am Spieß geschrien hatte, nur weil eine Spinne durchs Restaurant gewandert war. Alle mussten sich gefragt haben, wie er nur so tief hatte sinken können. Sie war ihnen deshalb nicht böse, denn sie stellte sich die gleiche Frage. Nein, sie würde nicht in der Öffentlichkeit weinen! Sie steckte das Magazin in ihre Tasche, trank den Saft in einem Zug aus und fand, dass er nach Geröll schmeckte. Sie erhob sich, verabschiedete sich mit einem gezwungenen Lächeln von Suha und verließ erhobenen Hauptes den Wellnessbereich.

Ihr Gepäck war bereits fertig gepackt. Das war ihre eher komplizierte Arbeit am Morgen gewesen, denn Mark zerrte immer wieder ihre Unterwäsche aus dem Koffer, warf sie in eine Zimmerecke und beschwor Juliette, bei ihm zu bleiben, denn sein Flug ging erst achtundvierzig Stunden später. Sie wollten sich später zum Mittagessen und für einen letzten Spaziergang am Strand treffen. Die Erinnerung an Marks Stimme tat ihr weh. Er hatte ihr versichert, sie würde ihm fehlen, dabei war er nach seiner ersten Nacht mit Juliette sofort zu seiner Ex-Verlobten geeilt. Und hätte er jemals die Absicht gehabt, sie in Paris wiederzusehen, hätte er sie doch um ihre Telefonnummer gebeten, oder? Es reichte. Sie wollte sich nicht länger belügen lassen. Sie durfte sich nicht einfach an irgendwelche dahergelaufenen Typen hängen. Nicolas oder Mark. Im Grunde erzählten sie beide die gleiche Leier, aber diesmal würde sie ihre Entscheidungen allein treffen.

Zurück in ihrem Zimmer rief sie die Rezeption an.

»Guten Tag, Mademoiselle, was kann ich für Sie tun?«

»Wann geht das nächste Schiff nach Malé?«

»In zehn Minuten.«

»Gut, warten Sie bitte auf mich, ich muss dieses Boot unbedingt noch erreichen«, sagte Juliette und legte auf.

In nur wenigen Minuten hatte sie sich umgezogen und trug jetzt Jeans, Turnschuhe und ein langärmeliges T-Shirt. In aller Eile hatte sie ihr lockiges Haar zu einem hohen Pferdeschwanz gebändigt und hastete nun, ihren Koffer durch den Sand schleifend, zur Rezeption.

34.

Bye bye Baby

Als Juliette die Rezeption erreichte, wartete das Schiff bereits am Anlegesteg. Sie verlangte ihre Rechnung und bezahlte, ohne mit der Wimper zu zucken, was sie noch schuldig war. Jetzt war sowieso alles egal.

»Könnte ich bitte einen Kuli und einen Umschlag haben?«

Der Mann am Empfang gab ihr lächelnd das Gewünschte.

»Das Schiff legt gleich ab, Mademoiselle«, sagte der Träger, der ihr Gepäck abholte.

»Ich bin sofort da.«

Sie zog die Zeitschrift aus der Tasche, riss die Seite heraus, auf der stand »Sarah und Mark auf den Malediven: Wieder versöhnt?« und schrieb quer über das Gesicht der Schauspielerin »Muss etwas in Paris besorgen und komme in zweihundert Jahren zurück. Juliette.«

Dann faltete sie das Blatt zusammen und steckte es in den Umschlag, auf den sie »Für Mark Lenault« kritzelte.

»Das können Sie für mich abgeben, Bungalow Nummer acht.«

»Soll ich ihm sonst noch etwas ausrichten?«, fragte der leicht verunsicherte Rezeptionist.

»Keine Zeit«, rief Juliette und rannte zum Anlegesteg. Sie grüßte die anderen Passagiere mit einem Kopfnicken und setzte ihre Sonnenbrille auf. Als das Schiff aufs Meer hinausfuhr, konnte Juliette den Blick nicht von der sich entfernenden Insel wenden. Sie stellte sich vor, wie jetzt die verliebten Paare tauchen gingen, wie sich andere am Strand vergnügten, und sie dachte an Mark, der allein im Restaurant auftauchen und erfolglos nach ihr Ausschau halten würde. Schon jetzt vermisste sie das türkisblaue Wasser, die herrlichen Unterwasserausflüge und überhaupt die gastfreundlichen Malediven – schlicht alles, was sie in den letzten zehn Tagen erlebt hatte. Um sich zu trösten, malte sie sich ihren Urlaub im nächsten Jahr aus. Zum Tauchen hatte Kurt ihr das Rote Meer empfohlen und auch von Australien berichtet. Das war ein gutes Reiseziel, schön weit weg und einsam. Was ihr dort dann alles widerfahren mochte? Sie würde dann wieder nach Hause fahren und bald darauf die nächste Reise antreten.

Die Insel war jetzt nur noch ein Punkt im grünen Ozean und ebenso unwichtig wie ein vergessener Brotkrümel auf dem soeben abgeräumten Küchentisch.

35.

Liebe macht blind, praktisch umgesetzt von Alphonse-Amédée

Den Kopf ans Bordfenster gelehnt, betrachtete Juliette mit müden Augen die in graue Nebel gehüllte Flughafenlandschaft des Pariser Flughafens Charles de Gaulle. Sie schreckte kaum hoch, als das Flugzeug die Landebahn berührte. Es minderte seine Geschwindigkeit, rollte noch einige Hundert Meter und kam dann zum Stehen. Juliette war endlich angekommen. Der Rückflug ohne Mark und ohne Upgrade war ihr erheblich länger vorgekommen als der Hinflug. Sie reckte und streckte sich auf ihrem Sitz, wobei sie ihrem Nachbarn fast ein Auge ramponierte. Sie entschuldigte sich und gähnte. Es war noch früh am Morgen, und sie hätte jetzt gern einen Kaffee getrunken. Da sie lange vor dem Abflug nach Malé aufgebrochen war, hatte sie ganze fünf Stunden in der stickigen Gluthitze bis zum Einstieg in den Flieger warten müssen. Insgesamt kam es ihr vor, als habe die Rückreise tausend Jahre gedauert. Sobald sie das Flugzeug verließ, spürte sie die beißende Kälte. Sie fror so sehr, dass sie den Kopf tief zwischen die Schultern zog und beim Atmen weiße Wölkchen ausstieß. Willkommen im Winter! Sie drängte sich zusammen mit den anderen Passagieren in den Bus, der sie am Terminal absetzte.

Juliette wartete Ewigkeiten am Gepäckband. Alle Mitreisenden waren bereits mit ihren Koffern aufgebrochen. Das Band drehte sich nun seit gut zehn Minuten ohne jedes weitere Gepäckstück. Wie beim Hinflug ging sie schnurstracks, als sei sie es schon gewohnt, zum Reklamationsschalter. Das Meer, die grünen und türkisen Panoramen, Marks Arme und die schönsten, ja die unglaublichsten Unterwasserlandschaften wie in Disney-Filmen: All das verblasste urplötzlich. Sie kam allein zurück, ohne Nicolas, ohne Mark, ohne Koffer und ohne Job. Sie war wieder am Ausgangspunkt. Wieder in ihrem Arbeitslosendasein, Single und … Nein, es hatte keinen Sinn, sich selbst zu bemitleiden. Sie würde es schon schaffen. Jetzt war sie müde, aber morgen würde es ihr sicher besser gehen.

»Guten Tag, Monsieur, ich glaube, Sie haben meinen Koffer verloren.«

»Ich habe gar nichts verloren, die Fluggesellschaft vielleicht, aber nicht ich. Füllen Sie bitte das Formular hier aus«, sagte der Angestellte am Schalter, zog einen Kopfhörerstöpsel aus dem Ohr und setzte eine säuerliche Miene auf, als sei es eine Zumutung, dass man ihn bat, während seiner Arbeitsstunden seine Arbeit zu verrichten.

Er legte das Formular und einen Kuli vor Juliette hin und verfolgte weiterhin irgendeine lustige Sendung auf seinem Smartphone und brach regelmäßig in Gelächter aus. Juliette setzte Flugnummer, Gepäcknummer, Chiaras Anschrift für die Auslieferung ihres Gepäcks und die Telefonnummer ein und reichte dem Mann hinter dem Schalter das Papier.

»So, fertig«, sagte Juliette und sah ihn erwartungsvoll an.

Da er nicht reagierte, wedelte sie ihm mit dem Formular vor der Nase herum, schließlich griff er danach und warf Juliette einen bitterbösen Blick zu. So, wie sie seine Professionalität einschätzte, würde sie ihr Gepäck wohl nie mehr wiedersehen, doch wenn sie ernsthaft darüber nachdachte, war ihr das im Grunde auch egal.

Sie ging am Zoll vorbei. Sie brauchte nichts zu deklarieren, was auch? Sie besaß ja nichts mehr. Im Grunde war der systematische Verlust ihres Gepäcks eher ein Zeitgewinn. Am Ausgang suchte sie das Schild, das sie zur RER führte, doch vor der Glastür wartete neben einem grauen Mann mit Brille eine Frau auf bonbonrosafarbenen zwölf Zentimeter hohen Stilettos von Marc Jacobs, in jeder Hand einen Starbucks-Becher. Chiara! Perfekt in ihrem perfekten Mantel, mit ihrer perfekten Frisur, ihren perfekten Augen und der Prada-Tasche (auch perfekt).

»*Cara mia!*«, rief sie, als sie Juliette entdeckte. Und sie rannte mit offenen Armen auf sie zu. Sonderbarerweise folgte ihr der sonderbare graue Mann.

Sie umarmten sich überschwänglich, und Chiara reichte Juliette den nur noch lauwarmen Kaffee.

»Meine Güte, freue ich mich, dich zu sehen!«, rief Juliette. »Wie geht es Vittoria?«

Der graue Mann mit Brille wartete hinter Chiara. Er sah aus, als müsse er Alphonse heißen, und wirkte irgendwie beunruhigend

»Es geht ihr gut und immer besser. Sie hat mit ihren unerwünschten Ratschlägen das gesamte Krankenhauspersonal aufgemischt. Beim nächsten Mal werden sie sie lieber auf dem Bürgersteig krepieren lassen, statt sie zu retten.«

»Meinst du? Aber wie war Weihnachten?«

»Och, völlig überbewertet. Erzähl lieber, wie es dir ergangen ist. Hast du nette Leute kennengelernt? Und hat Nicolas, dieser Idiot, seine Abreibung bekommen? Du hast mir in zehn Tagen nur drei E-Mails geschickt! Deine Mutter hat täglich angerufen, um zu erfahren, wie es dir geht. Ich habe ihr sonst was erzählt, damit sie sich nicht umbringt. Du undankbare Tochter!«

Alphonse räusperte sich, und Juliette wollte ihn gerade genervt fragen, was er überhaupt hier zu suchen habe, als Chiara verlauten ließ: »Ach, das habe ich ganz vergessen! Ich möchte dir Amédée vorstellen …«

Alphonse oder Amédée, kein großer Unterschied, oder? Aber wer war er? Der Gepäckträger?

»… Das ist mein Freund«, fuhr Chiara ganz selbstverständlich fort. Juliettes Starbucks-Becher fiel zu Boden, gleichzeitig klappte ihr der Unterkiefer weg.

»Soll das etwa heißen …?«

Unter Juliettes ungläubigen Blicken legte Chiara Alphonse-Amédée die Hände um den Hals und knutschte ihn mit einer Leidenschaft ab, die die Gläser seiner Hornbrille fast zum Zerspringen brachte. Nach der ersten

Überraschung stellte sich heraus, dass Alphonse-Amédée ein Gynäkologe war, den Chiara im Krankenhaus kennengelernt hatte, als Vittoria eingeliefert worden war. Es war Liebe auf den ersten Blick gewesen, und neuerdings entwickelte Chiara eine wahre Leidenschaft für alles, was mit Gynäkologie zu tun hatte. Alphonse-Amédée nickte wortlos und lächelte. Sogleich wirkte er sympathischer.

Juliette lauschte Chiaras Geschichte bis zum Ende und erzählte dann ihre eigene: von Mark, vom Tauchen, von Kurt, von Mark, von den Inseln, von Mark, von Nicolas und Caroline. Chiara bombardierte Juliette mit Fragen und fiel fast in Ohnmacht, als sie begriff, dass es sich bei diesem Mark um Mark Lenault handelte, den Ex-Verlobten von Sarah Lamour. Sie ermutigte Juliette, auf jeden Fall ihre Cateringfirma zu gründen. Als sie von Juliettes Flucht am letzten Tag erfuhr, regte sie sich auf.

»Du bist einfach durchgebrannt, ohne ihm deine Telefonnummer zu hinterlassen, während er dich zum Mittagessen erwartet hat? Und das nach der schönsten Woche deines Lebens?«

»Nein, ganz so war es nicht …«, wich Juliette aus.

»Doch natürlich! Genau so war es! Mit so einem Verhalten wirst für alle Ewigkeiten eine alte Jungfer!«

Daran mochte Juliette gar nicht denken, und die beiden sprachen während der Heimfahrt im Auto über andere Dinge. Chiara fragte Juliette Löcher in den Bauch und wollte einen genauen Bericht über jeden Tag hören. Alphonse-Amédée, der sich letztlich als recht humorvoll herausstellte, lachte herzlich mit. Er setzte Juliette bei Chiara ab, die gleich weiter zur Arbeit fuhr. Juliette blieb allein.

Sie war ganz froh, keinen Koffer auspacken zu müssen, es hätte sie nur unnötig traurig gestimmt, feinen Sand aus ihren Sommerkleidern zu schütteln. Sie duschte, zog eine alte Jeans und einen großen Wollpulli an, kochte sich einen Kaffee und machte sich an die Arbeit. Sie würde auf keinen Fall aufgeben. Sie rief die Interessenten an, die versucht hatten, mit ihr während des Urlaubs Kontakt aufzunehmen, um Kostenvoranschläge und Informationen zu erhalten, und beriet sie am Telefon in Bezug auf die Anzahl der Teilnehmer bei den geplanten Essen und auf kulinarische Wünsche.

Auch bei Vittoria meldete sie sich, um zu hören, wie es ihr ging. Sie telefonierten anderthalb Stunden, aber Vittoria war bereits über alles genauestens unterrichtet. Chiara hatte sie sicher vom Büro aus angerufen. Sie schimpfte mit Juliette, schließlich geriet man nicht täglich an einen Millionär unter vierundneunzig. Doch als sie sich erkundigte, wie er denn im Bett sei, behauptete Juliette, es klingele an der Tür, und legte auf.

Dann rief sie ihre Eltern an, die ihr versicherten, sie wären seit ihrer Abreise auf die Malediven vor Sorge fast umgekommen. Deshalb erzählte sie ihnen lieber keine Details, das hätte ihre Angst nur noch mehr angefacht. Dafür machte sie ihnen weis, sie habe zehn Tage am Pool verbracht, und erwähnte das Tauchen erst gar nicht.

»Jetzt, wo es dir besser geht, wirst du dir sicher eine neue Arbeit suchen, oder?«, fragte ihre Mutter.

»Aber ja, Maman, mach dir keine Sorgen, ich bleib am Ball.«

Das war zumindest die halbe Wahrheit.

Den Rest des Tages verbrachte sie mit dem Ausfüllen von Papieren, um den Namen ihrer Firma registrieren zu lassen. Sie nannte ihren Cateringservice »Les Gourmandises de Juliette«, Juliettes Leckereien. Anschließend bewarb sie sich als freiberufliche Kauffrau für das Handelsregister und das Gewerbeverzeichnis und unternahm noch verschiedene andere Schritte in Richtung Firmengründung. Sie war mit Feuereifer und erheblich mehr Energie bei der Sache als in ihrem ehemaligen Beruf. Sie bestellte Visitenkarten und entwarf ihren Blog. Bis sie ihre eigene Geschäftsnummer hatte, gab sie einfach Chiaras Telefonnummer an. Sie brauchte anderthalb Stunden, um ein Foto von sich für die Startseite ihres Blogs auszusuchen. Dann wechselte sie sicher noch mindestens achtzehnmal die Hintergrundfarbe der Website, um ihren Teint vorteilhaft zur Geltung zu bringen. Im Anschluss erstellte sie verschiedene Rubriken mit Menüs, Rezepten und Ideen. Als sie damit fertig war, bemerkte sie, dass es bereits 20.30 Uhr war und sie zwei Anrufe auf dem AB hatte. Noch einmal bat Christelle Crogue dringend um einen Rückruf.

36.

Halt die Klappe, Caroline!

»Christelle Crogue, guten Tag.«

»Hallo, Christelle, hier ist Juliette Charpentier.«

»Ah, Juliette! Freut mich, Sie endlich am Telefon zu haben.«

Leider kann ich das von mir nicht behaupten, dachte Juliette.

»Ich habe Urlaub gemacht und konnte Sie nicht früher zurückrufen«, sagte sie stattdessen, wenn sie es auch nicht unbedingt vertretbar fand, wenn eine Arbeitslose von ihrem Urlaub sprach.

»Das macht nichts. Hören Sie, ich möchte mit Ihnen ganz vertraulich über etwas sprechen. Ich denke, Sie können mir helfen, eine Frage zu beantworten.«

»Okay …«, sagte Juliette und setzte sich aufs Sofa.

Christelle schien kurz vor einer Nervenkrise zu stehen.

»Sie erinnern sich sicher noch an diese Spesenabrechnung, die Sie sich nicht erklären konnten!«

»Diese lächerliche Rechnung für das Maje-Kleid, wegen der man mich wie eine Verbrecherin behandelt hat und ich kündigen musste? Nein, die habe ich völlig vergessen!«

»Ich weiß, ich weiß, keine schöne Erinnerung. Das tut mir aufrichtig leid ... Jedenfalls hatten wir in den letzten zwei Monaten Fälle, die Ihrem sehr ähnlich waren. Völlig hanebüchene Spesenabrechnungen, die entweder Entlassungen oder Abmahnungen zur Folge hatten.«

»Aha ...«

»Das kam mir nun doch reichlich spanisch vor. Insbesondere Ihr Fall, denn Sie haben ja nun wirklich nichts von einer Diebin, und Sie schienen bei unserer ... ähm ... Unterhaltung ganz und gar aufrichtig.«

»Sie meinen, bei meiner Kündigung?«

»Ja, Ihre Kündigung, aber kurz und gut ...«

»Kurz und gut ...«

»Ich habe lange über diese Spesenabrechnungen nachgedacht und folgende Gemeinsamkeit herausgefunden.«

»Die da wäre?«, fragte Juliette. Dass Christelle diese Geschichte wie einen Kriminalroman vorstellte, nervte sie.

»Keine der betreffenden Personen hat mir die Spesenabrechnung persönlich gebracht. Sie wissen ja, es kommt häufig vor, dass diese Dossiers gesammelt und oft nur von einer Person aus der entsprechenden Abteilung in die Buchhaltung gebracht werden. Daran ist nichts auszusetzen. Nur, in diesem Fall war es immer die gleiche Person, die mir besagte Spesenabrechnungen gebracht hat ... Ich will niemanden beschuldigen, verstehen Sie mich richtig, es ist mir nur aufgefallen. Sollten Sie diese Hypothese dumm finden, dann gehe ich der Geschichte nicht weiter nach, aber ...«

»Und wer ist diese Person?«, fragte Juliette und biss in einen Schokocookie. Jetzt wollte sie doch zu gern wissen, um wen es hier ging.

Vielleicht war es eine neue Methode von Darth Vader, Kosten zu sparen, indem er einfach alle rausschmiss. Andererseits hatte Hervé seine eigenen Spesenabrechnungen nie selbst in die Buchhaltung gebracht. Die einzige Person, die das für ihn erledigte …

»Caroline Arembert«, sagte Christelle Crogue.

Juliette verschluckte sich an ihrem Cookie.

»Miststück!«, schrie sie ins Telefon.

»Ich weiß, Sie sind Freundinnen, aber das geht vielleicht doch etwas zu weit …«

»Ich meine nicht Sie, sondern natürlich Caroline.« Juliette hatte sich erhoben und umrundete aufgeregt das Sofa.

»Denken Sie, dass mein Verdacht gerechtfertigt ist …?«

»Natürlich ist er gerechtfertigt! Er drängt sich sogar auf. Sie wusste, dass ich an ihrer Stelle für die Beförderung vorgesehen war. Oh, dieses hinterhältige Miststück! In derselben Woche hat sie mir den Job und den Mann geklaut!«

»Ich werde einen Bericht erstellen, damit …«

»Christelle, vielen Dank. Ich rufe Sie morgen wieder an.«

Juliette hängte ein. Innerhalb von zehn Sekunden hatte sie ihren Mantel und ihre Schuhe angezogen und die Wohnung verlassen.

»Meinen Job und meinen Mann!«, schrie sie noch

einmal, diesmal in Richtung eines Nachbarn, als sich gerade die Fahrstuhltür vor seiner Nase schloss. Sie fand, der Satz reichte aus, um ihm die Tür nicht aufzuhalten.

Die Fahrt mit der Metro dauerte ewig. Juliette war ungeduldig und blieb nervös an eine Stange geklammert stehen. Endlich erreichte sie die richtige Station, und die Türen öffneten sich. Juliette sprang aus dem Wagen, rannte die Straße entlang, klingelte bei allen Anwohnern des Wohnhauses gleichzeitig und rief den Unbekannten, die ihr per Sprechanlage antworteten, fröhlich zu: »Ich bin's.«

Der Summer ertönte, und die Eingangstür öffnete sich. Gar nicht so kompliziert, in Paris als Einbrecher sein Glück zu versuchen! Sie schoss zwei Stockwerke nach oben und klingelte Sturm an der Wohnungstür.

»Ich komme ja schon«, hörte sie Caroline rufen.

Kaum war die Tür offen, drängte sich Juliette in die Wohnung.

»Juliette, was geht hier vor?«, fragte Caroline überrascht.

Nicolas erschien, aufgescheucht von der Klingelei. Als er Juliette sah, wich sein höfliches Lächeln einer ängstlichen Miene.

»Was ist denn los?«

Wie jemand, der einem Kind etwas erklärt, das einfach nicht begreifen will, sagte Caroline: »Juliette, du solltest dich an den Gedanken gewöhnen. Nicolas und ich sind verliebt und…«

»Du hältst die Klappe, Caroline! Stimmt es, dass du in meinem Namen Christelle Crogue eine falsche Spesenabrechnung gebracht hast, um an meiner Stelle befördert zu werden?«

Caroline erbleichte unter ihrer Bräune.

»Was?«, fragte Nicolas.

»Ach du! Du tust immer so, als fällst du aus allen Wolken. Kümmere dich um deinen eigenen Kram!«, fuhr ihn Juliette an. »Los, Caroline, antworte! Stimmt das?«

Caroline schluckte und setzte sich auf einen Stuhl, der wie durch ein Wunder in Reichweite stand. Als sie den Kopf hob, mit ihren leeren braunen Augen, sah Juliette in ihr wieder das schüchterne Mädchen, das Caroline mit zwanzig Jahren gewesen war.

»Juliette«, murmelte sie dann, »ich hätte nie gedacht, dass es so weit kommen würde. Ich dachte, du bekämst nur eine Abmahnung. Ich hatte für diese Beförderung derartig viel gearbeitet … und als ich dann hörte, dass … Ich hätte nie gedacht … Es tut mir leid. Ich schäme mich.«

Sie begann zu weinen.

»Ach ja? Du schämst dich? Tatsächlich? Ich dachte, wir sind Freundinnen. Dass du mir Nicolas wegnimmst, kann ich noch verstehen. Im Grunde hast du mir damit sogar einen Gefallen getan, diesen Klotz bin ich los, aber dass du mich aus der Firma werfen lässt …!«

»Also wirklich …«, begann Nicolas.

»Halt den Mund!«, brüllte Juliette.

»Es tut mir so leid«, wiederholte Caroline. »Ich

wollte wirklich nicht… Und dann war es zu spät. Ich wusste nicht, wie ich mich aus dieser Zwickmühle wieder befreien sollte.«

»Du hättest ja vielleicht mal was sagen können, oder? Der Gedanke ist dir wohl nicht gekommen?«

»Das hätte ich sicher tun sollen, aber ich hatte Angst vor den Folgen und dass man mir kündigt.«

»Ach, du wolltest nicht, dass man dir kündigt? Ich glaube, ich träume!«

Caroline schluchzte, und Nicolas musterte sie, als sähe er sie zum ersten Mal.

»Hast du Juliette wirklich rauswerfen lassen?«, fragte er mit tonloser Stimme.

»Ja«, antwortete Juliette an Carolines Stelle und war plötzlich ganz ruhig. »Genau das hat sie getan. Ihr beide passt gut zusammen. Zwei erbärmliche Lügner! Genau das seid ihr!«

Caroline erhob sich und stammelte weinend:

»Ich wollte dir nicht wehtun… Ich habe wirklich nicht geahnt, dass alles derartig aus dem Ruder laufen würde. Du wolltest diesen Job doch nicht wirklich, Juliette. Du bist nie gern zur Arbeit gegangen… Das Gleiche gilt für Nicolas. Dir gefiel die Idee, mit ihm zusammen zu sein, aber ihn als Mensch hast du nicht geliebt, aber für mich war er…«

Juliette unterbrach sie achselzuckend: »Ehrlich, Caroline, ich glaube, selbst du weißt ganz genau, dass es hier nicht darum geht.«

Nicolas sah aus wie ein aus dem Nest gefallener Vogel, während Caroline mit vors Gesicht geschlagenen Händen weiterschluchzte. Jetzt war der Zeitpunkt für einen theatralischen Abgang gekommen. Juliette drehte sich um, verließ die Wohnung und schlug mit aller Macht die Tür hinter sich zu.

Am Abend erzählte Juliette Chiara die Szene, die ihr die herzlichsten Glückwünsche aussprach. Sie hatte sämtliche aktuellen Magazine der Regenbogenpresse gekauft und wollte nicht eher ruhen, bis sie Neuigkeiten über Mark und Sarah gefunden hatte.

»Dieser Mark gefällt mir. Ich habe immer gedacht, dass du dir einen Millionär angeln würdest und ich mir einen Physiotherapeuten.«

»Physiotherapeut oder Gynäkologe?«

Chiara machte eine wegwerfende Handbewegung:

»Das ist doch alles das Gleiche, ein Physiotherapeut oder ein Gynäkologe. Irgendwas Medizinisches halt.«

In den Zeitschriften gab es keinerlei Informationen – weder über Mark noch über Sarah. Juliette besuchte heimlich die Internetseite der Schauspielerin, aber in den Artikeln ging es lediglich um ihren neuen Film: eine heiße Geschichte über eine leider blinde Schönheit, die vom KGB angeheuert wird, um einen Agenten der CIA zu verführen, einen muskulösen und geheimnisvollen Mann, in den sie sich verliebt. Allerdings stirbt er unter grauenvollen Qualen, nachdem er einen Komplott aufgedeckt hat, der direkt zum Dritten Weltkrieg führt (natürlich zu einem Atomkrieg). Juliette klappte ihren Computer zu und seufzte. Hätte Mark sie wirklich finden wollen, hätte er sie finden können. Er hätte nur ihre Anschrift im Hotel erfragen müssen. Gut, sie war abgefahren, ohne ihre Telefonnummer zu hinterlassen, aber trotzdem war er im Unrecht. Er hätte sie finden, alles erklären und sich entschuldigen müssen. Aber er hatte ja nicht einmal den Versuch unternommen, mit ihr Kontakt aufzunehmen, sondern war wahrscheinlich lieber gleich wieder zu seiner Sarah mit den endlos langen Beinen geeilt. Wie mochte er reagiert haben, als er ins Restaurant gekommen war? Zunächst musste er geglaubt haben, sie habe sich nur verspätet. Er hatte wahrscheinlich gewartet, seine Zeitung aufgeschlagen und gelesen. Dann musste ihm klar geworden sein, dass sie nicht mehr kommen würde. Vielleicht hatte er an die Tür ihres Bungalows geklopft, vielleicht war er an eine Reinigungskraft geraten, die gerade das Zimmer und die leeren Schränke säuberte. Sicher hatte man ihm den Umschlag gegeben. Juliettes Herz krampfte sich bei diesem Gedanken zusammen, und sie konnte sich nicht im Geringsten vorstellen, wie er wohl beim Öffnen reagiert hatte. Vielleicht dachte er, Frauen seien unzuverlässig, sie kamen und gingen einfach, ohne zu sagen, warum, und ohne sich zu verabschieden. Vielleicht dachte er, Juliette sei auch nicht besser als seine Mutter oder Sarah. Juliette hätte unbedingt mit ihm sprechen, ihm die Zeitschrift zeigen und ihn zur Rede stellen müssen. Warum hatte er nach ihrer ersten gemeinsamen Nacht wegen seines Ausflugs nach Malé gelogen? Nein, statt mit ihm zu reden, hatte sie sich aus dem Staub gemacht, das war ebenso feige wie dumm gewesen.

Sie war deprimiert.

37.

Widerlegung des Massenerhaltungssatzes von Lavoisier durch Juliette Charpentier: »Nichts geht verloren, nichts wird hinzugefügt, nichts verändert sich.«

Am nächsten Morgen wollte Juliette nicht länger an Mark denken. Sie musste endlich in die Zukunft sehen. Deshalb stand sie früh auf und beschäftigte sich intensiv mit den komplizierten bürokratischen Verfahren für die Gründung ihrer Firma, holte einen Kostenvoranschlag für den Druck ihrer Menükarten ein und schrieb einen neuen Artikel für ihren Blog... Sie arbeitete bereits eine ganze Weile konzentriert, als es am späten Vormittag klingelte. Sie öffnete die Tür und stand Nicolas gegenüber. Seinen Schal hatte er so unglücklich um den Hals gewickelt, dass die Kehle ungeschützt war und sein zerknitterter Hemdkragen auf der linken Seite unter dem Schal hervorlugte. Er lächelte verkrampft.

»Mit Caroline ist es aus und vorbei.«

Juliette stand im Bademantel vor der Tür und verstand nicht recht, warum er das ausgerechnet ihr erzählte.

»Und was geht mich das an?«

»Ich wusste ja nicht… Ich hätte nie gedacht, dass sie zu so etwas fähig wäre… dass sie so etwas Mieses… Ich meine deinen Job… Ich wollte dir sagen, dass mir das alles wirklich leidtut.«

»Danke«, sagte Juliette. Sie hatte keine Lust, ihn eintreten zu lassen, fand ihn aber doch ziemlich bemitleidenswert.

»Darf ich reinkommen?«

Sie seufzte und ging einen Schritt zur Seite, um ihn einzulassen.

Kaum stand er in der Wohnung, setzte er einen Gesichtsausdruck auf, der den ganzen Nordpol hätte zum Schmelzen bringen können.

»Juliette, ich liebe dich.«

Sie antwortete nicht, und er begann einen endlosen Monolog. Er habe einen Riesenirrtum begangen, weil er solche Angst vor einer Bindung hatte, vor der Ernsthaftigkeit ihrer Beziehung, eine Riesenangst, glücklich zu sein. Nachdem er Juliette haarklein erläutert hatte, dass die Tatsache, sie wie eine alte Socke von heute auf morgen entsorgt zu haben, um mit einer ihrer besten Freundinnen zu schlafen, nichts als der unwiderlegbare und offensichtliche Beweis für die Stärke seiner Liebe zu ihr war, beugte er sich über sie, um sie zu küssen. Juliette wehrte sich nicht. Sie hatte wochenlang von diesem Augenblick geträumt. Sie erwartete ein inneres Beben, Schmetterlinge im Bauch und weiche Knie… Nichts! Sie spürte absolut nichts. Leere. Höflich wartete sie, bis er fertig war, dachte an die Arbeit, die sie noch beenden musste, und ertappte sich dabei, an Mark zu denken.

»Heirate mich, Juliette!«, flüsterte er ihr ins Ohr und führte sie in Richtung Sofa. Sie machte sich los.

»Nein, Nicolas, ich weiß nicht recht … Jetzt geht mir das alles zu schnell …«

Er sah enttäuscht aus.

»Ich dachte, du …«

»Ich muss nachdenken. Das kommt jetzt zu plötzlich … So vieles hat sich in der letzten Zeit verändert … Ich weiß kaum noch, wo ich stehe.«

Sie legte eine Hand an die Stirn. Hinter der rechten Schläfe begann die Migräne zu pochen.

»Das ist wegen diesem Mark Lenault, nicht wahr? Der macht sich doch nur über dich lustig. Du gehörst nicht in seine Welt. Er ist mit Stars zusammen, nicht mit Frauen wie dir.«

Beleidigt stieß sie ihn von sich.

»Das hat damit nichts zu tun. Ich brauche einfach Zeit zum Nachdenken.«

»Warum? Ich dachte, du liebst mich … Du wolltest mich doch, oder? Wofür brauchst du Zeit? Das ist doch …«

»Du hast mich betrogen, noch dazu mit meiner Freundin. Natürlich brauche ich Zeit, das zu verdauen.«

Er ging einen Schritt zurück und sah sie traurig an.

»Aber, Juliette, ich habe dich nur betrogen, weil ich dich zu sehr liebe. Lacan erklärt das sehr gut. Liebe ist …«

»Lacan ist mir egal! Lass mich mit deinen Philosophen in Ruhe …«

»Lacan ist ein Psychoanalytiker, kein Philosoph …«

»SCHEIß AUF LACAN, NICOLAS! Ich brauche Entschuldigungen, keine Psychoanalyse.«

»Hiermit entschuldige ich mich. Was soll ich denn sonst noch tun?«

Sie wollte jetzt allein sein. Schweigend reichte sie ihm seinen Mantel.

»Rufst du mich an?«, fragte er, während er ihn anzog.

Er wirkte seiner Sache so sicher, dass Juliette versprach, ihn zurückzurufen.

Als die Tür hinter Nicolas geschlossen war, setzte sie sich aufs Sofa. Es war nicht einmal Nicolas' Besuch, der sie durcheinanderbrachte, sondern ihre eigene Reaktion. Wie konnte sie nur so gleichgültig sein? Vielleicht waren es Zeichen: Nicolas war zurückgekommen, Mark meldete sich nicht, und Carolines Unehrlichkeit war aufgeflogen. Also konnte ihr altes Leben ganz normal weitergehen. Das war es doch, was sie sich immer gewünscht hatte, oder?

Am späten Nachmittag erhielt sie einen weiteren und wenig überraschenden Anruf von Christelle Crogue, die ihr bestätigte, CleanOffice habe den Irrtum eingestanden. Die Personalabteilung würde mit Juliette Kontakt aufnehmen, um sie so schnell wie möglich wieder einzustellen. Voraussichtlich würde man ihr das Gehalt der vergangenen Monate seit ihrer Kündigung auszahlen, als Ausgleich für die Ungerechtigkeit, der sie zum Opfer gefallen war. Caroline war indessen wegen schweren Fehlverhaltens entlassen worden. Christelle schien ebenso wenig wie Nicolas in Erwägung zu ziehen, dass Juliette ablehnen könnte, und listete ihr die administrativen Schritte auf, die sie zu unternehmen hatte.

Nach diesem Gespräch dachte Juliette über die vielen Papiere auf dem Esstisch nach, über ihren Blog, den Computer und den E-Mail-Verkehr mit potenziellen Kunden. War das alles denn überhaupt realistisch? Die letzten Monate waren vielleicht so etwas wie ein Test, eine Art Prüfung gewesen, aber jetzt würde sich endlich alles wieder einrenken. Das Schicksal schien ihr einen Weg zu weisen, den sie bedenkenlos einschlagen konnte. Mark würde nicht wieder auftauchen. Und sie konnte ja in ihrer Freizeit kochen, so wie sie es auch vorher immer getan hatte.

Sie stapelte die Papiere zu einem ordentlichen Haufen, fuhr den Computer runter und stellte den Fernseher an. Sie fühlte sich leer. Leer wie eine an den Strand gespülte Muschel, die von den Gezeiten hin- und hergeworfen und von den Wellen immer gegen den gleichen Stein geschleudert wird, bis ein Stückchen abbricht.

38.

The End

Als sie aus dem Metroschacht kam, stellte Juliette ihren Kragen hoch und vergrub die Hände tief in den Taschen ihrer Daunenjacke, denn sie hatte ihre Handschuhe vergessen. Sie lief kaum fünf Minuten bis zu der auf dem etwas zerknüllten rosa Papier notierten Adresse. Ein hübsches Wohnhaus in einer kleinen Straße des siebten Arrondissements. Sie klingelte an der Sprechanlage.

»Guten Abend, hier ist der Partyservice«, sagte sie ins rauschende Mikrofon.

»Kommen Sie in den sechsten Stock, die Tür ist offen«, erwiderte eine undeutliche Stimme.

Hinten im kleinen Hof befand sich eine dieser Steintreppen, wie sie fast nur noch in Paris oder vielleicht noch in Rom zu finden sind. Juliette stieg hinauf: sechs Stockwerke ohne Aufzug. Eine helle Freude, wenn man Einkäufe schleppen musste! Im sechsten Stock gab es nur eine Tür, und die war angelehnt. Vom kalten Nieselregen war Juliette ganz durchgefroren, aber als sie in die Wohnung trat, schlug ihr angenehme Wärme entgegen. Niemand erwartete sie in der Diele, und sie verdrehte genervt die Augen. Das war nicht gerade die feine Art, Besucher zu empfangen. Ein Grund mehr, sich doch gegen diesen Beruf zu entscheiden. Die Unhöflichkeit der Kunden, die meinten, sich alles erlauben zu können, nur weil sie bezahlten.

Zwei Wochen waren seit ihrer Rückkehr von den Malediven vergangen. Mit ihrer Bräune hatte sich auch ihr Ehrgeiz verabschiedet, ein neues Leben zu beginnen. Deshalb hatte sie sich gestern mit Chiara gestritten. Juliette hatte alle guten Neuigkeiten aufgezählt: Sie würde an ihren alten Arbeitsplatz zurückkehren, wieder mit Nicolas zusammenziehen und Chiara das geliehene Geld zurückgeben können. War es nicht ein Wunder, wie sich alles zum Besten wendete? Das konnte nur ein Wink des Himmels sein! Chiara hatte daraufhin geantwortet, dass es vor allem ein Zeichen von Juliettes erschreckender Dummheit sei. Darüber ärgerte sich Juliette sehr, wie man sich ärgert, wenn man weiß, dass man unrecht hat. Im Gegenzug hatte sie hässliche Bemerkungen über ihre Beziehung zu einem Typen wie Alphonse-Amédée gemacht: Seit sie mit ihm zusammen war, erteilte sie jedem gute Ratschläge, die aber niemand hören wollte. Darauf hatte Chiara geantwortet, dass sie wenigstens genügend Stolz besitze, um sich nicht an einen Vollidioten zu hängen, der sie mit einer ihrer besten Freundinnen betrogen hatte, und auch nicht in einen Job zurückzukehren, aus dem man sie wie eine Verbrecherin rausgeworfen hatte. Und das alles innerhalb von nur drei Tagen!

Alphonse-Amédée, der immer häufiger bei Chiara war, hatte gemeint, sich einmischen zu müssen, und verkündet: »Kein Risiko einzugehen, ist das größte Risiko überhaupt, weil dann rein gar nichts mehr passiert.« Hatte Juliette ihn vielleicht um seine Meinung gebeten? Und Chiara hatte ihn angesehen, als habe er soeben die Anziehungskraft der Erde entdeckt, was Juliette ganz besonders aufregte, da er zu allem Überfluss auch noch recht hatte.

Am Nachmittag hatten sich die Freundinnen telefonisch wieder versöhnt, und das Leben ging weiter. Als Entschuldigung hatte Juliette wegen Chiara doch noch einen letzten Kunden für ein Catering angenommen. Ihr Cousin aus Mailand war gerade in Paris und musste in letzter Minute ein Abendessen organisieren. Juliette würde erst nächste Woche wieder in ihrer alten Firma anfangen, also konnte sie Chiara diesen Gefallen gern tun. Dennoch fühlte sich ihr Herz so schwer an wie ein Sack Zement.

Sie setzte ihre Mütze ab und öffnete den Reißverschluss ihrer Jacke.

»Guten Abend! Ist da jemand?«

Niemand antwortete, aber im Hintergrund hörte sie leise Musik und steuerte auf einen Gang zu, aus dem die Töne zu kommen schienen.

I see trees of green, red roses too
I see them bloom for me and you

Auch wenn dieser Kunde reichlich unhöflich war, einen guten Musikgeschmack hatte er. Die Stimme von Louis Armstrong weckte in Juliette Melancholie und die Sehnsucht nach der Sonne der Malediven. Die Melodie wurde deutlicher, also war sie auf dem richtigen Weg. Sie ging den Gang voller Bücherregale entlang bis zu einer kleinen Holztreppe. Sie bückte sich, um vom Boden etwas Kleines und Weiches aufzuheben. Dunkel, fast bordeauxrot.

Ein Rosenblatt.

Neugierig stieg sie die ersten Stufen hinauf, auf denen immer mehr Rosenblätter lagen. Das Lied klang jetzt ganz nah. Sie blieb stehen, das Rosenblatt noch immer in der Hand, hob den Kopf und sog einen besonderen Duft ein. War das nicht …?

Nein, sie träumte, das war einfach nicht möglich!

Sie stieg die restlichen Stufen hinauf, langsam, ungeduldig und voller Angst vor dem, was sie oben erwartete. Die Treppe führte in einen recht weitläufigen, hellen Raum. Eine offene Wohnküche. Der Kühlschrank aus Edelstahl setzte sich vom blanken Mauerstein und dem Fachwerk ab. Durch eine große Fensterfront im hinteren Teil des Raums reichte der Blick bis zur Basilika Sacré-Cœur, die in einem Häusermeer mit regennassen Zinkdächern lag. Auf dem gedeckten Esstisch standen zwei Kerzenleuchter und zwei bereits gefüllte Champagnergläser, in der Tischmitte stand ein dampfender Aluminiumbehälter. Wahrscheinlich außen leicht verbrannt, innen jedoch noch eiskalt … Eine Tiefkühllasagne von Findus!

Juliette hätte am liebsten laut gelacht. Alle Ängste waren verflogen und einer angenehmen Leichtigkeit gewichen.

»Hast du geglaubt, du könntest mich so einfach loswerden?«

An der Wand lehnte Mark, die Hände in den Taschen, und beobachtete sie. Ein belustigter Funke blitzte in seinen dunklen Augen auf. Juliette stand am Treppenabsatz und versuchte, ein blödes Grinsen zu unterdrücken, was ihr jedoch nicht gelang.

Mark kam näher und nahm ihre Hand.

»Du machst dich vom Acker wie eine Diebin und hinterlässt nicht einmal eine Telefonnummer …«

Er sprach nicht weiter und spielte stattdessen mit Juliettes Fingern. Als er mit seinen warmen Händen über ihre Handflächen strich, bebte sie vor Erregung. Wie sehr hatte sie ihn vermisst!

Mark sprach mit seiner tiefen Stimme weiter, er flüsterte fast und kam ihrer geröteten Wange immer näher: »Ich habe lange deine Firmennummer gesucht und sie schließlich im Internet gefunden. Und dann musste ich eine geschlagene Stunde mit Chiara am Telefon verhandeln. Sie hat mich angeschnauzt, weil ich nicht schon früher angerufen hatte. Du wärst gerade dabei – das hat sie wörtlich gesagt – dich wieder ›in eine graue Maus‹ zu verwandeln.«

Sein Mund presste sich jetzt gegen ihr Ohr, und sie spürte seinen Atem an ihrem Hals. Sie hätte am liebsten die Augen geschlossen und wünschte sich, dass sich ihre Kleidung wie von Zauberhand in Luft auflöste, damit sie zu ernsthafteren Dingen übergehen konnten, und gleichzeitig hoffte sie, dieser Augenblick würde nie ein Ende nehmen.

»Es tut mir so leid, Mark.«

Sie fühlte sich schwach. Er legte seine Hände an ihre

Taille, zog sie an sich und berührte ihren Hals mit den Lippen.

»Warum bist du weggelaufen? Ich habe zwei Stunden lang wie ein Idiot auf dich gewartet. Ich habe mich zum Gespött der Leute gemacht, weil ich solche Angst hatte, dir sei etwas zugestoßen.«

Er spielte mit einer ihrer Locken und berührte ihre Lippen mit seinen. Ja, warum war sie eigentlich so schnell aufgebrochen?

»Wegen Sarah«, murmelte sie.

Er lachte, trat einen Schritt zurück und betrachtete sie. »Mit Sarah ist es aus, und zwar schon lange. Ich hatte sie nur deshalb in Malé getroffen, um ihr klarzumachen, dass unsere Beziehung endgültig beendet ist und ich eine andere Frau gefunden habe. Was soll ich mit einer Person wie Sarah überhaupt anfangen?«

Sarah war ihr egal. Sie wusste, dass er die Wahrheit sagte. Sie hob den Kopf und legte ihre Arme um seinen Hals, ihre Lippen näherten sich den seinen, und sie küsste ihn. Lange blieben sie aneinandergeschmiegt stehen. Dann schob Mark sie sanft zurück.

»Bevor ich's vergesse. Du musst Chiara anrufen.«

»Chiara? Ich rufe sie später an.«

»Nein. Sofort. Sie hat verlangt, dass du sie spätestens eine Stunde nach deinem Aufbruch aus ihrer Wohnung anrufst und ihr alles haarklein berichtest. Tust du es nicht und zwingst sie, unerträglich lang zu warten, wird sie sich fürchterlich rächen – und zwar an mir.«

Er tat, als zittere er vor Angst, und Juliette brach in Gelächter aus.

»Na gut, dann rufe ich sie schnell an.«

»Wo wir gerade bei wichtigen Telefongesprächen sind, gleich morgen solltest du deinen Arbeitgeber anrufen!«

»Meinen Arbeitgeber?«

»Du musst ihm sagen, dass du ein Jahr Auszeit nimmst, um deine eigene Firma zu gründen. Und wenn er damit nicht einverstanden ist, soll er sich ans Arbeitsgericht wenden.«

»Ist das nicht ein wenig übereilt? Ich weiß nicht, ob …«

»Also wirklich, Juliette! Ich habe mit ganz Paris über dich gesprochen und kräftig die Werbetrommel gerührt. Wenn du jetzt dein Projekt aufgibst, gehe ich als der letzte Trottel durch.«

Er faltete seine Serviette auseinander. Sie schluckte und war verlegen. Plötzlich war ihr ein winziges Detail eingefallen.

»Dann muss ich auch Nicolas anrufen.«

»Nicolas? Warum das denn?«

»Um ihm zu sagen, dass ich eine Auszeit von etwa achtzig Jahren nehme. Und wenn er damit nicht einverstanden ist, soll er sich an die Malediver wenden.«

»Großartige Idee! Aber ich esse jetzt. Schließlich habe ich dieses fantastische Festmahl bei Kerzenschein nicht zubereitet, um es kalt zu essen.«

Mark zwinkerte ihr zu, und wieder musste Juliette lachen. Sie, Juliette Charpentier, hatte Sarah Lamour den Mann ausgespannt.

Das hatte ihr Horoskop weiß Gott nicht vorgesehen.

DANK

Ich danke meinem Mann Vincent, meinen Eltern, meinen Brüdern und meiner Schwägerin, mich in den vergangenen acht Jahren, in denen ich mich nun ganz dem Abenteuer des Schreibens gewidmet habe, unerschütterlich unterstützt zu haben.

Dank auch meinen engen und weniger engen Freunden und meiner Familie für ihren Beistand und den Enthusiasmus, mit dem sie sich von Anfang an für meine Bücher eingesetzt haben.

Ich danke Carole Bluchetin für die Sorgfalt, mit der sie diesen Text lektoriert hat.

Und ich danke den Lesern meines ersten und aller folgenden Romane, durch die ich meinen Kindheitstraum verwirklichen und von den vielen Geschichten leben kann, die mir seit meiner Kindheit durch den Kopf spuken.